长篇纪实小说

铁血淮西

秋 文◎著

中国文史出版社

目录

1

挺进敌后

1945 年 11 月 10 日，早晨，天气晴朗，一轮红日喷薄而出，大地一片灿烂辉煌。

淮南铁路以东我藕塘革命根据地，在通往四分区司令部的一条乡间小路上，"嗒嗒嗒"一匹快马在晨曦中疾驰着。

马上之人，二十七八岁，身材魁梧，面相英俊，军装虽然破旧，但干净、整洁。

此为何人？他就是中共寿县县委书记赵立凯。

抗战胜利后，国民党军队疯狂占领了淮西地区。为了保存力量，寿县县委随淮西独立团转移到了淮南路东的藕塘根据地。现在与寿县已经失去了联系。

淮西地区目前是什么样？留守的各党支部遭到破坏没有？同志们安全吗？人民群众到底过得怎么样？这些，一概不知。

为此，作为县委书记的赵立凯很是着急，经常夜不能寐。昨晚，接到四地委（寿县、六安县、合肥县、霍邱县，简称寿、六、合、霍）领导的通知，命令他务必于今天上午 9 点赶到地委指挥部。

"一定有新的任务。"一接到通知，赵立凯书记心里就这么想。

"什么任务呢？肯定与淮西有关。"这么一猜测，兴奋得一夜没睡好。这不，一大早便跃马上路了。

赵立凯催马加鞭，小溪、树木、田块……向后疾飞而去。

7点半左右，到了地委所在地，迎面遇到军分区司令员陈庆先。

"来这么早。"陈司令打招呼说。

"呵呵，陈司令，有什么任务吗？"

"等会儿就知道，先去吃饭。"

匆匆吃了两碗高粱面糊，陈司令的警卫员过来告诉他，军区领导们在会议室等着他呢。

赶到会议室，四地委领导全部在。除陈司令外，还有地委书记兼军分区政委黄岩、军分区副司令员李国厚、军分区副政委杨效椿等。

"来了，快坐下。"黄岩指着板凳说，然后郑重地宣布，"现在开会。"大家都严肃起来，正襟危坐。

"同志们，由于国民党军队已经开始进攻我藕塘根据地，根据上级指示，我们准备向山东、苏北根据地撤退。"陈司令说道，嗓子有些沙哑。

赵立凯听了，和自己的猜想大相径庭，不由"哦"的一声低下头去。

"在我们撤退之前，地委和军分区决定重新建立淮西根据地。"

"果然和我预料的一样。"赵立凯心里想，只听黄岩政委继续说道："经四地委研究决定，我们准备在淮西开展敌后游击战，坚持长期的武装斗争，以牵制敌人。"

"什么时候?"赵立凯不由地问。

"赵立凯同志，你们撤出淮西后，虽然留守的同志不时送来情报，但只不过是零零碎碎的。现在，淮西情况错综复杂，保不准有些同志经受不住考验，对于淮西地区我们不是十分全面的了解，因此，地委、军分区把你找来，分配一项重要任务给你。"陈司令说。

"什么任务?"

"你回去后，立即组织一个侦察小分队，悄悄潜回淮西，侦察敌情，了解我地下党组织状况和群众的思想情绪，为部队返回淮西做好准备。"

"是，保证完成任务。"赵立凯站起立正说。

"小分队队长由你和杨刚健同志担任，人员和人数你们自己看着办，但是，得抓紧时间组织。"

"是。"

时不待人，上午，赵立凯马不停蹄地赶回驻地——定远县朱家湾，和杨刚健一起立即着手筹建小分队。经过缜密思考，决定把人数定为二十人左右。同时，这些人必须熟悉淮西地区，最好就是淮西地区的人。

两天后，一支以淮西地区转移到藕塘根据地的区、乡干部为基础的精悍小分队便组织起来了。杨刚健立即向地委和军分区领导汇报。领导指示为了做好保密工作，小分队由四地委和军分区司令部直接领导。

接着，杨刚健对小分队进行了训练。这些小分队队员都是长期在敌占区开展游击战的老游击队员、老干部，有着丰富的对敌作战经验。所以，短短几天后，训练任务便顺利完成。

三天后，也就是11月15日，杨刚健奉地委和军分区领导命令，派出了第一支侦察小组。他们是刘怀掌、李有山、沈景山、陶子然四人。

淮西地区大部分是丘陵地貌。深秋，没了青纱帐，容易暴露目标，所以，四人选择了夜间出发。

深秋之夜，万籁俱寂，天上寒星点点，除此之外，就是一片黑暗。四人在夜幕的掩护下，从下塘集北部的大李岗村翻过铁路进入淮西地区，连夜西行，半夜时分赶到了钱集。

杨震球是钱集地区（今长丰县下塘镇）我党地下工作者，身份一直没有暴露。当他打开家门看到刘怀掌等四人的时候，既惊讶又高兴，赶忙接待了他们。

刘怀掌等四人向杨震球说明了党组织派他们来的意图，接着向他打探当地情况。杨震球先是一个劲儿地摇头叹气，接着开始汇报。

新四军撤走后，国民党加强了对淮西的控制。国民党寿县调查室专员王济川和叛徒陈建国率领特别行动队赶到寿东南重建了保甲制度，实行"五家连坐"，遍设中统、军统、情报站、管训小组等特务机构和外围组织。还在原淮西抗日民主根据地中心地带杨庙（今长丰县杨庙镇）设立了自首办事处，强迫无辜的群众去写所谓的"自首书"，对进步人士和革命群众进行残酷迫害，凡与共产党组织有点关系的群众都遭到捆绑吊打。中共秘密组织也遭到严重破坏。恶霸地主返乡后，更加疯狂地向群众进行反攻倒算，国民党也借着"剿共"的名义，趁机对群众进行压榨，肆意向群众征粮派款，多种名目的苛捐杂税就有四十多种。同时，土豪、劣绅积极配合国民党进行反共，他们到处造谣宣传，说共产党新四军已经被消灭了，再也不会回来了等等。国民党桂系军队整天到处拉壮丁，再加上动乱时期，社会治安混乱，匪盗横行，淮西群众真的没有活路了。

最后，杨震球怀疑地问道："刘队长，我们的队伍真的要回来？"

"当然是真的了。"刘怀掌十分肯定地回答。

"这下好了，这下好了。"杨震球眼睛放着光彩说。

由于敌人实行了保甲制度，每一户人家即使来了亲戚都要逐级汇报，四人不敢在杨震球家多待，害怕暴露行动目标，也怕连累了杨震球。

杨震球想了想，说西边白楼台子有座破庙，四周开阔，没有人家，可以栖身，也便于活动。

四人于是立即转移到了白楼台子，然后开展活动。

第四天，杨庙街逢集，李有山、沈景山、陶子然三人到杨庙街道活动，看是否能和杨庙的地下组织接上头。

三人坐在茶摊前一边喝水，一边观察着街道上来来往往的人群。

突然，李有山眼睛一亮，他看到了一人——董有功，中共地下党员，也是自己的老战友。

董有功也看到了三人，心里一震，脸色变白，但马上恢复了平静，装模作样地混在人群中向街道外走去。李有山等三人随即尾随而去。

到了野外，四人见面，寒暄了几句，李有山向董有功说明了来意。

董有功只是说自己身份并没有暴露，但是已经和党组织失去了联系，现在正为这个愁苦不已，接着问李有山等人住在哪里、和哪些人接上了头等等。

因为是老战友，李有山并没有多疑，如实告诉了他。

正在谈话，前面几个国民党乡丁背着枪走了过来，四人只好分开。临行时，董有功告诉李有山，下午他给三人送点吃的过去，然后匆匆离去。

下午2时许，李有山三人准备外出活动，刚出破庙大门，迎面国民党特别行动队的二十多人赶来。

三人哪里知道董有功已经叛变。他上午离开后立即赶往国民党杨庙乡政府告密。

"站住。""啪啪"，一阵枪响。

三人赶忙退回破庙，然后从后面逃跑。

"抓共匪呀……"敌人一边追击，一边开枪射击。

三人一边跑，一边用手里的驳壳枪还击。

一口气跑了十五里，可是依然没有摆脱掉敌人的追兵。

前面有一个村庄，几人奔了过去，准备在村子里躲藏起来。

"啪啪"，突然前面一排子弹射了过来，接着，出现了几个地主武装。"抓共匪呀，抓共匪呀……"地主们狂叫着，敲打着手里的铜锣。

怎么办？前有堵截，后有追兵。

几人只好分开跑，但是，晚了。"啪啪"，几声枪响，李有山胸脯中弹，陶子然腿部中弹。但是，二人依然坚持跑着，可是速度越来越慢，国民党特别行动队和地主武装号叫着围了上来。

三人不幸被捕，李有山伤势太严重，不久便英勇牺牲。陶子然、沈景山被押往国民党寿县监狱。后来，我地下组织和他们的家人花重金把二人保释了出来。

这样，第一次侦察以失败而结束。

刘怀掌只身一人回到路东藕塘根据地，向赵立凯、杨刚健做了陈述。赵立凯、杨刚健立即把这一情况向四地委和军分区领导做了汇报。四地委和军分区领导指示，这样看来，淮西的局面比预想的更加复杂，但是，无论如何一定要联系上淮西的地下组织。

1945 年 11 月底，赵立凯、杨刚健派出第二组侦察小队。他们分别是刘云峰、俞怀宝、赵学敏、程良贤四人。

出人意料的是这一次较为顺利。四人回到了原淮西抗日根据地三区、四区（杨庙地区和徐庙地区），联系上了当地的地下党组织人员阮永炳、阮宏朝二人，接着开展了一系列的活动，一边了解敌人的部署动态，一边做党员和群众的工作。

他们鼓励地下党员，不要被当下的局面所吓倒，党一直在关心牵挂着他们。最后，胜利一定属于我们……这样，很多党员恢复了信心。

接着他们深入到群众中去，做了很多宣传工作，告诉群众新四军并没有垮台，也没有撤到山东、苏北去。现在，新四军不是回来了吗？通过宣传和现身说法，揭穿了敌人的谣言，解除了很多群众的顾虑。

第二次行动的顺利极大地鼓舞了侦察队的士气。地委和军分区领导也非常高兴，鼓励侦察队再接再厉，彻底摸清淮西地区情况，为下一步行动创造好条件。与此同时，地委和军分区领导着手筹划下一步的行动。

1945 年 12 月上旬，杨刚健亲自带领十多位同志回到淮西，分别在钱集、新集、陶楼、小甸集、三义集等地开展地下工作。他们采取小型分散、定时定点碰头联络等方式进行活动。他们所到之处，把党员重新组织起来，讲清当前形势：蒋介石是破坏谈判、挑起内战的罪魁祸首；国民党之猖狂只是暂时的，不要悲观失望；共产党领导的八路军、新四军最终会打倒蒋介石反动派的……接着，他们立即转移了一部分不易隐蔽和已经暴露身份的党员骨干到淮南路东根据地，地委和军分区又把他们集中起来学习，准备投入新的战斗。

杨刚健他们要求各地党组织要注意隐蔽起来，机智灵活地斗争，渡过目前难关。同时一定要多争取、团结周围的群众，密切注意叛徒和敌人的动向，随时报告。

陈百川一直从事地下工作，身份始终未暴露，为此，赵立凯、杨刚健、刘云峰派他潜回淮西，在陶楼一带展开秘密活动。经过了解，原来的地下党组织还没有完全被破坏，虽然有少数党员被捕，但是，敌人并不知道他们的真实身份，都是以"通新四军"的罪名逮捕。敌人没有证据，同时，经过这些同志家人的活动，这些同志陆续获释。陈百川、陶寿泉和他们接上了关系。这样，原先的地下党组织基本上恢复起来了。

1945 年冬，天气异常寒冷。寿东南很多穷人家里已经缺粮断炊，生活极度困难。而地主老财趁机开仓放债，牟取暴利。

面对民不聊生的局面，陈百川、张总余、张绍先几人商量扒粮，以解决群众实际困难。

经过打听，孟圩子地主孟老虎平时为富不仁，鱼肉乡里，积极反共，家里囤积了大量粮食，准备"小斗出，大斗进"。

陈百川派人在饥寒交迫的群众中散布要去"吃大户"。一时间去"吃大户"的消息在群众中悄悄传开。很多群众纷纷响应，一天时间里就有二百多名群众报名参加。

第二天夜晚，天气阴沉，漆黑如墨。11点左右，陈百川等几名武工队队员带领那二百多群众悄悄来到孟圩子外围埋伏起来。

武工队张本好、张有群等三人不顾寒冷，跳入水中，蹚过水沟，再利用梯子翻过围墙，进入圩子里。等到孟老虎反应过来，已经傻眼了，只见几只枪口正对着他。随即，武工队又控制住孟老虎家人。

孟家大门迅速被打开，二百多号人一拥而入，用布袋、笆斗把孟老虎家的五十多石大米、小麦、高粱一扫而光。一个叫二愣子的年轻人准备搬运孟老虎家的家什、布匹等物品，被陈百川严厉制止住。这是事前定好的：只准搬运粮食，其他的一概不允许动，容易暴露。

当天夜里，陈百川等人把粮食分给了断炊的群众。通过这次行动，他在群众中的威信就更高了，能够做到一呼百应。

国民党地方当局认为此次事件就是单纯的"吃大户"事件，后来也就睁一只眼闭一只眼过去了。

侦察小分队通过三回淮西，摸清了淮西的情况，掌握了敌情，更重要的是和淮西的地下党取得了联系，使得四地委和军分区能够加强对于他们的领导，重建了淮西地区秘密工作网络。当时，淮西地区地下党分布情况及其负责同志大概如下：

拐集支部——阮永炳、阮宏朝

杨庙孙桥头支部——刘仁德

上太支部——陈百川、马家芝、张宗余等

钱集支部——杨震球

枣林铺支部——严理忠

小甸集支部——曹光耿、曹云珠

三义集支部——杨恒生、杨运生

炎刘集支部——吴久刚、吴久庆、吴化云

汤店支部——汤怀龙

环圩支部——合宜民、陶久法

六安县太平集单线联系人——夏汉三

合计起来，当时淮西地区地下党员不过六七十人。这也是党的骨干力量，是经受过严峻考验的党的宝贵财富。

四地委和军分区领导指示：各地党员、干部要转入地下等待时机，千万不可轻举妄动。要竭力保存力量，团结依靠群众，争取中下层进步人士（包括伪保长、甲长）为我所用，同敌人开展合法斗争，如抗粮、抗捐、抗丁等，抵制国民党的苛捐杂税。注意方式方法，能拖则拖，能抗则抗，应付了事，以保护群众的利益。同时坚决除掉叛徒。

通过一段时间的努力，我军为下一步打回淮西积蓄了力量，打下了基础。

新的战斗即将开始。

1946年1月3日下午，在定远县老人仓召开了一次重要的会议。这次会议决定了淮西的斗争未来，拉开了淮西地区新的战斗序幕。

下午1点半左右，杨刚健大踏步迈进十六团的会议室，会议室里已经有四人了。他们是：赵立凯、曹云鹤、董其道、冯道生。

这几人，都是从淮西地区转移过来的同事、战友。杨刚健知道，一个关于淮西地区的重大决策马上要揭晓了。

不一会儿，四地委、军分区领导黄岩、陈庆先、李国厚、杨效椿等人进来坐下。

大家寒暄几句后，陈庆先司令单刀直入，首先分析了当前的形势，说道："我军虽然暂时撤离了淮西，但是淮西有着极其重要的地理位置。它处于国民党省政府所在地合肥的外围，又是皖东进入大别山区的必经之地，是直捣国民党的老巢——南京的战略要地，因此，坚持淮西武装斗争，对牵制国民党军队，配合我军正面作战，具有一定的重要意义。为此，地委和军分区决定派你们五位同志率领一支队伍打回淮西去。"

"是。"大家异口同声地回答。

"鉴于目前形势，你们这次打回淮西，确切地说是挺进淮西敌后，开展游击战争，进行长时间的武装斗争。"陈司令员补充道。

"是，保证完成任务。"

黄政委接着说："地委决定成立寿（县）、六（安）、合（肥）、霍（邱）工委，任命赵立凯同志为工委书记，杨刚健同志为副书记兼组织部部长，曹云鹤、董其道、冯道生三位同志为委员，以后看情况而定，可以增补。同时我代表四地委和军分区宣布：成立寿、六、合、霍县政府，任命赵立凯为县长，董其道为副县长，县里成立寿、六、合、霍县游击总队，赵立凯兼任政

11

委，杨刚健为队长兼任副政委，曹云鹤为政治处主任，冯道生为大队长，陶汝维为大队副，陈克非为副参谋长。"

宣布完毕，大家一齐鼓掌通过，脸上洋溢着笑，难掩内心的兴奋与激动。

陈司令员站了起来，铿锵有力地说："你们的任务是坚持淮西武装斗争，建立敌后我党政权，牵制敌人，配合我军正面作战，随着全国形势发展，争取最后的胜利。"

黄政委补充强调道："你们回去后，可以以原寿东南抗日根据地为中心，与淮西中共秘密组织紧密配合，逐渐建立我基层政权。但是，千万不可以画地为牢，活动不要局限于原先的寿东南抗日根据地范围。海阔凭鱼跃，天高任鸟飞。你们的活动可以扩大到整个寿、六、合、霍县的范围。只有这样，才能和强敌进行周旋，充分发挥游击队灵活机动的优势。这在兵法上叫以己之长攻敌之短。"

大家听了心里豁然开朗，不由频频点头表示赞同。

接着，大家开始讨论组织一支怎样的游击队。杨刚健提出，这支游击队伍规模不宜过大，要短小精悍。

赵立凯提出参加进来的游击队员应当政治可靠，身体强壮，熟悉淮西情况，有一定的作战经验。

最后，大家达成统一意见，地委和军分区批准，游击队以杨刚健领导的二十多名武工队员和冯道生领导的十多名武工队员为基础，再从原淮西独立团（现在的二师十六团）抽调一部分同志，组成了一支八十多人的队伍。

当天晚上，杨刚健睡在床上，好像突然想起什么，赶忙跑去找陈庆先司令员。原来他忘记了一人，这人就是陈太胜。

陈太胜是原淮西独立团老战士，绰号"火车头"。以前是货郎，整天挑着货郎担走街串户，因而对淮西地区非常熟悉。在淮西独立团期间，被誉为"活地图"，屡立战功，是谓淮西独立团三大宝之一。

陈庆先司令员答应了杨刚健的请求，把陈太胜调入游击队，这样，游击队如虎添翼。

游击队成立之后，抓紧时间进行了为期两个月的军事训练。为了加强思想教育，鼓舞战士们的战斗意志，组织大家学习了《中国的红色政权为什么能够存在》《井冈山的斗争》等文章。

两个月后，1946年2月底，在定远县邓家圩召开了返回淮西战斗的誓师大会。

誓师大会上，李国厚副司令员代表四地委和军分区宣布寿六合霍工委、县政府游击队正式成立，并强调了游击队的任务。杨效椿副政委作了鼓励性发言。他回顾了自己带领独立团在淮西战斗的经历，指出敌人不可怕，只要我们善于斗争，一定能够克服种种困难，取得最后胜利。他的发言极大地鼓舞了战士们。

最后，赵立凯带领全体战士宣誓："坚决完成党交给的光荣任务，誓死保卫淮西人民利益，绝不叛变，坚决斗争到底。"

战士们口号震天，慷慨激昂。

誓师大会后，根据军分区部署，部队开始向淮南铁路线靠近，待机挺进淮西。

1946年3月，国民党军队开始沿津浦路进攻我路东根据地，炮声隆隆，飞机轰鸣，形势陡然紧张了起来。

在路东主力撤退之前，淮西游击队必须立即出发。

根据四地委和军分区命令，3月9日下午，游击队从定远县吴家圩子出发，向淮西挺进。路边的小麦已经拔节，高粱已经半人多高，青纱帐即将成形，真是游击健儿大显身手的好时机。

傍晚时分，队伍在淮南铁路线附近停了下来，埋伏在高粱地等待天黑。天公作美，此时天气阴沉下来，北风呼啸，掩护了战士们的行踪。

到了夜晚，细雨霏霏，真是行军的好时机。战士们在风雨中急速行进，不多时，来到了大李岗（今长丰县境内）附近，前面就是淮南铁路线，翻过去就是自己再熟悉不过的淮西了。战士们兴奋的心情可想而知，但都不敢贸然翻越，因为大家都知道，敌人对这条铁路封锁得非常严密，南面是下塘车站，北面是朱巷车站，敌人驻有重兵把守，还时不时派出巡逻队沿铁路巡逻，大家匍匐在麦地里等候命令。

赵立凯、杨刚健观察了一下，四周一片寂静，只有风雨声。看来，敌人在这倒春寒的天气里龟缩在老巢里不出来了。

赵立凯一挥手，战士们随即猫腰——通过了铁路，然后在"火车头"陈太胜的带领下，向西边插去。

队伍绕过了钱集，于拂晓时分行进到大陈集附近的大松棵庄子外埋伏了下来。此时，队伍已经行军七十多里，战士们饥饿又疲惫。可是等了半天，依然不见前来接头的人。

正在大家焦虑不堪时，从大松棵庄子走来两人。哨兵首先发现，持枪喝令。到了近前一盘问，才知道是拐集地下组织负责人阮永炳、阮宏朝。哨兵赶忙把二人带到赵立凯、杨刚健面前。

杨刚健问二人怎么迟到了，二人解释说害怕村庄里有敌人内线，所以先进行了排查，然后组织安排吃住，为了以防万一，出门又绕道前来。大家这才放下心来。

14

随即，部队进入村庄。这个村庄以前是独立团活动的地盘，群众积极性较高，对共产党新四军真心拥护。国民党对这个村庄老百姓也是分外怀疑，经常过来骚扰。现在群众听说新四军回来了，纷纷过来问长问短，好像见了久别的亲人。

"通知部队，马上警戒。"杨刚健对刘云峰命令道。

"是。"刘云峰答应着准备前去安排。

"这个还需要你们亲自去？我去找几个替你们站岗。放心吧，保证安全。"张铁头说着径直跑出去安排了。

"这里的老乡真好，积极性真高。"赵立凯、杨刚健不由感叹地说。

不一会儿，几个妇女送来了热饭热菜，一夜急行军的战士们吃着分外香。

"哎呀，我做梦都没有想到你们回来得这么快。"陈大嫂一边为战士们烤着湿衣服，一边感叹着说。

张铁头老婆接过话茬道："是啊，这下好了，不用东躲西藏了。昨天钱集乡公所还来催陈三木匠去办自首。陈三木匠老是躲在外面不敢回家。你们这一来，他们再也不敢瞎来了。"

还别说，张铁头老婆还真的说对了。当时，驻扎在钱集的有国民党寿县行动队一个连，他们已听到风声——新四军回来了。现在，连队里已经炸开锅了。

连长胡麻子惊慌失措得如热锅上的蚂蚁在屋子里打着圈。和几个排长商量了半天，最后决定派一个排去一探虚实。

傍晚时分，残阳如血。敌排长闫大头带领一个排提心吊胆地向大松棵庄子摸来。闫大头本来就对这桩差事极不情愿，但是苦于连长命令而没有办法，假如新四军真的回来了，自己撞上去，

15

性命肯定不保。新四军的厉害他是领教过的。

为了保险起见，离大松棵庄子还有二里地，闫大头便命令士兵放了几枪，用以火力侦察。

得到敌人来袭的情报，游击队立即出村迎敌。

"啪啪"一阵枪响。闫大头一看大事不妙，连反击都没有组织，慌忙带领三十多人逃回钱集。

新四军真的回来了。胡麻子得到这个消息连夜带领手下向西逃到瓦埠街，又连夜抢了几条船渡过瓦埠湖逃到寿县县城。

打跑了敌人之后，工委几位领导立即开会分析形势：这一仗游击队目标已经暴露，敌人知道后肯定会派重兵前来"围剿"，部队必须马上转移。但是在转移之前，连夜召开群众大会，以扩大影响。

张铁头立即去组织群众。会场在打谷场上，会议召开之前，全体战士唱《三大纪律八项注意》之歌。百来号人齐声高歌，歌声在寂静的夜空里激荡，震天动地。

接着，杨刚健首先宣讲："乡亲们，新四军回来了。我们是前哨部队，大部队就在后面。"

群众听了，兴奋得无不拍手鼓掌。

接着赵立凯登台，他告诉乡亲们，新四军是穷苦百姓的队伍，是为百姓打天下的，此次回来就是为了保护百姓，一定与淮西人民一起和敌人斗争到底，不达胜利，誓不罢休。

会场上，有群众担心地问新四军是否还会走。

"不走了，坚决不再走了。"几位领导保证地说。

"新四军回来了。"第二天，这个消息被群众一传十、十传百地传播开来。这个消息如一声春雷在淮西大地炸开，让群众拍手叫好，令敌人胆战心惊。

第三天，游击队转移到肥西县众兴镇，化装成老百姓住在秘密党组织任多粮的家里。任多粮告诉赵立凯、杨刚健，当地有一个民团，平时欺男霸女，无恶不作，老百姓都被他们祸害苦了。他的堂弟任多福的老婆因为长得漂亮，也被民团团长金大牙霸占了。

赵立凯、杨刚健等工委领导经过商量，准备替老百姓报仇雪恨。首先，派出侦察员张大毛前去侦察。下午，张大毛回来报告，说民团驻扎在一个大圩子里，四周砌有一丈多高的围墙，墙外是三丈多宽的圩沟。

看来只好智取了，可是有什么突破口呢？

中午吃饭的时候，任多粮告诉赵立凯、杨刚健，金大牙霸占了堂弟任多福的老婆后，为了安抚任多福，把他调到民团打杂。任多福表面上装着顺从，可是心里早就想报复金大牙了。

赵立凯、杨刚健正在为没有破敌之策而苦思冥想呢！一听，大喜，此可谓踏破铁鞋无觅处，得来全不费工夫。马上要任多粮把任多福找来。

下午，任多福来了。杨刚健亮明了自己真实的身份。任多福说自己刚才已经猜测到了，并表示愿意合作，但是，有一个要求，那就是一定帮他除掉金大牙。

三月的夜晚还有些冷，但毕竟是春天，所以很不平静了。春虫开始跃跃欲试，山谷里，不时传来鸟鸣。

突然，春虫停止了鸣叫，树上的鸟儿扑棱棱飞走了。

山间小道上悄悄走来几十条大汉，他们不声不响地向众兴镇民团驻地疾走而去。

17

拂晓时分，赵立凯、杨刚健率领游击队赶到民团所在的圩子，在周围埋伏起来。

东方微明，圩子大门吱呀打开，一个人伸出头来，咳咳咳，咳嗽了三声。此人正是任多福，他拿起手里的毛巾甩了三下。

这是事先定好的暗号。

"冲。"赵立凯一声令下，战士们如猛虎似的冲进圩子，扑向敌人。

民团士兵们睡得正香，哪里料到游击队如神兵天降，黑洞洞的枪口指向他们。

"不准动，缴枪不杀。"

民团士兵们乖乖做了俘虏。

金大牙昨晚酒喝多了，早晨起来拉屎，听到动静，知道不好，赶忙躲进角楼里，持枪负隅顽抗。

"出来，再不出来，老子把你打成筛子。"战士们一起呐喊。

"砰砰"，金大牙开枪射击。

角楼易守难攻，看样子一时半会儿攻不下来。杨刚健看了看厨房边堆的柴草，吩咐战士们搬来，堆在角楼下面。

"金大牙，再不下来，把你烧成炭灰。"张传堂喊道。

金大牙看了看下面的柴草，知道已无出路，只好放弃抵抗，乖乖走了下来。

上午，在众兴镇召开了公审大会。现场，群众纷纷控诉金大牙的罪行。赵立凯问群众怎么处理金大牙。

"杀了他，宰了他。"群众纷纷举臂高呼。

为了响应群众的号召，金大牙被拉到野外枪决。

这一仗，俘虏了三十多民团士兵，缴获了三十多支枪，部队得到物资补充。处决了恶霸金大牙，为民除害，更重要的是，宣传了我党政策，告诉人民群众，新四军又回来了。这样，振奋了人心，吓坏了恶霸，使得他们收敛不少。

空 城 计

　　寿东南紧邻国民党省府合肥,寿六合霍游击队挺进了淮西。国民党省府得到这个消息后惊恐万状,连忙商量对策。他们企图趁游击队立足未稳予以"剿灭"。为此,他们调集省保安团和国民党桂系一个团前来"清剿"。

　　与此同时,国民党寿县调查室专员王济川也得到了这一情报。一方面,他派出县特别行动大队向寿东南靠近;另一方面,处心积虑密谋策划,企图利用精心编织的情报网,派遣特务;利用叛徒,里应外合打击游击队。

　　山雨欲来风满楼,黑云压城城欲摧。游击队要面对多重敌人的打击,形势愈加严峻。

　　4月,敌人准备从南、西、北三面向寿东南进攻,游击队必须立即跳出敌人的包围圈。为此,赵立凯、杨刚健立即命令分散各地的游击队员紧急集合。

　　陈百川、陶寿泉二人在吴山镇一带活动,接到命令,立即向大松棵一带转移,准备和赵立凯、杨刚健会合。

　　二人走到吴山北边的郑小圩子,只见迎面走来二人,其中一人是地下党陶仁固,另外一人不认识,后经陶仁固介绍,才知道

20

他叫郑相炳——原抗日根据地寿三区区队队员。

郑相炳看起来老实巴交的，却很健谈，一会儿问这，一会儿问那，话题总是拐弯抹角向游击队行踪上引。这引起了陈百川的注意，借着有事要和陶仁固商量，把他叫到一边，问他是否和郑相炳很熟悉。

陶仁固说自己并不了解郑相炳，只能算认识，以前在一个区队，共同行动过两次。

"今天你们怎么在一起？"陈百川问。

"我到吴山镇赶集遇到他的，他说和组织失去联系已经很长时间了，很是焦急，所以我就把他带来了。队长，怎么了？"陶仁固看着陈百川问。

"吴山镇地下组织遭到严重破坏，很多同志被逮捕杀害，他怎么没事？"

"这个……这个……我哪知道。队长，你怀疑他？"

"不是怀疑他，而是现在形势太复杂，我们不得不多个心眼儿，要不，最后遭殃的是我们自己。"

"那我们怎么办？"

陈百川把嘴对着陶仁固耳朵叽叽咕咕说了一通。陶仁固嗯嗯点头答应着。四人再会合，好像没事一样，然后继续赶路。陈百川在前面引路，故意引向郑相炳的家。郑相炳有些纳闷，但又不好问，只好闷头跟着走。几人到达郑相炳所住的村庄已经是中午了。郑相炳当然要客气一番，请他们到自家吃午饭。

陈百川等人没有推辞，径直向村庄走去。

几人进到郑相炳的家，陶仁固按照陈百川的交代，不断和郑相炳说话。陈百川则趁机溜了出去，四处观察了一下。这是一个普通的农家四合院，但是，陈百川注意到郑家大院的院门好像新近加固了。

借口说口渴要喝水，陈百川走进郑家厨房。青黄不接时期，很多人家早已断炊，可是郑家锅里却冒出阵阵大米干饭的香气，这样的生活，只有大地主家才有。

于是陈百川和郑相炳的老婆孩子攀谈起来，无非说些生产生活之类的事。郑相炳老婆话语不多，陈百川问十句，她只回答一句。借着她出去抱柴火的机会，陈百川问小女儿："你大大（父亲）前天回来的吧？"

"不是，大大回来有……有……"小女孩说着掰着手指头，"一、二……五天了。"

"哦，哦，我记错了。"

吃过饭，陶仁固大声地说："队长，得走了，晚上还有行动呢。"

"什么行动？"郑相炳问。

陶仁固把嘴巴对着郑相炳耳朵一阵说。郑相炳仔细听着，嘴里"哦哦"应着。

"陶仁固。"陈百川大声呵斥制止。陶仁固赶忙解释说都是自己人，不要紧。

"陈队长，我……我能参加吗？"郑相炳主动请缨道。

"你就不要参加了。"陈百川断然拒绝道，然后带领陶寿泉、陶仁固匆匆忙忙离开了。郑相炳一直把他们送了很远。

路上，陶寿泉问今晚有什么行动，自己怎么不知道，还责怪陶仁固怎么随便就把行动计划告诉了别人。陈百川赶忙把自己的怀疑以及和陶仁固演戏的事情向他说了。陶寿泉也说自己感到那个郑相炳怪怪的，但就是说不出来。

接着，三人折了回来，在通往吴山镇的路边高粱地里埋伏了起来。

一会儿，远远一个黑点向这边移来。走近一看，可不是郑相炳。只见他神色慌张，脚步匆匆。

等到郑相炳走远了，三人才从高粱地里走出来。望着郑相炳远去的背影，陈百川问："你们猜，这个郑相炳到哪里去，去干什么？"

"肯定去吴山敌人那里告密。"陶寿泉十分肯定地说。

"我的天，这个叛徒。"陶仁固擦着脸上的汗道。

"这个还不能肯定，就看今晚的了。"陈百川说。

当天夜里，一伙人冲进北圩子地主郑富贵家里，不由分说把他捆绑带走了。这一切都被埋伏在附近的陈百川三人看在眼里。原来这就是陶仁固对着郑相炳耳朵说的秘密行动计划。

这下，郑相炳是个叛徒不容置疑了。

陈百川连忙赶到大松棵告诉赵立凯、杨刚健这件事，大家才知道吴山地下党组织遭到严重破坏的原因是郑相炳叛变了革命。

必须尽快地除掉这个叛徒，要不，还会有同志要遭殃。可是部队必须立刻转移，否则就来不及了，怎么办？

陈百川提议，由他率领没有暴露身份的同志留下来除掉叛徒，然后转入地下，其他同志则跟随赵立凯、杨刚健突围出去。赵立凯、杨刚健权宜再三，最后同意了。

当晚，赵立凯、杨刚健率领八十来人向西面的瓦埠湖方向转移，而陈百川则率领十余名锄奸队悄悄摸向叛徒郑相炳的家。

此时，叛徒郑相炳正在家里生闷气呢。原来把地主郑富贵抓去后，审问了半天，才知道抓错人了。

上司狠狠训斥了郑相炳一顿，然后命令他回家继续搜集情报。郑相炳回到家里仔细一分析，怀疑自己上当受骗了。难道新四军知道自己叛变了？想到这里，郑相炳后脊梁直冒冷气。

正在胡思乱想的时候，外面似乎有动静。此时的郑相炳已经是风声鹤唳、草木皆兵了，马上提枪在手，出门观察一番。外面漆黑一片，什么都看不到，只好转身回到院子里。

突然几个黑影把他团团围住。

郑相炳大惊，问："谁？"

"我，陶仁固。"一个黑影答道。

郑相炳知道大事不妙，有心举枪，可是四周都是人，人家几支枪口对着自己呢，只好放弃。于是皮笑肉不笑地说："原来是仁固兄弟，快进屋。"说着自己抬脚欲先走，突然后面蹿出一人，缴了他手里的枪，然后猛推一把，把他推进屋内。

屋子内，郑相炳踉踉跄跄站住，陈百川、陶寿泉等几人随即进屋，控制住他的家人。

半天，郑相炳缓过神来，连声问："这是干什么？这是干什么？"

"叛徒！"陈百川厉声呵斥道。

郑相炳知道事情败露，脸色苍白，他已经感到穷途末路，但是还要做最后挣扎，猛地向门口扑去，企图夺门而逃。

陶寿泉眼疾腿快，腿一伸，"咣当"一声，郑相炳摔了个狗吃屎。

陶寿泉上前一脚，踩住郑相炳的身子，用枪指着呵斥道："你这个叛徒。"

郑相炳知道自己罪大恶极，已经是死路一条，但是还要抓住最后的救命稻草。他爬了起来，"扑通"一声跪在陈百川面前，"咚咚"磕着头，嘴里一个劲儿求饶："饶命，饶命。"

"吴山我们七八个同志，你饶过他们吗？多少人受到牵累，包括那几个同志的家人。"陈百川大声呵斥。

郑相炳知道今日自己狗命不保，使出最后一招，拼命大喊道："救命呀，新四军杀人啦。"

陶仁固一脚把他踢翻在地，顺手拿起桌子上的抹布塞进他的嘴里。其他人上来七手八脚把他五花大绑住，然后押着他向吴山街道走去。

第二天，吴山大街上横着一具死尸，上面盖着一张白纸，上写："这就是叛徒的下场。"街道上到处贴满了标语。

镇压了叛徒郑相炳，对吴山敌人震动很大。国民党的乡长、士绅、保长、甲长不敢再肆无忌惮地胡作非为了。有的还通过各种途径要找新四军低头认罪，争取宽大处理；个别罪大恶极的被吓得逃之夭夭，人民群众暗暗拍手称赞。

陈百川就此留在吴山、杨庙一带，根据赵立凯、杨刚健的指示，就地发动群众，发展武装，为后来成立寿东南第一个红色政权——寿四区，打下了良好的基础。

赵立凯、杨刚健带领游击队突围。第三天夜里，下起了雨，于是租了几只民船冒雨下了瓦埠湖。因为天气过于黑暗，为了互相联系，各船点燃一根麻秸秆。此时，敌人已经从四面八方围了过来，寻找游击队主力决战。

怎样才能突围出去？赵立凯、杨刚健等人分析研究，决定充分利用部队短小精悍、灵活机动的特点，来个声东击西。

他们先由瓦埠湖北岸向东，转到定远县沛河，在那里放了几枪，再转向瓦埠湖西岸。上岸后，在瓦埠街上散发传单。

敌人闻讯，向寿东南杀来。而游击队又连夜向霍邱、六安交界处奔去。

一天，游击队突围到霍邱县西隐贤集花果园一带。花果园乡本是新四军经常活动的地方，地下党组织极为活跃，群众积极性也比较高。可是，现在游击队到了这里，根本不见地下党组织的踪影。群众见了游击队，也不再像过去一样那么热情，而是低头而过，连招呼都不敢打。

这一切太不正常了。

没了地下党组织的支持，没了群众的拥护，部队就是鱼儿离开了水，现在连部队的供给都成问题。

赵立凯、杨刚健等人一边走，一边商量部队是否撤离这个地方。突然，队伍后面传来一个声音："站住，站住。"

大家站住往后看，只见一个怀里抱着孩子的妇女在艰难地追部队。队伍停了下来，赵立凯、杨刚健几人快速迎了上去。

妇女气喘吁吁过来，问："你们是新四军?"

"大嫂，我们是新四军。"赵立凯回答。

妇女不相信地看着部队。杨刚健见了，介绍道："大嫂，我们真是新四军，这是我们的书记赵立凯，我叫杨刚健，这位是董其道。"

这几人的名字在淮西可是家喻户晓的。妇女不再怀疑，而是身体一软，瘫倒在地，大喊："新四军呀，你们可得为我报仇啊。"

几人赶忙把她扶了起来，接着，妇女向大家讲了西隐贤集花果园的血雨腥风。

这个妇女原来是西隐贤集党支部书记刘家康的家属，淮西独立团撤离淮西后，刘家康留了下来。

敌人开始疯狂倒算，四处搜捕共产党员和积极分子，由于叛徒告密，刘家康的身份暴露了。

叶大眼原是汉奸，鬼子投降后，他立即投向国民党并得到重用，国民党委任他为花果园乡乡长。叶大眼对刘家寨怀有刻骨之仇，要不是他跑得快，刘家康的民兵就要了他的狗命。因此，叶大眼决心报复，带着二十多人气势汹汹地来到刘家寨抓捕刘家康。

刘家寨依山而建，地势险要，四周筑有高墙，易守难攻，再加上寨内人都是同宗，刘家康在同族中威望较高，可以说是一呼百应。同时，寨内有几条枪，外加上很多猎枪，因而敌人不敢贸然进入，而是包围住了寨子。

敌人开始进攻，寨内也开始还击。双方对峙了半天，叶大眼没有占到丝毫便宜，反而死一人，伤了几人。

看久攻不下，叶大眼赶忙派人去搬援兵。中午时分，国民党桂系一个连赶到。他们用机枪封锁住寨门，用迫击炮轰打，顿时，寨内浓烟滚滚，火光冲天。

敌人趁势冲进寨内，叶大眼真是凶残，见人就杀，连几岁的孩子都不放过。最后，把受重伤的刘家康和三十多名群众赶到打谷场上，用机枪扫射。顿时，打谷场血流成河。

刘家康老婆和怀里的这个孩子躲在地窖里才逃过一劫。

听了刘家康老婆的控诉，大家无不义愤填膺。战士们纷纷要求为刘家康和刘家寨群众报仇。

赵立凯、杨刚健、董其道等几个工委领导开会商量，决定攻打花果园敌乡公所。一来为乡亲们报仇；二来考虑到寿东南留守武装日子不好过，攻打敌乡公所，可以把寿东南的敌人引开。

　　可是攻打花果园敌乡公所并不是件容易的事。根据群众描述，敌乡公所坐落在一个圩子里，最外围是圩沟，沟内有高墙。再加上叶大眼血洗了刘家寨后，害怕报复，所以加强了防守。现在敌乡公所里可谓岗哨林立，戒备森严。

　　为了减少游击队的伤亡，赵立凯、杨刚健几人一开始就决定只能智取，不宜强攻。几人经过研究，最后确定了作战计划。

　　第二天，花果园逢集，通往花果园的各个小道上，群众三三两两走着去赶集。

　　游击队员们也正向花果园赶去，他们有的化装成卖柴的，有的化装成买菜的，有的化装成外地客商，有的化装成士绅……不一而足，但是他们怀里都揣着短枪。

　　上午 9 点半左右，街道上人多了起来，戚明春、王世雄二人在熙熙攘攘的人群中相遇，看到有三个乡丁斜背着枪过来，二人彼此使了一个眼神。

　　戚明春故意疾走，和王世雄撞了个满怀，直把他撞翻在地。王世雄还故意在地上滚了几下，再爬起来，抓住戚明春的衣襟，挥着拳头喝问："你怎么撞我？"

　　"对不起，兄弟，家里有急事，担待，多担待。"戚明春双手抱拳道歉。

　　"你不能白撞我，我这里痛得厉害，两天不能下地干活，你得赔钱。"

　　四周围过来很多人，大家七嘴八舌议论着。这其中有很多是化了装的游击队员，也包括赵立凯、杨刚健等领导。

"你想讹人呀？老子没钱。"戚明春一边高喊，一边窥视那三个乡丁。

果然，那三个乡丁凑了过来，站在人群中看热闹。

"没钱，就别走。"王世雄也高喊着，揪住戚明春的衣襟不放。

戚明春使劲来掰王世雄的手，王世雄哪里愿意？二人随即扭打在一起。

那三个乡丁看着热闹，嘻嘻地笑，嘴里喊着："使劲打，下劲，下劲。"

戚明春、王世雄彼此给一个眼神，二人心领神会，一边扭打，一边向那三个乡丁身上猛撞过去。

一个乡丁被撞了几个趔趄，一个乡丁被撞翻在地。戚明春、王世雄见了装着害怕，欲逃跑，被剩下的那个乡丁拦住，阴阳怪气地说："走？撞了人还想走？"

被撞翻的那个乡丁爬了起来，冲过来，抡起巴掌向着戚明春、王世雄扇来，一边打一边骂："你娘的×，敢撞老子，吃了豹子胆了。"

这正是二人所希望的，一切都在计划之内。二人装着被扇痛了，也抡起巴掌"啪啪"反击。

这对普通的老百姓来说，就是捅了通天的娄子。那还得了，敢打乡丁？那三个乡丁怎么肯放过，端起枪对着二人。

二人不敢再动，装着害怕，浑身战栗。

三个乡丁抖动着手里的枪喝令道："走，跟老子到乡公所去。"

二人"乖乖"地跟着乡丁向乡公所走去。

"走，大家去看看热闹。"赵立凯高喊，随即，杨刚健等人一起附和，于是一大群人跟着乡丁进了花果园乡公所大门。赵立凯一使眼色，游击队员四下分开。

此时，叶大眼正躺在床上抽大烟，听到外面闹哄哄的，一骨碌从床上爬起来，冲到大厅，厉声喝问："干什么的？"话音刚落，那些打架的、看热闹的一一掏出手枪。

戚明春眼疾手快，"砰"一枪，击毙叶大眼身边的卫兵。

听到枪声，分散在院子里各处的游击队员也开始动手。"砰砰"，枪声不断，"缴枪不杀"的喊声此起彼伏。

叶大眼惊恐万状，慌忙钻进桌子底下，欲掏枪反抗。戚明春一个箭步冲上去，拎起桌子上的热水瓶向叶大眼的手扔去。"咚"一声，热水瓶爆炸，开水溢出，叶大眼被烫得嗷嗷叫，手随即松开手枪。

戚明春一脚踢开叶大眼的手枪，再一把将其拖了出来。此时这个穷凶极恶的家伙已经被吓得浑身筛糠似的发抖。

乡丁们见叶大眼被俘，惊慌失措，失去斗志。在游击队员"缴枪不杀"的震天喊声中一一举起手来。

叶大眼被新四军抓住了。刘家寨群众得知这个消息，纷纷过来寻仇，痛恨之情溢于言表，他们恨不得活撕了他。

赵立凯、杨刚健等人商量，可以趁机扩大影响，于是放火烧了花果园敌乡公所，再派几个人押着叶大眼游街示众。最后在群众的一再要求下，就地枪决了他。

叶大眼被枪决后，刘家寨群众还不解恨，当场割了他的头颅，挖了他的心脏，然后去祭奠被他杀害的亲人。

此次战斗，捕获敌人四十多人，缴获短枪一支、步枪六十多支。考虑到火烧敌乡公所，镇压了叶大眼，敌人肯定前来"围剿"，赵立凯、杨刚健命令部队连夜渡过淠河向东转移。没想到出事了，而且是大事。

在寿东南，有"活地图"陈太胜引路，所以从来没有走错过路，但是在霍邱、六安地区，陈太胜就用不上了，只好请了向导。

夜晚，漆黑一片，部队本来要向东走，由于向导对路途也不熟悉，迷了路，他带着部队一直向南走。拂晓时分，把部队带到一个陌生的地方。

突然，前面传来"嘟嘟嘟"的起床军号声，接着传来上操声。前面肯定就是军营。

怎么一回事？赵立凯、杨刚健赶忙命令部队就地停下，立即派人前去打探情况。

经过打探，才知道这个地方叫马家坡，前面五里的地方叫马头集，驻有国民党军队，其来路不明。

部队一下子钻到敌人鼻子底下了，形势万分危急。假如敌人发现了我军行踪，后果不堪设想。

此时，天已经大亮，部队再转移，目标太大，肯定会暴露，怎么办？赵立凯、杨刚健只好决定立即进驻马家坡，再据情况而定。

进驻马家坡后，赵立凯、杨刚健立即派出侦察组，严密监视敌人动向。上午，侦察组回来报告，敌人共有六百多人，可能是从寿东南调过来"清剿"游击队的。

听了报告，赵立凯、杨刚健等人的心悬了起来。马家坡距离敌人太近了，搞不好，马上就会发生一场激战。但是，以这么一支八十来人的队伍对付敌人六百人的队伍，结果可想而知。那样，会对不住这些战士，对不住军分区领导，对不住党。

怎么办？走，走不得；打，打不得。现在唯一的办法就是留在原地不动。赵立凯、杨刚健等人商量一番后，命令部队原地待命，时刻保持警惕。

中午，天空阴云笼罩，不多时，下起暴雨。赵立凯、杨刚健见了松了一口气，命令战士抓紧时间休息。

这些天不间断地转移，又加上连续一天一夜的急行军，战士们已经非常疲惫。很多战士得了疟疾，一睡下就起不了床。一统计，居然有二十六人在发高烧。假如此时发生战斗，结果可想而知。赵立凯、杨刚健等工委领导虽然焦虑万分，但也没有办法。

时间过得真慢，好不容易挨到下午，派出去的同志还没有回来，二人不由猜想，难道他们出事了？4时左右，岗哨进来报告，说村头发现一形迹可疑人员，经过盘问，是从马头集过来催捐的保长，已经被看管起来。

赵立凯、杨刚健马上命令把敌保长押解过来。经过审讯，才知道他姓管。正要进行下一步审讯的时候，侦察员急匆匆进来，审讯只好停止。

侦察员告诉赵立凯、杨刚健，国民党的军队已经向马家坡进发，现在距离不到三里。不知道什么情况，敌人突然停了下来。

赵立凯、杨刚健揣摩，敌人可能不知道我军情况，还不敢贸然进攻，同时也猜测敌保长怎么会冒着大雨前来催捐，为什么恰巧赶在敌人进攻前夕。看来是敌人派他来刺探我军情报的。

怎么办？敌人近在咫尺，我军在人数、武器装备等方面都处于下风，打起仗来，无异于以卵击石。几名工委同志眉头紧锁，思考着对策。

张大毛问："杨队长，那个管保长怎么办？"

"这个伪保长，太可恶了，枪毙他算了。"张世友气愤地说。

这句话倒提醒了杨刚健，他灵机一动，说道："我看不如这样，我们不如来个将计就计。"

大家一起疑惑地看着杨刚健，不知道他的葫芦里卖的什么药。于是杨刚健把自己的计划向大家一说，大家纷纷竖起了大拇指，赞道："妙，就这样。"然后分头准备去了。

赵立凯、杨刚健开始在打谷场上继续审讯敌保长。这时候，从远处走来几名战士，抬着两挺机关枪，扛着五挺加拿大手提机枪从敌保长面前经过。回去后，再套上布套，拆下红绸再从敌保长面前经过。这样，带套的、不带套的、裹红绸子的、空套子的，我军的武器装备一下子就翻了好几倍。

战士们雄赳赳气昂昂地轮番从敌保长面前经过，管保长只看得目瞪口呆，但是此人老奸巨猾，一一牢记在心：游击队共有轻重机枪二十八挺……

看差不多了，杨刚健说道："管保长，你为国民党卖命前来催捐，本来我们要处理你的。"

管保长慌忙求饶说："小人被逼无奈，小人被逼无奈，贵军网开一面，网开一面。"

"看在你这个人还算老实的分儿上，我们就放了你，但是，你得保证不走漏我军的风声，否则，我们……"杨刚健说着，摸了摸腰间的手枪。

"小人不敢，小人不敢，小人坚决不对任何人说。"

"我们新四军十七团要进入大别山，打此地经过，听说马头

33

集的保安团要来找我们的麻烦，哼哼，让他来好了，我们一定杀他个一干二净。老子的子弹可不是吃素的，你就等着瞧吧。"

放走了管保长，一方面，大家希望他去向国民党军队报告；另一方面，大家做好了激战的准备，准备誓死一搏。

天慢慢黑了下来，战士们反而慢慢地放松了下来。因为根据经验，敌人一般不敢在夜晚进攻我军。

果然，天完全黑了，依然不见敌人进攻，看来将计就计的计谋取得了效果。此地不可久留，赵立凯、杨刚健随即命令部队立即向东转移。

这次空城计摆得漂亮，行军途中，一位老战士唱道："我们唱了一出诸葛亮的空城计，敌人就是司马懿。"

战士张有群跟着说："病号吓跑了清剿队。"

"哈哈哈……"战士们一阵大笑。

当敌人回过神来，开始追击时，游击队已经撤出几十里地了。

三天后，游击队来到霍邱、六安交界地一个叫杨家坝的地方。适逢当地在唱戏，工委几位领导研究决定，利用这个平台宣传一下。

第二天，戏场来了十几个学生模样的人，带头的正是赵立凯、杨刚健。

杨刚健找到戏班班主，商量说要借他的戏台一用。班主见是学生，又见了眼前的几块大洋，满口答应了下来。

赵立凯登台演讲，他一一罗列社会的黑暗、人民的疾苦，揭露国民党的腐朽无能，号召人民群众起来反抗……最后，他亮明了自己的身份。

赵立凯的演讲起到很好的效果，得到了群众的赞同，当时会场就有很多年轻人表示愿意参加游击队。

可是这样的行动也引起了敌人的注意。当地一个叫卫长胜的地主，表面上说拥护共产党，还杀了猪为游击队解馋，背后却派人到乡公所告密。

下午，赵立凯、杨刚健等几位工委领导开会，大家正在说此地不可久留，需要转移的时候，张大毛带着一个本地农民进来了。

"你们还不赶快走，很多人带着枪正往这里赶。"农民说。

气氛陡然紧张了起来。

"有多少人？"杨刚健问。

"有四五十人。"农民回答。

紧张的气氛又缓和下来，杨刚健重谢了那个农民，然后部署部队，准备迎敌。

敌人为什么来了四五十人？

原来，赵立凯、杨刚健他们在戏台暴露的只不过十来人，又加上平时注意保密，封锁消息，所以，卫长胜派去告密的人说游击队只有二十来人。敌县大队认为四五十人对付二十来个游击队员已经绰绰有余了，所以并没有请求过多的支援。

赵立凯、杨刚健利用有利地形部署好部队。一会儿，敌人四五十人号叫着冲来，四下搜索游击队，可是半天也没有找到一个人，他们还以为游击队早已吓跑了呢。

"砰"一声枪响，这是原先约定的信号。

听到枪响，屋顶上、墙角边、茅厕里……一下伸出很多枪口。

"砰砰"，枪声四起，"轰轰"，手榴弹爆炸不断。

敌人被打了个措手不及，死伤无数。没死的，鬼哭狼嚎，纷纷往外跑。

可是刚跑到一个山洼处，前面高地上突然一阵子弹雨点般射来，敌人随即倒下一大片。后有追兵，前有阻击，敌人溃不成军。

"缴枪不杀。共产党优待俘虏。"喊声震天。

剩下的敌人无力挣扎，只好放下武器投降了。

"借　款"

　　游击队在霍邱、六安交界处的活动，引起国民党军队的高度警惕，连忙派重兵前往"围剿"，而此时，游击队已经离开霍邱，向沛河东岸转移。

　　鉴于上次的教训，如果在陌生地方行军，赵立凯、杨刚健等人都要派出侦察员在前面探路，以防万一。

　　游击队准备向合肥金桥方向转移，赵立凯、杨刚健派出张大毛、李文道在前面侦察敌情。傍晚时分，二人侦察好路线正往回走，远远地看见两个乡丁押着四个妇女走来。

　　张大毛、李文道互相使了个眼神，在路边蹲了下来。两个乡丁走到近前，张大毛招呼道："两位老总辛苦了。"说着递上烟卷。

　　两个乡丁见是两个老实巴交的老百姓，也没戒备，停了下来，接过香烟点燃，开始吞云吐雾。张大毛趁机问那四个妇女怎么了。

　　"都是共匪家属，带回去审问。"乡丁说。

　　"哦，哦。"张大毛一边应付，一边脑子飞转，想着对策。这时候李文道使来个眼色，张大毛心领神会地轻轻点了一下头。

"老总，家坐去，我那里有上好的烟土。"张大毛指着不远处的房子说。

听说有大烟抽，两个乡丁不禁眼睛流泪，嘴里哈喇子直流，连声说好。

两个乡丁押着四个妇女在前面走，张大毛、李文道在后面跟着。

张大毛一使眼色，李文道会意，两人齐步冲上前去，各自用手里的短枪顶住一个乡丁的腰，喝令道："不准动，动就打死你，老子是新四军。"

两个乡丁开始以为是张大毛二人在开玩笑，但是看到顶在腰间的手枪时，脸都吓白了，乖乖地举起手。张大毛、李文道迅速下了他们的枪。

二人给四个妇女松了绑，经过打听，其中一个还是原淮西抗日根据地寿三区徐庙乡民兵副队长仇诚的老婆。

二人让四个妇女赶快回家，然后押着那两个乡丁向游击队的驻地走来。

经过审讯那两个乡丁，赵立凯、杨刚健得知敌人已经从霍邱、六安方向追了过来。游击队必须马上转移。于是教训了一番那两个乡丁，命令他们不能再找新四军家属的麻烦，否则，以后一定找他们算账，共产党说话算数。

两个乡丁头点得似鸡吃米，发誓说以后再也不敢了。

杨刚健命令放了那两个乡丁，然后带领队伍连夜从众兴集向三觉集方向转移。国民党军队一直尾追不舍，部队只好又从三觉集转移到余集，当晚住在余集余户村余老二家里。余老二告诉赵立凯、杨刚健他们，今年，由于发大水，很多农作物被淹了，也

38

有很多家庭的房子倒塌了，但是，当地的苛捐杂税一点也没有少，农民苦不堪言。同时，当地匪徒猖獗，老百姓生活在水深火热之中。他询问游击队能不能敲打这些人一顿，以缓解一下当地老百姓的疾苦。

对此，游击队四位领导有分歧。有人认为，现在部队在躲避敌人的追击，不宜暴露目标，再说，由于部队连续急行军，已经非常疲惫，产生了很多病号。但是，赵立凯、杨刚健认为，即使再困难，都要打这一仗，因为这支部队就是老百姓的队伍，现在老百姓遇到困难，不能袖手旁观，那样，会失去人民群众的拥护。经过一番讨论，最后达成一致意见，敲打一下地方武装。杨刚健问余老二，最近敌人有什么活动没有。

余老二告诉杨刚健他们，由于人们的抵触，当地官员开始全副武装到当地集镇强行征税。明天逢集，乡长邱麻子肯定还会催税。

"那我们就教训一下这个邱麻子。"赵立凯一拳头砸在桌子上，斩钉截铁地说，然后开始部署明天的战斗。

第二天，游击队员化装成老百姓散混在上街的人群中，太阳一树高的时候，邱麻子果然带着乡丁来了。

邱麻子挎着盒子枪，站在街中心一个高台上，向群众恶狠狠地宣传着，叫嚣谁不交税，今天就把谁带到乡公所去，到时候有他好看的。

张大毛一使眼色，其他游击队员会意，向高台围来。

"日你娘的，看谁今天敢不交税。"邱麻子拍着腰间的盒子枪说。

"老子就是不交。"张大毛嘴里嘀咕着。

"谁？谁？"邱麻子四下寻找。突然眼睛死死盯住张大毛，凶神恶煞地问："你说的？"

"我……我……"张大毛装着害怕，胆怯地往后缩。

"站住。"邱麻子喊着，奔下高台，伸手来抓张大毛。

"不准动，动一动老子捅了你。"旁边的人吼道。

邱麻子一看，腰间顶着几把匕首，再也凶不起来，但也还镇定，因为他期望旁边的几个乡丁来解救他。

"不要再奢望了，他们都被控制住了。"张大毛说着，眼睛向旁边示意。邱麻子顺着他的眼光看去，果然，那几个乡丁都被下了枪，一个个病鸡似的站在那里。

邱麻子脸色煞白地站在那里，一时不知道怎么办才好。半天，突然跪在张大毛面前，求饶说："好汉息怒，不知在下怎么得罪你了？"

"老子不是好汉，老子是新四军。"

"新四军？"围观的人惊讶、欣喜地议论着。

"对，老乡们，我们是新四军。"人群中走出赵立凯，他踏上高台，喊道，"老乡们，我们又回来了。"

人群中不知谁喊了一声："好。"群众跟着一起喊："好。"

再看邱麻子，浑身战栗，几欲摔倒。

"老乡们，你们受苦了，今天，我们新四军要为你们出气，大家说，怎么收拾这个家伙？"杨刚健指着邱麻子说。

有人说枪毙，有人说砍头，有人说活埋。

"新四军饶命，新四军饶命。"邱麻子跪在地上不停地磕着头说。

"你还逼老百姓交税吗？"

"不敢，再也不敢了。"

考虑到邱麻子罪不至死，赵立凯、杨刚健教训了一下后，就放了他。这一仗，没放一枪，但是效果非常好，邱麻子从此再也不敢欺压老百姓了。人民群众拍手称赞。

敌人闻讯，立即蜂拥而至，游击队只好马不停蹄地转移到肥西县长镇以西的徐家圩。

徐家圩圩主叫徐仲谋，抗日战争时期就同情和支持共产党新四军，和赵立凯、杨刚健交情深厚，现在听说赵立凯带领队伍回来了，主动要求游击队进驻他的圩子里。

老友见面，分外亲切。徐仲谋叫手下人杀猪款待游击队员，晚上又要设宴宴请赵立凯、杨刚健等几个工委领导。但是，赵立凯、杨刚健拒绝了。因为官兵一律平等，领导没有什么特权，从不搞特殊化，大家吃在一起，睡在一起，同甘共苦。

徐仲谋听了赵立凯等人的解释，不禁感慨万分，说道："这样的军队怎能不打胜仗啊。"就这样，徐仲谋用招待游击队员的饭菜招待了赵立凯、杨刚健等几位工委领导。

晚上，赵立凯等人和徐仲谋聊天。聊到了国民党的无能，贪官贪婪，捐税繁多，使得百姓民不聊生，社会治安混乱不堪，土匪、强盗横行乡里，群众朝不保夕等等。

赵立凯向徐仲谋揭露了蒋介石谈判是假，挑起内战是真，又向他说明我党和新四军的政策。

"看来共产党新四军是真的为老百姓好啊。"徐仲谋听了感慨地说。

一段时间以来，敌人白天到处追击"清剿"，游击队只能在夜间行军，长期见不到太阳，经常风餐露宿，睡野地、盖稻草、饿食野菜、渴饮生水，使得战士们疲惫不堪。这一切都给徐仲谋留下了深刻的印象，于是他关心地问赵立凯、杨刚健，游击队目前的处境如何。

由于是老朋友，赵立凯实话实说："不是太好，敌人整天'围剿'，我们不怕，你也看到了，我们的队员虽然疲惫，但是，精神头十足，斗志昂扬。但是，人是铁，饭是钢，一天不吃饿得慌。现在，金圆券猛跌，物价飞涨，从金浦路东出发带的十多万元金圆券，不到两个月都用光了。目前部队供给成了问题，吃群众粮食，只能打欠条，这样下去，我们会严重脱离群众的。我们是鱼，而群众是水啊，鱼是离不开水的，我们离开了群众，一天也生存不下去。"

徐仲谋听了频频点头，从口袋掏出几沓钞票递给赵立凯，说道："不多，聊表老夫支持贵军的心意吧。"然后吩咐家人把家里的粮食分一部分送给游击队，还客气地说："现在正是青黄不接的时候，家里也没有多少。"

赵立凯、杨刚健客气了一番也就收下了。接着，赵立凯说道："我有一事要请教老先生。"

"赵书记客气什么？何事，敬请说来。"

"我们想筹集点款子，但是，现在我们一无政权，二无税收，如何能办得到？"

徐仲谋低头略一思考，说道："我倒是有一个办法，不知道行不行？"

"什么办法？"赵立凯、杨刚健异口同声地问。

"你们不能收，但是能借呀。"

"借？向谁借？"

"王三横。"

"王三横？他是谁？"

接着，徐仲谋向赵立凯、杨刚健等人介绍起这个王三横来。

原来，在徐家圩以西，寿县、六安、合肥三县交界处，有一个叫王圩子的地方，圩子里住着一个地主老财，名字叫王三横。王三横家富得流油，在本地可谓首屈一指。有豪宅几十间，良田上千亩，而且一直延续了五代。

王三横家五代人都是吝啬鬼，为富不仁。他们一向鱼肉乡里，并且工于心计，很会敲诈勒索，大斗进，小斗出，剥削周围群众。群众对他家恨之入骨，编了顺口溜骂他：

> 王三横，发横财。
>
> 大斗进，小斗卖。
>
> 扣斤两，心眼坏。
>
> 绝子孙，绝万代。

前年，老王三横死了，如今的小王三横比起他父亲是有过之而无不及。他仰仗着同国民党六安县大队和合肥县大队有交情，对群众的剥削更是变本加厉，群众是敢怒而不敢言。因为王三横财大气粗，家里有家丁有枪，因此，群众不敢招惹他。该租种他家田地的还租种，青黄不接的时候该借粮的还借粮，这都是被逼无奈啊。

董其道好像想起什么，说道："我想起来了，1942 年 7 月，我们两个交通员护送从大别山过来的两位重要领导，那个小王三横带领家丁半路拦截，还打伤了我们一个交通员，几乎酿成大祸，后来我们独立团想找他算账，可一直没有腾出时间。"

"对，这个小王三横和你们共产党势不两立，他一年捐献给合肥县大队和六安县大队以支持他们剿共的钱、粮就不计其数，这样家资万贯的恶霸地主，你们何不向他'借'点？"徐仲谋说道。

当晚，工委几位领导在一起研究，大家都觉得徐仲谋的建议可行，随即决定向小王三横"借款"，打掉这个横行一方的恶霸地主，同时也除掉我游击队的一个隐患。

第二天，赵立凯、杨刚健派出侦察员张大毛、李文道前往侦察。二人来到小王三横家外围，一看，不禁倒吸一口凉气。

原来，小王三横家住在寿县、六安、合肥三地的交界处，王家发迹得早，闻名于一方。为了防范兵匪，保住自己的家业，王家历代都注意自己家的建设，并不断加固。到了小王三横这一代，拿他的话说，可以算是固若金汤了。

小王三横家住在一个圩子里，圩子四周挖了宽三丈、深一丈的圩沟，沟内砌着砖石结构的圩墙，高一丈五余。圩子大门外有一座吊桥，吊桥内的大门非常牢固，用重木层层叠加而成。从外面看，可以看到里面的更楼。更楼上，家丁持枪巡视着。经过打听，小王三横家共有四名家丁、五支枪（四长一短）日夜守护。

这样的家庭防守，比一般的国民党乡公所还要牢固。

张大毛、李文道立即回来，把侦察到的情报报告给赵立凯、杨刚健等人。工委几位领导当天开会研究作战计划。

考虑到王三横家防守牢固，戒备森严，又加上王三横家的圩子距离六安的马头集、寿县的余集、合肥的长镇都比较近，这些地方都驻有国民党县大队，万一闹出动静，他们随时可以增援，千万不敢轻敌。经过长时间的研究，最后，制订出详细的作战方案。

第二天早晨，游击队来到六安县金桥以北一个叫小山洼的地方，住在联络员王克金家里。傍晚，杨刚健部署了作战任务。

午夜，残月西挂，繁星点点。朦胧的夜色中，二十多人悄悄走着，他们身上都挂着一个布袋。

游击队员向小王三横家出发了。

根据作战计划，这二十多名战士由县总队副大队长陶如维、中队长张传堂带领，人手一支短枪，化装成买粮的小贩。赵立凯、杨刚健等领导则带领余部留在小山洼王家接应，以防不测。信号是两颗手榴弹爆炸。

拂晓前，陶如维他们赶到了小王三横所在的村庄。根据侦察员已侦察的情报，躲在圩子西北处的高粱地里待命，然后派出侦察员张大毛前去侦察。

黎明时分，张大毛回来了。他告诉陶如维、张传堂二人，小王三横一大早就骑着毛驴出去了，可能是去余集赶集。护院家丁已经累了一夜，现在看主人走了，便偷懒起来，一个个放心大胆去睡觉了，现在可能就是死狗一条。

这是进攻的最佳时机。机不可失，失不再来，陶如维当机立断，命令立即行动。

"里面有人吗？开门。"张大毛站在吊桥外喊。

半天，圩墙上伸出一个家丁的头，见外面站着两个普普通通农民样的人，便开口大骂，说大清早叫什么叫，吵得他不能睡安稳觉。

"我们是来买米的。"张大毛拍着肩上的布袋说。

"买米？有钱吗？"

"有，当然有。"张大毛说着从布袋里捧出几块银圆。另一名战士王二狗也掏出一大堆钞票。

"不卖。"

"为什么？"

"你们买米，不能上街买吗？干吗要到这里？"

"你错了，我们买米不是自己吃的，我们是小贩，需要的量很大，街上那点零散货不够的。"

家丁看了看那些钱，说了声"等着"，然后不见了。

一会儿，吊桥门徐徐放下，张大毛和王二狗走上吊桥。

"你们要买多少？"家丁过来问。

"我们买……"张大毛说着慢慢靠近，突然上前一步，用枪顶住家丁的脑袋，喝道："不准动，动一动老子给你开了瓢。"

家丁被吓傻了，一动不动站在那里。

说时迟那时快，王二狗迅速奔了过来，缴了家丁的枪，再用口袋罩住家丁的头。

"我们要买几十石。"张大毛大声说着，用布袋向圩子外摇了摇。

躲在高粱地里的游击队员看到信号，迅速奔进圩子里，按照预定方案，各自向家丁睡觉的地方奔去。另外三个家丁还在睡梦中就被缴械，成了俘虏。

制服了家丁，张传堂带领几人来到小三横住的地方。此时，小三横的老婆刚起床，正在给儿子穿衣服，看一下涌进来这么多带枪的人，知道情况不妙，心想肯定是土匪进圩子了，花点小钱便可以消灾，以前这样的事也遇到过。她就纳闷了，王家在当地

46

家大、业大、势力大，一般的土匪根本不敢惹，今天这股土匪从哪里冒出来的。

"你是要钱还是要命？"王二狗用枪指着小三横老婆说。

"要命，要命。"

"那快拿钱。"

"老总，你们是？我们家可是……"

"少废话，快拿钱。"

小三横老婆过去打开箱子，拿过来几沓钞票，递到王二狗面前，说："我们家的钱都是当家的管，他现在不在家，我这里只有这么多。"

王二狗看了看那些钱，呵斥道："这点钱，打发要饭的？我看你是不见棺材不掉泪。"说着上前抱住她的儿子就要走。

王二狗打蛇打到七寸上了，小三横老婆慌了，扑通跪下，一连声地求饶。

"你是要你儿子还是要钱？"

"我要儿子，我要儿子。"小三横老婆不停地磕头说。

"快拿钱。"

"我拿，我拿。"小三横老婆说着站起来，"老总，你们要多少？"

"有多少拿多少，要不，马上把你儿子带走，到时候，就不是钱的问题了。"

小三横老婆带着大家来到后屋，让战士们帮忙挪开箱子架，再示意战士们挖。

从箱子架下挖出一堆钞票，一数，只有三十万金圆券。

看到战士们不满意，小三横老婆发毒誓说只有这些。张传堂他们哪里会相信？他们知道狡兔三窟，小三横老婆肯定还有钱。

张传堂一示意，王二狗会意，用枪顶住小三横儿子的脑袋，吼道："给一千万，放了你儿子，要不，让你儿子的脑袋开花，你考虑好，你儿子的脑袋值不值一千万？"

小三横老婆再次跪下磕头，说愿意再拿，然后爬进床下，抱出一个箱子，递给王二狗。

王二狗打开一数，只有六十万元金圆券。

"只有这么多了，老总，行行好，饶了我儿子吧。"

"你三横家谁人不知，谁人不晓，就这么一点儿钱？骗谁？你家的钱多得能堆成山。今天不拿钱，就把你的儿子带走，等你有钱了再来赎吧。"大家七嘴八舌地说。

"不要，不要。"小三横老婆号叫着，跪地不停磕头，"不要带走我的孩子，我给，我给。"

接下来，小三横老婆让战士挪开自己屋子里的大柜子，从柜子下又挖出银圆两万五千块、金圆券四十万元。有的战士又拿了些布匹、衣服之类的，准备撤离。

"啪。"外面传来一声枪响。

"怎么回事？"陶如维问。

担任警戒任务的张大毛跑过来，报告说不好了，小三横家的圩子被敌人包围住了。

大家急忙赶到圩墙边，果然不错，小三横的圩子被敌人围得水泄不通，为首的正是小三横。

这是怎么回事？

原来小三横家一个雇工叫三呆子的，早晨起早去放驴，发现家里被"土匪"袭击了，赶忙跑到余集找到小三横，告诉了他家

48

里发生的情况。小三横猜测，本地土匪根本不敢动他家，听说最近这里来了"共匪"，一定是他们，于是马上用电话联系了马头集、江下乡、合肥县，说家里来了共产党，请求他们支援。

"新老四，你们跑不了啦。"

"抓活的。"

敌人并没有发动攻击，而是不时喊话，不时地放几枪，更奇怪的是敌人并没有朝游击队射击，而是往天空开枪。

原来是小三横害怕伤了自己的家人，吩咐他们这样做的。

敌人虽然围而不攻，但是，我们的战士也被困在圩子里冲不出去。

形势万分危急，如果这样拖下去，肯定不行。怎么办？现在唯一的办法就是寄希望于留驻在外面的人了。

"手榴弹。"陶如维命令道。

两颗手榴弹甩向敌人，轰轰两声爆炸。因距离较远，虽然没有伤到敌人，但是也把敌人吓得不轻，纷纷躲到远处，开始大骂。

留驻在小山洼的同志听到枪声便知道情况不妙，他们知道"借款"的同志肯定遇到了麻烦。可是，预定的信号没有出现，也不好贸然出击，只好派出侦察员前去侦察。

当他们听到两声手榴弹爆炸，已经确定他们遇到了困难，正要前去支援，侦察员回来报告敌情，说敌人二百来号人、二百多条枪，其中还有三挺机枪。

现在强攻，肯定会吃亏。如果不前去支援，那二十多名同志怎么办？赵立凯、杨刚健等工委领导心急如焚。可是干着急，没有办法。

这时，张本进过来在赵立凯耳边叽咕了几句。赵立凯大喜，不禁大声夸赞说："好，好，就这样。"

通往小三横圩子的路上，走来四十多名"广西正规国军"，为首的队长、队副正是赵立凯和杨刚健。

这就是张本进的计谋。

原来，攻打花果园敌乡公所，缴获了敌人几十套广西军军服，临走时，赵立凯、杨刚健命令带上，以备不时之需。张本进负责看管、运输这些军服，刚才他看到工委领导一筹莫展，又看了看自己面前的军服，灵机一动，把自己的想法说了出来。

几十名"国军"大摇大摆地来到王三横圩子前，那些县大队见这么多中央军前来支援，纷纷让道，有的还拍掌欢迎。

这些"国军"一声不吭，只是趾高气扬地走着。到了前沿阵地，在为首的少尉军官指挥下，迅速占据了有利地形，架起机枪，手榴弹拧开盖摆放开来，子弹上膛。那些县大队队员羡慕、好奇地看着这些"国军"。

"打。"杨刚健一声令下，机枪喷着火舌射向敌人，"轰轰"，手榴弹在敌群里炸开了花。

敌人万万没有想到，一时间，死伤无数。那些没死的鬼哭狼嚎，四处逃散。余集乡丁王四树肚子被射穿，肠子流了出来，倒在地上，一边爬，一边哭喊。

圩子里的陶如维他们看到这些情况，知道外围的同志前来接应了，集中火力，边打边往外冲。

敌人被里应外合的游击队打了个措手不及，还没有弄清楚怎么回事，那二十多个"借款"的同志已经冲出圩子，两股力量会合在一起，齐向敌人开火。一时间，敌人二百多号人乱作一团，四处逃窜。

傍晚，彩霞满天。满载而归的游击队战士们兴高采烈地走向驻地，金色的晚霞涂在他们身上，一个个辉煌而灿烂。

当晚，为了庆祝，又加上连日来的艰苦行军，赵立凯等工委领导研究决定向老乡买一头猪，杀了犒赏战士们，同时允许战士们少喝点酒。

可是居然出事了。

三排是在老乡钱礼道家吃的。吃饭过后，钱礼道的小女儿忙着收拾桌子，不一会儿，丢下碗筷，红着脸急匆匆地跑了出去。

又过了一会儿，钱礼道来找杨刚健，说战士王小栓摸了他小女儿小菊的手。这可是严重违反部队纪律的行为。杨刚健大怒，吩咐张大毛等人去把王小栓捆绑起来。王小栓被押来，争辩说他是给小菊帮忙，不小心碰了她的手。

钱礼道听了，说可能是自己的女儿误会了，请求杨刚健放了王小栓。赵立凯、杨刚健等工委领导意识到事情的严重性，搞得不好，会严重破坏部队的形象，阻碍部队和群众的关系，必须调查清楚。于是又去问小菊，小菊一口咬定王小栓是故意的。

赵立凯、杨刚健等人再次审问王小栓。王小栓说自己酒喝多了，什么都记不清了。张大毛是老战士，知道部队是严禁非礼妇女的，这是铁的纪律，解释说王小栓参加部队不久，对部队纪律不是十分了解，可能还带有国民党兵痞之气（王小栓原是国民党寿县保安团的，后来投靠了游击队），请求宽大处理。可是工委领导研究决定：枪毙王小栓。

钱礼道见游击队真的要枪毙王小栓，知道事情闹大了，赶忙求情，可是工委领导坚决不同意，最后，钱礼道率领全家十几口人跪在赵立凯、杨刚健等人面前，小菊也改口说当时灯光昏暗，自己没有看清楚，可能是王小栓的手不小心碰到她的手，工委这才饶了王小栓的命，但给予严重处分，并决定以后再也不允许他喝酒。

经过这件事，工委又在部队里安排学习了"三大纪律八项注意"，教育战士们游击队是老百姓的部队，是为穷苦的老百姓打天下的，坚决不能损害老百姓的丝毫利益。

就是这个风波，促成了一件美事。解放后，小菊私下找到王小栓，硬说那次就是王小栓故意的，必须认账。

王小栓问她要怎么着。小菊说："你看着办，反正你摸过我的手了。"最后，二人结婚了，小菊一连气生了五个儿子。

激战牛尾山

　　向小王三横"借款"后，部队的给养得到解决，战士们能吃饱饭了，也解决了秘密工作的同志活动经费的问题，同时通过各种渠道，还了以往借群众的粮、款。很多老百姓本来认为那些钱、粮就是肉包子打狗——有去无回。现在看到还回的钱、粮，大赞游击队守信用。

　　6月中旬，部队向六安县椿树岗转移。侦察员张大毛和王二狗负责在前面侦察开道。一眼望去，满目枯黄，一片凄惨。此地正遭受大旱，枯萎的高粱秆子被风一吹，沙沙作响。

　　迎面走来一个秃顶驼背的老男人，后面跟着一个中年男人，看样是雇工，手里拉着一头毛驴，毛驴上驮着一个五花大绑的年轻女子。女子哭哭啼啼，泪水涟涟，看样很是伤心。

　　张大毛知道肯定是哪家卖了自己的亲生女儿，这是司空见惯的事了。今年，椿树岗遭遇大旱，庄稼眼看着要绝收。现在又是青黄不接时期，很多家庭已经断炊了，没有办法，只能被逼卖儿卖女。

　　"哭什么哭？老子今晚让你哭个够。"秃顶男人呵斥说。

　　"这个老家伙。"张大毛心里骂道，再看那个女子，估计也就十五六岁，很是漂亮，只不过可能是营养问题，显得瘦弱。

这样标致的女子嫁给这个秃顶驼背的家伙，真是应了那句话："一朵鲜花插在牛屎上了。"二人都没有结婚，所以都有些愤愤不平。

"我让你哭，我让你哭。"秃顶男人手里拿着柳树条，一边狠狠地抽女子，一边大骂。

王二狗再也忍不住，上去质问道："你个老东西怎么打人？"

秃顶男人看了看张大毛、王二狗二人，理直气壮地说："我打我的老婆，关你屁事？"又斜睨了一下王二狗，"你这么多事，和她什么关系？莫非是她相好的？怪不得她死活不依呢。我让你不依，我让你不依。"说着，又狠劲地抽打着女子。

"呜呜……"女子哭着。

王二狗再也忍不住，上前夺过秃顶男人手里的柳条，狠狠扔在地上，然后手指着秃顶男人的鼻子，警告说："你再打试试。"

秃顶男人恼羞成怒，嚷道："看样是真的了。"眼睛望着中年男人，意思是要他过来打王二狗。

中年男人老实巴交，过来站着，并没有动手。

张大毛害怕王二狗吃亏，赶忙过来，也站在一边。因为考虑到有任务在身，所以劝王二狗说："算了，我们走吧，还有重要的事呢。"

二人转身准备离开，哪知道后面再次传来秃顶男人的骂声："看到你相好的了吧，这下死心了，这下死心了，哼，看老子今晚怎么收拾你。"

二人转过身，只见秃顶男人又在抽打女子。王二狗再也忍不住，奔了过来，抢起拳头。秃顶男人恐惧，大喊："你要干什么？

你要干什么？"

"二狗。"张大毛呵斥道。

王二狗听了，慢慢放下拳头。

秃顶男人本已害怕，现在见了又有了气焰，嘴里嘀咕地说："想娶她，你倒是有钱呀。你个穷小子有那个心，没有那个命。今晚，我就日了她，哈哈……"看来，秃顶男人真把王二狗当成那个女子的相好的了，醋心大发，现在在出气。

王二狗一听，一股倔强之气油然而生，问道："老家伙，你多少钱买她的？"

"怎么，想替她赎身？"

"老子问你多少钱买的。"

"这个数。"秃顶男人首先伸出两个手指，再伸出五个手指，"你有吗？穷鬼，量你没有。没有，快走，在这里磨磨唧唧干什么，耽误老子回去吃嫩草。"说着望着年轻女子，脸上涌现狞笑，露出一口黑牙。

"我给你二十五个大洋，你放了她。"王二狗说。

"二狗。"张大毛追过来呵斥道。他知道王二狗身上有那么多钱，但那是部队的，公款是不允许动一分一毛的，这是铁的纪律。

秃顶老人见了，脸上露出不屑的神色，说："如果你有二十五个大洋，现在就能把她带走。"半天，见王二狗毫无动静，更加嚣张，"没有吧，滚，滚。"

王二狗被彻底激怒了，也彻底忘了纪律，猛地拿起肩背上的布袋，往地上一倒，呼啦啦掉下几十个袁大头来，银圆在地上滚着，琅琅作响。

这一切太突然了。那些银圆在阳光下闪耀着。秃顶老头愣愣地站在那里看着地上的银圆，中年雇工眼睛里冒着亮光，年轻女子忘了哭啼。

"一、二、三……"

张大毛虽然是侦察组组长，但也是未婚的血性年轻人。他知道将要发生的事，也知道违反纪律的后果，但还是没有出面阻止。因为他不愿眼睁睁地看着眼前这么一个漂亮的姑娘被这个秃顶驼背的老家伙糟蹋了。

"二十五，给。"王二狗捧着银圆给秃顶男人。

秃顶男人犹豫了，他就不明白了，眼前的这个小伙子怎么一下能掏出这么多钱。偷的？抢的？肯定是。想到眼前站着两个土匪，他心里直发怵。

"拿着。"王二狗抖着手催说。

"我……我……"秃顶男人嘴里支吾着，心里却在盘算着，刚才自己虚报了五个大洋，现在如果拿了钱，不费吹灰之力就赚了五块。还有，眼前的这个年轻人肯这么出力赎小翠，他们俩肯定有一腿，也许小翠已经不是黄花大闺女了，想到这里，心里一阵腌臜。还有就是，如果不答应，这两个"土匪"肯定饶不了自己。

"怎么，说话不算数？想反悔？"张大毛问。

"行，行，一手交钱，一手交货。"秃顶男人说着接过钱，揣在怀里，然后示意中年男人把小翠从驴子背上放下来。中年男人刚要动手，张大毛已经走了过去，把小翠抱了下来，给她松了绑。

"扑通"一声，小翠跪在张大毛跟前："大哥，呜呜……"然后就是"咚咚"的磕头声。王二狗看了，心里怪怪的。那些头应该给他磕的呀。

秃顶男人走了，可是张大毛和王二狗却愣站在那里大眼对着小眼，因为不知道怎么对待小翠。刚才，张大毛对她说："姑娘，你回家吧。"

"不。"小翠倔强地仰起头，坚决地说，"我已经没有家了。"说着，眼睛望着王二狗。王二狗被她望得心痒痒的。

"我们肯定不能带你走。"张大毛说，"你还有什么亲戚没有？去投奔他们吧。"张大毛说着，掏出一块银圆递给小翠，那是他个人的。

小翠看了看那块银圆，并没有接，只是一个劲儿地摇头。

嗨，这个丫头怎么这么犟？

张大毛、王二狗知道部队是不能收留小翠的。怎么办？眼下只好丢下她，一走了之。二人小声议论一下后，转身就走，走了一段路，二人都有些不放心，转回头看。

娘啊，小翠却在后面跟着。

二人只好停下，小翠也停了下来。二人再走，小翠也跟着走。

二人慌了神，一时不知是走是停。他们知道，如果小翠跟到部队，不知道要闹出多大的笑话，再说，今天已经动用了公款，回去肯定要受到处分，二人还没有想到应对的方法呢。

"你怎么老是跟着我们？"张大毛问。

小翠不吭声，只是低着头看着自己的鞋尖。

"你不能跟着我们，你知道我们是什么人？"王二狗吓唬她说，言下之意，自己是打家劫舍的土匪。

可是小翠听了无动于衷，只是站在那里看鞋尖。

二人开始轮番劝说，可是一点作用也不起。

"你到底想怎么样？"张大毛不由恼火地问。

"我……我已经是你们的人了。"

天啊，这就是所谓的农村土话"嫁鸡随鸡，嫁狗随狗"吗？

"我们有纪律，不能要你的。"

可是小翠就只站在那里。不知不觉日头已经落山了，西边火红火红的，三人站在赤霞中，张大毛、王二狗心中如西边燃烧的云彩。

小翠不走，可以慢慢劝，眼下最着急的是那二十五块大洋怎么办。二人小声议论着，商量着对策。

"你们是新四军吧？"小翠突然问。

王二狗愣了一下，马上说："不，我们是土匪。"

"你们不是土匪，土匪没有你们这样的，你们是好人，只有新四军才有你们这样的好人。"

张大毛、王二狗没有再否认，心里也涌现出自豪感。

"那个买你的老头儿是哪里人？"王二狗突然问。

"长乐镇的地主老财。"

"离这里远吗？"

"十几里地。"

"哦。"王二狗应了一声，陷入深思。

三人坐下，开始吃干粮，小翠也不再拘束，大口吃着，像几天没吃饭似的。

"大毛，我们今晚去长乐镇？"王二狗突然说。

张大毛知道王二狗的意思，实际上，他比王二狗更着急，因为他毕竟是组长，违反纪律，自己要担负主要责任。

张大毛没有作声，眼睛只是望着西边的余晖。半天，站了起来，拍了拍屁股上的灰。王二狗见了，也站了起来。

"我也要去。"小翠说。

"你不能去，我们去这个。"王二狗说着握紧拳头。

"我不怕。"小翠豪气冲天地说。

张大毛、王二狗没有想到眼前看上去这么瘦弱的女子胆子这样大。仔细想想也顺理成章，很多女子被卖，很是顺从，而小翠刚才却是被绑着的。再说，新婚之日，要穿大喜的红色衣裤，可是这丫头还是穿着平时的衣服，看来是经过一番反抗的。

没有办法，张大毛、王二狗只好带着小翠上路，再说，夜晚把她一个人丢在旷野里也不放心。

小翠对此地非常熟悉，头更的时候，三人赶到了长乐镇。小翠指了指镇东一个高大的门楼说："喏，那个就是。"

张大毛、王二狗开始准备，考虑到白天秃顶老头儿见过二人，二人用黑布蒙住脸，以免给小翠和她的家人带来麻烦。

二人吩咐小翠在镇子西边等着，可是小翠就是不干，还说自己要亲自会会闫秃子，说着的时候咬牙切齿。看来她对那个闫秃子已经恨之入骨了。

原来，小翠家穷得叮当响，小翠的父亲为了养家糊口，一年四季都给闫秃子帮工。去年春节前，闫秃子到小翠家催债，看见了小翠，垂涎她的美貌，硬要纳小翠为妾，否则就要扒了她家的房子。小翠父亲没有办法，只好答应。可是小翠死活不从。小翠父亲没有办法，趁着夜晚把她绑了，然后通知闫秃子第二天来要人。

59

见小翠态度这么坚决，张大毛、王二狗只好答应带着她一起去。为了防止意外，给她打扮成男孩子的模样。

三人顺着闫秃子家围墙巡视了一周，王二狗准备爬上一棵树，再登上围墙。

"他家有大狼狗。"小翠小声地说。

"你怎么对他家这么熟悉?"张大毛好奇地问。

"他家开商铺，我有时候来赶集，去他那里买过东西。"

"老子就是不怕狗，老子虽然叫二狗，但是，天下的狗都怕老子。"王二狗毫不在意地说。此话说得有理，王二狗以前是狗贩子，偶尔兼职做偷狗贼。

王二狗掏出一点干粮，在上面涂抹了什么东西，然后揣在怀里，猴子似的爬上树，然后一跃，落在围墙上，再一跃，不见了踪影。果然，里面没有狗叫声。

张大毛、小翠来到闫秃子家大门等待，一会儿，大门露出一条缝，二人钻了进去。

闫秃子今日受了窝囊气，回家喝了一点酒，正在呼呼大睡，梦中觉得有人在推自己，睁开眼一看，屋子里有两个人影（张大毛负责警戒）。他以为还在梦中呢，脑袋动了动，发觉一个冰凉的东西顶在自己喉咙处，这才彻底醒了。

"不要叫，叫一声，就要你的命。"一个声音低吼道。

"我不叫，我不叫。"闫秃子知道顶着自己脖子的是匕首，躺在那里，一动也不敢动。脑子冒出：家里进土匪了?他就纳闷了，家里的狼狗怎么没有叫?守夜的雇工怎么没有发现?他哪里知道，家里的那条狼狗此时已经躺在地上七窍流血，而守夜的雇工嘴里塞满稻草，被绑在牛棚里。

"把钱拿出来。"

"我没钱。"

"没钱？看你这个老东西是要钱不要命。你到底是要钱还是要命？说。"王二狗说着的时候手上加了一点力。

"好汉饶命，好汉饶命。"

小翠拿起地上的鞋子，上前对着闫秃子的脸，啪啪就是几下。闫秃子被打得满眼都是星星，可又不敢叫。

"乖乖地把钱拿出来，要不，老子一把火把你这猪窝点了。"王二狗吓唬说。

"不要点，不要点，我拿就是了。"闫秃子说着要起身。王二狗怕他喊叫，拿起一块布塞进他的嘴里，再点上油灯。

闫秃子从柜子里拿出一个盒子，打开，里面有一些零散的钞票。

"就这些？糊弄谁？老子要大洋。"王二狗吼道。

小翠也不说话，拿起桌子上的剪子，对着闫秃子的手戳下去，再对着他的眼睛作势要戳下去，吓得他指着床底呜呜叫着。

小翠爬进床下拿出一个罐子，打开一数，正是下午的那二十五个大洋……

野外，三人走着。张大毛欲把从闫秃子那儿拿来的那些零散钞票给小翠，要她投奔亲戚去，可是小翠死活不干，再三说自己就是他的人了，说着的时候身子往王二狗身边挪了挪。

"大毛，让她跟着我们吧。"王二狗央求说。

"不行。队长他们肯定会扒了我们的皮的，就是队长答应了，她跟着我们能吃得了苦？"

王二狗想想也对，部队昼伏夜出，有时候很长时间吃不上饭，还在不停地转移，有时候一夜行军六七十里，就是铁打的汉子有时都吃不消，何况小翠这样瘦弱的女子。

二人继续劝小翠。小翠死活要跟着。没有办法，二人只好带着她找到部队。

张大毛、王二狗二人久久未归，赵立凯、杨刚健以为他们出事了，派人四处寻找，可是都空手而回。难道他们遇到了不测？正在这样想，二人却回来了，而且还带回来一个年轻女子。这下在部队传开了，大家纷纷拿二人开玩笑。张大毛、王二狗脸色通红地解释，小翠倒是很大方，一点也没有介意。

赵立凯、杨刚健立即把二人叫了过去，问怎么回事，二人只好实话实说。

出去侦察，忘记了自身任务，这是违反纪律的。对于他们是否应该救小翠，部队是存在分歧的。有人认为，动用公款救人，这是严重地违纪，必须严惩，以免以后有人效仿。

赵立凯、杨刚健认为他们的出发点是好的——为了救人。二人向部队解释说："我们是人民群众的队伍，当人民群众遇到困难，我们无论如何不能袖手旁观，正因为这样，我们的部队才能够得到人民群众的拥护，甚至以身家性命掩护。"最后，部队决定对张大毛、王二狗口头严重警告一次。至于小翠，赵立凯、杨刚健派人把她送到吴山地下组织一个联络点。

闫秃子家被抢劫，开始以为是土匪干的，后来才得知是共产党游击队，赶忙向六安保安团团长杨逢山报告。杨逢山率领保安团赶来，我们的部队早已转移了。

杨逢山扑了个空，料想游击队就在附近，于是，把部队留守在椿树岗西边，然后派出密探四处打听。另外，他通知当地的保

62

长、甲长严密监视，一有风吹草动，立即前来报告。

第三天夜里，赵立凯、杨刚健率领部队转移到牛尾山附近，当晚驻在郭大庄。

郭大庄是由两个圩子组成，赵立凯、杨刚健把部队分在东、西圩子住下，然后封锁消息，派出岗哨。

长距离的行军，战士们都非常疲倦了，草草吃了饭，很快进入梦乡。

游击队的到来，惊动了郭大庄的地主郭老邪。郭老邪对共产党早已恨之入骨，因为1945年，新四军枪毙了他通敌的侄子。

半夜时分，村庄一片寂静。突然，村子北边一个黑影在悄悄移动，此人就是郭老邪。他趁着游击队封锁的缝隙，绕过封锁，来到村外，向椿树岗方向跑去。

天气阴沉，一个星星都没有。野外小道上，郭老邪跌跌撞撞地跑着，一会儿就跑不动了，正准备休息一会儿，远处走过来一个黑影，走近一看，原来是一个货郎。郭老邪认识他，他叫梁富贵，表面上是货郎，实际上是杨逢山派出的密探。他今天刺探情报正要回去，巧遇郭老邪。

郭老邪立即把郭大庄游击队的人数、岗哨等情报向梁富贵汇报。梁富贵连忙去向杨逢山报告去了。

杨逢山本是土匪出身，在椿树岗这一带打家劫舍，其人心狠手辣，无人不知，无人不怕。国民党县大队几次进山剿匪，最后都无功而返。没有办法，最后只好采取招安的办法收编了，委任他为六安县保安团团长。因而，他的部下大部分是他原手下的土匪。

杨逢山虽然号称一个团，实际上只有一个营。六安县虽然收编了他，但是，考虑到他是土匪出身，对他有所戒备，所以给他配备的武器很差。杨逢山深知这一点，常常骂娘，但是也没有办法。

杨逢山一心想不蒸馒头争口气，可是苦于没有机会。现在，听说游击队回来了，认为机会来了，前天在椿树岗扑了个空，心有不甘，现在得到情报，立功心切，随即率领人马连夜向郭大庄杀来。

拂晓时分，杨逢山率领人马赶到郭大庄西边。"轰隆"一声一个炸雷，接着，瓢泼大雨哗啦啦下了起来。杨逢山认为这是上天在助他，骑在马上，大叫说："弟兄们，游击队就在前面大圩子里，现在也许睡得正香，我们冲进去杀他一个不剩，杀一个共产党，奖励大洋五块。冲，给我冲。"

保安团受到鼓励，一个个号叫着向郭大庄圩子里扑来。

此时，游击队正在吃饭，突然，"啪"一声枪响，原来岗哨发现了敌情示警，接着，枪声大作。

一个营的敌人就在眼前，情况万分危急。

部队紧急集合，杨刚健命令陈世伟率领一个班的战士在后面掩护，其他人员迅速向牛尾山撤退。

敌人虽然人多，但是郭大庄外围是水沟，通向村外只有几条路，并且有圩门。陈世伟率领战士依托有利地势反击。

"啪啪"两枪，一个敌人毙命，一个受伤倒地。

余下敌人不敢强攻，只好就地射击。

"冲，给我冲。"杨逢山命令道。

敌人的冲锋号再次响起，敌人再次蜂拥着冲了上来。

"啪啪""轰轰"，一阵枪响和手榴弹爆炸后，地上又躺着几具敌人的尸体。

敌人不敢上前，只好架起机枪扫射。

此时，天上雷声隆隆，眼前大雨呼啦啦下，和枪声、手榴弹的爆炸声混杂在一起。

杨逢山骑在马上，观察出游击队人手不多，只集中在几个点射击，马上命令保安团冲向村子两边，企图蹚过圩沟冲进圩子。

陈世伟班长寻思着队长等人已经冲出圩子，可能已经上了牛尾山，于是命令战士们甩出一阵手榴弹，然后边打边撤。杨逢山哪里肯放过？他号叫着指挥保安团在后面紧追不舍。

赵立凯、杨刚健率领战士们上了牛尾山，一会儿，后面枪声不断，知道陈班长率领战士们一边打一边往这里撤退，为了防止意外，便派出一个班前去接应。一会儿，大家又会合在一起。

游击队在山里急行军，企图摆脱敌人。但是，保安团大多是当地人，以前又是土匪，对牛尾山的山路非常熟悉，所以，很长时间都没有摆脱掉敌人。

雨还在呼啦啦地下着，山路湿滑。很多战士虽然是淮西人，但不是山里人，时不时跌倒，影响了行军。

战士们显然已经很疲惫了，行军速度越来越慢。如果这样在山里和敌人周旋时间过长，肯定对游击队不利，怎么办？

赵立凯、杨刚健等工委同志经过短时间商讨，大家一致认为：当下，必须留下一部分战士阻击敌人。

二人都不约而同地想到了老英雄——原四区区长叶成双。

这个叶成双以射击精准著名，被誉为神枪手。说到他参加革命，还有一段传奇色彩。叶成双是地地道道的淮西人。叶家非常贫困，常常揭不开锅。少年时代的叶成双就给人做帮工、放牛。

放牛时候，常常到河里抓鱼摸虾，在野外抓兔子、野鸡。他有一个专长，那就是手握石子、砖块之类能砸中野兔、野鸡。稍稍长大后，请人做了一个火铳，打野兔、野鸡那是百发百中。

鬼子占领了淮西后，叶成双虽然痛恨鬼子，但是，并没有走上反抗的道路。一次，叶成双在野外打了很多野兔、野鸡，正巧遇到鬼子下乡扫荡，听到枪声，赶了过来，抓住了他。

鬼子、伪军以通新四军为名，没收了他的野兔、野鸡之外，还痛打了他一顿，最后交给地方保长、甲长监管。自此，在他心里埋下仇恨的种子。

养好伤之后，一天晚上，叶成双在野外打野兔、野鸡。这晚收获颇丰，正要往回走，突然，不远处传来"你跑不了，抓活的呀"，接着是"啪啪"的枪响。

叶成双赶快躲了起来，透过朦胧的月色，看到前面一黑影在一瘸一拐地跑着，不时回头开枪射击。后面三个黑影一边追，一边开枪。

不一会儿，前面的人不再开枪，看样是子弹打光了。后面的三人不再忌惮，加快了追击的步伐，不多一会儿，就抓住了前面那个受伤的人。

"新老四，还跑呀。我让你跑，我让你跑。"接着传来一阵噼里啪啦拳打脚踢的声音。被打的人躺在地上一声不吭。

叶成双这才知道是鬼子的夜袭队抓住了新四军。此时，他心中涌起一股莫名的冲动，拿起火铳，对准一个黑影。

"咚"一声，火光闪烁之后，一个黑影倒下。余下的两人显然也中了散弹，嗷嗷叫着飞跑开了。原来，他们以为遇到了新四军的埋伏。

当晚，叶成双把受伤的新四军背到杨庄的联络处，后来得知，那个被救的人叫李文道，是新四军独立团的侦察员。

叶成双以为并没有人知道这件事，继续在家干着老本行。三天后的一个夜晚，他打猎回来，刚进村，就感到不对劲，因为身后的大黄狗一直狂叫不止。猎人的嗅觉让他警觉起来，悄悄地绕到自家的后院，对着身后的大黄狗一挥手。大黄狗领会主人的意图，冲了出去。

很快，前面传来大黄狗咬住一个人的呜呜声和一个人痛苦的大叫声。"啪"一声枪响，紧接着传来大黄狗痛苦的呻吟声。

果然不错，自己家被包围了。叶成双举起火铳，对着一个黑影。

"咚"一声，那个黑影应声倒地。

"啪啪啪"，枪声四起，四周黑影向后院涌来。

"叶成双，你跑不了啦。"有人喊。

叶成双手里是火铳，不能连射，但是，即使这样，敌人也不能靠近。

叶成双一边射击，一边靠近自己家的猪圈，因为那里藏着缴获夜袭队的一支短枪。他现在唯一的想法是赶快拿到那支枪，打跑敌人，解救家里十几口人。

"啪啪啪"，敌人的子弹冒着火星向叶成双射来。他不顾危险，越过围墙，进到院子，黑暗中摸索了半天，终于摸到那支枪。这下，如虎添翼。

"啪"，叶成双弹无虚发，一个黑影倒下，剩下的不敢靠前。

可恶的敌人点燃了叶家的房子。顿时，叶家燃起熊熊大火。杀红眼的叶成双向大门冲去，无奈敌人的子弹封锁住了大门。

"成双，赶快跑，跑掉一个是一个。"黑暗中老父亲喊道。

"我不走。"叶成双号叫着冲向敌人。手起枪响，又一个敌人倒下，再举枪扣动扳机，却没有响，原来没有子弹了。敌人也发觉了这一情况，号叫着围了上来。叶成双拔出腰间的短刀，准备拼死一搏。

突然，"啪"，村外传来一声枪响，敌人赶忙掉头就跑。原来在附近活动的独立团模范队前来支援了。

救了叶家后，独立团又通过关系，让敌人不再找叶家的麻烦，从此，叶成双参加了独立团。

叶成双虽然年纪不大，但是胆大心细，靠着一手好枪法，多次立功。不久部队成立了神枪班和机枪班，他任班长。

1944 年 10 月，下塘鬼子夜袭队配合朱巷伪军团团长杜学玉，在汉奸王化明的引导下，于 6 日晚袭击我淮西抗日根据地寿三区。区大队在敌人必经之地甄湾设伏阻敌。晚 8 点 10 分，敌人四十多人进入伏击圈，随着模范队队长陈明义的一声令下，步枪、机枪一齐开火，手榴弹雨点般投向敌人。但是，敌人凶狠，在鬼子两挺机枪的掩护下，发起进攻。模范队有几人伤亡。

"嗒嗒嗒"，敌人机枪喷着火舌，我军火力被压制住，眼看敌人要突破我军防线，形势万分危急。

"叶成双，干掉敌人的机枪。"队长陈明义命令道。

"看我的吧。"叶成双说着只身冲到一个高地，端起手里的三八大盖，"砰砰"几声枪响，敌人的机枪哑火了。

区大队趁机发起冲锋，敌人虽然突围出去了，但是，这一仗，消灭了敌人二十多人，粉碎了敌人扫荡寿三区的阴谋。这一切，很大程度上都归功于叶成双的好枪法。

现在，危急时刻，游击队又要用上叶成双了。

赵立凯命令他率领神枪班和机枪班登上山崖口阻击敌人，余部由赵立凯、杨刚健率领隐藏在山腰待机杀敌。

叶成双接受了命令，马上率领战士们去准备了。

不一会儿，杨逢山率领大队人马杀到，蜂拥着向山崖口冲来。

"打——"叶成双一声令下，神枪班、机枪班战士一齐开火。一阵子弹扫射过去后，再看地上，躺着十几具敌人的尸体，余下的赶忙后撤。

杨逢山挥着枪命令士兵往前冲，神枪班战士弹无虚发，一枪撂倒一个敌人。敌人只得又退了下去。杨逢山躲在山下，连头都不敢露，只是干瞪着眼，没有办法。风雨中，保安团也一个个龟缩在山下，垂头丧气似病鸡。

杨逢山惊讶，他已经观察到游击队的火力点不多，但是，一个个射击精准，太厉害了。但是，即使这样，他岂能善罢甘休？他还做着美梦，估摸着游击队人员不多，如果打败了游击队，一定会受到上级奖赏，那时，上面就不会再轻视他，他杨逢山就会扬眉吐气、扬名四海。

杨逢山组织了火力进行掩护，接着传下话来：凡是打死一个游击队员，奖励大洋五块；活捉一个，奖励十块；不冲锋者，立即枪毙。

雷声隆隆，雨声哗啦啦。杨逢山命令吹起冲锋号。保安团团员们一个个强打精神，硬着头皮，在机枪的掩护下，号叫着向山上冲来。

神枪班战士们沉着应战，"砰砰"，一枪击毙一个敌人。机枪班的两挺机枪可就不一样了，"嗒嗒嗒"，机枪喷着火舌向敌人猛烈扫射，只打得敌人鬼哭狼嚎。

阵地前面，保安团再次丢下几具尸体。

杨逢山命令不停地吹冲锋号，自己则挥着枪在后面压阵，发起了一轮又一轮进攻，可是除了丢下几具尸体，一无所获，最后，只能听到冲锋号声而不见有人向上冲了。

雨越下越大，整个世界白茫茫一片。远处，"轰隆隆"响，那是山洪在咆哮。双方就这么对峙着。

赵立凯、杨刚健担心杨逢山会向六安县县大队求援，那样，游击队肯定会吃亏。幸运的是他并没有求援。因为杨逢山有自己的盘算，假如六安县县大队来了，即使消灭了游击队，自己也得不到多大功劳。同时，他也不愿意让县大队人看到保安团的无能。

双方一直对峙了半下午，杨逢山见讨不到便宜，只好带着伤员撤走了。

傍晚时分，赵立凯、杨刚健等人见保安团真的撤走了，于是开始下山。此时，战士们已经一天没有吃东西了，经过一天的雨淋，浑身湿透了，再加上一天的行军和战斗，一个个又饥又冷又累。

山下，泥泞的小路上，部队向淮西转移。虽然又饥又冷又累，但是，战士们一个个却斗志昂扬，他们边行军边谈论着今天的战斗。战士们好奇地问叶成双，神枪班和机枪班今天一共打死了多少敌人。

"机枪班一扫一大片，具体打死多少我不清楚，我们神枪班十个人，每人至少打死打伤十个，你们自己算算一共有多少吧。"

劫粮济贫

经过几十公里的行军，当晚，游击队转移到六安、寿县、合肥三地的交界处一个叫许家坝的地方。休息了几天，战士们的体力得到恢复。但是，合肥县的保安团和驻守寿县的国民党桂系军队闻讯赶来，两股力量企图南北夹击，一举消灭游击队。部队必须尽快跳出敌人的包围圈。考虑到寿东南群众基础好，夏天也快到了，青纱帐马上又要起来了，工委几个领导研究决定，把部队拉到寿东南，利用青纱帐作为掩护，开展游击战。

部队开始急行军，一天，负责在前面探路的侦察员王二狗回来报告说张大毛被人抓去了。

大家忙问怎么一回事。

原来，张大毛和王二狗在前面侦察，来到了一个叫王大庄的地方。中午，烈日炎炎，二人口渴，准备进村讨口水喝。突然从村子里蹿出一条硕大的黑狗扑向张大毛。张大毛虽然五大三粗，但是猝不及防，被恶狗扑倒在地。恶狗嘴里发出呜呜的声音撕咬着张大毛。王二狗见状，拔出匕首，对着恶狗的脑袋脖子就是几刀。恶狗嗷嗷叫着倒下了。

张大毛的腿被咬得血淋淋的，王二狗赶忙帮他包扎好。二人正要离开，突然一个声音："想走？打死了我家的狗还想走？哼哼。"接着，一个年轻人出现在眼前，他双手叉腰站在那里，斜视着二人，一脸的凶恶相。

"是你家的狗？"王二狗问。

"是我家的狗。"

"我们正想找你呢，看把我哥的腿咬的。"

"嗬，还怪凶的，知道爷是谁吗？告诉你，必须赔我的狗，否则……"年轻人恶狠狠地说，眼冒凶光。

"你怎么不讲理？是你家的狗先咬我哥的。"

"咬你，活该。"

两人就这么打起口水仗。

张大毛考虑到有任务在身，不想惹事，问多少钱。

"二十块大洋。"

"什么，二十块大洋？"王二狗简直不相信自己的耳朵，问道。

"那是，老子的这条狗是正宗的藏獒，告诉你，比你的命都值钱。"

"老子没钱。"王二狗气愤地说。

"没钱，就不要走。"年轻人说着上前一把揪住王二狗的衣领。

王二狗一转腕子，企图用一个擒拿摆脱掉年轻人的手。可是年轻人却一抖腕子反而擒拿住他。

王二狗痛得嗷嗷叫。

张大毛见了，挥拳上前。王二狗趁机逃脱，再帮助张大毛对付年轻人。年轻人一边和张大毛厮打在一起，一边大喊："赶快来人啊，有人闹事了。"

顿时，从村庄里涌出几条大汉向这里奔来。

张大毛想尽快摆脱掉年轻人的纠缠。无奈年轻人蛮力奇大，看样子练过武术。

从村里赶来的人越来越近，张大毛不由大喊："二狗，赶快跑。"正说着，脸上就挨了一拳，一个踉跄，几欲摔倒。

王二狗掏出怀里的短枪，大喝道："住手。"

年轻人一愣，可是并没有住手。

"砰"一声枪响。

一颗子弹贴着王二狗的身子飞过，原来，从村子赶来的几个大汉手里也握着枪，他们围住张大毛。没有办法，王二狗只好逃回来报信。

赵立凯、杨刚健赶忙派出侦察员前去打听王大庄的情况。傍晚，侦察员回来报告说，张大毛被地方的联保主任王金彪抓住了。

说到王金彪，当地人无人不知，无人不晓。他家大业大，不但家里有一百多亩地，周围几个集镇上还有多处商铺。王金彪有三个儿子，各个精通武艺，枪法精准，被称为"王家三虎"，分别是老大"东北虎"，老二"西北虎"，老三"华南虎"。抓住张大毛的就是老三"华南虎"。

王金彪仗着这三个儿子，横行乡里，称霸一方。老百姓常常被欺负，但是都敢怒而不敢言。

国民党合肥县鉴于王金彪的势力，委任他为联保主任，这下，他更加不可一世了。

工委四位领导经过研究，决定攻打王大庄，解救出张大毛，并为此做了精心的作战部署。

第二天拂晓时分，模范队队长陈明义率领一支十几人的小分队化装成老百姓，进入王大庄，慢慢聚集，逐渐靠近王金彪家。

王家抓住了张大毛，问他是什么人、从哪里来的。可是无论怎么问，张大毛就是一言不发。气得三虎拿起皮鞭一阵狠抽，可是张大毛依然是那样。王家三虎称霸一方，平时嚣张惯了，人人见了他们都要点头哈腰，礼让三分，今日见到张大毛这样，不由来气，把张大毛吊到树上，不停用树枝抽打。张大毛真是条汉子，硬是不说一句话。三虎无奈，只好就这么把他吊在树上了。

三虎抓住了张大毛，看见他腰间有短枪、匕首，虽然觉得非同一般，可是并没有把这件事放在心上。他们自认为，就凭着他们弟兄三人的武艺和枪法，方圆几十里没有对手。至于土匪强盗之类，三虎和他们平时都有交往，所以，王家并没有做防范。

东方慢慢明亮起来，王家的雇工打开大门。陈明义等人早就埋伏在此，见门开了，随即率领几人往里冲。雇工问他们找谁。陈明义谎说找三哥"华南虎"有事。雇工"哦"了一声，并没有大惊小怪。

老三"华南虎"早起练武，看到陈明义等人，喝问哪里人，干什么的。

"三哥，您不认识我了？我们找您有事。"陈明义说着走了过去，猛扑上去。

老三"华南虎"猝不及防，被扑倒在地。"华南虎"真是够厉害，猛地一使劲，陈明义反而被他压倒在下面，模范队李玉成等人赶紧过去帮忙，最终四个人才把老三"华南虎"制服。不料老大"东北虎"突然奔了过来。夏新友见状，抢起手里的木棍，将他打倒在地。虽然挨了一棍，可是并没有伤着老大"东北虎"，他一跃而起。夏新友、王二狗奔了过去，和他厮打在一起。

老二"西北虎"听到动静，过来举起手里的枪准备向夏新友、王二狗射击。只是老大"东北虎"压在夏新友身上，而王二狗又骑在老大"东北虎"的头上，不敢随便开枪。恰在这时，负责在大门口警戒的张本金发觉了，"砰砰砰"，连续射了三枪，老二"西北虎"倒地毙命。另一边，夏新友、王二狗二人联手都不是老大"东北虎"的对手。现在，二人都被他压在身下，王二狗的脖子还被他一只手卡住了，他的另外一只手不停地捶打着夏新友。

张本金赶忙过来帮忙，夏新友大喊道："队长，我们在下面，他在上面，赶快开枪。"

张本金瞅准机会，对着老大"东北虎"的后背就是一枪。可是这一枪好像并没有起到多大作用。"东北虎"依然挥拳猛打着夏新友。

"砰"又是一枪。

再看老大"东北虎"，他躺在地上，眼睛里冒着凶光，嘴里喷着血，嗷嗷叫着，企图站起来扑向张本金。

张本金过来，对着他的脑袋补了一枪，只把他打得脑浆迸裂，老大"东北虎"这才倒地一命呜呼了。

此时，其他模范队队员们已经分别解决了三虎的徒弟及三虎的家丁，也救出了张大毛，但是，没有见到王金彪。

通过审讯才知道王金彪在王集照看生意。

消灭了三虎，当地群众拍手称快，都说游击队为当地除了三害，但也为没有除掉王金彪而惋惜。

工委四位领导研究，准备赶到王集除掉王金彪，为民除害。王金彪闻讯，赶忙逃到合肥县县大队。合肥县大队大惊，电话联系了六安、寿县县大队。三县县大队联手成包围之势向王大庄扑来。

　　真是山雨欲来风满楼，就是空气中都弥漫着战斗的火药味。

　　游击队不得不改变方向，向南转移，跳出敌人的包围圈。

　　部队来到庐江，游击队对此地并不十分熟悉，也没有一定的群众基础，为了慎重起见，副大队长陶如维带领十几个人打头阵。

　　一天上午，陶如维带领大家来到南河乡烧麦岗，路上遇到一个猪贩子，向他打听路。但由于听不清楚猪贩子的口音而走错了路，绕了个大圈子又回到原地，恰巧又遇到那个猪贩子买猪回来，一个叫王小二的游击队员上前质问，说他是故意指错路的。猪贩子见游击队人多，个个带着武器，吓得赶忙就跑，路上丢了一头猪。猪贩子气不过，向合肥县大队告了密。

　　合肥县大队、三河区地主武装立即追击过来，形成南北夹击之势。

　　可是陶如维等人还没有发觉，当晚住在烧麦岗一个叫钱圩的村子。早晨，村外跑来一个放牛的老人说："你们还不赶快走？南边来了好多人。"

　　陶如维赶忙带领大家冲出村子，南、北、西方向都传来密集的枪声。

　　现在唯一的一条路就是渡过东边的中派河。陶如维命令张大毛带领一个班的战士在后面掩护。张大毛率领五名战士带着一挺机枪迅速向河边的岗地上跑去。敌人也发现了这一有利地形，也向那里疾跑。

现在，谁先占领那个岗地，谁就是赢得了生命。

张大毛不愧为侦察班班长，带领战士抢先一步占领了高地，架起机枪猛烈射击，敌人瞬间倒下一大片。

陶如维率领其余战士强渡中派河。当时，正值梅雨季节，河水汹涌，结果战士王小二因为不会游泳而溺水身亡，另外一个战士被大水冲走，在离烧麦岗二里地的地方才抓住一棵树。

陶如维他们游到对岸后，利用河滩射击，掩护张大毛等人渡河。

张大毛等人刚游过来，"啪啪"一阵枪响，河岸边又涌来一股敌人。他们是当地的地主武装，接到命令前来"剿匪"。

后面是汹涌的河水，岸边还有强大的敌人。前面是地主的武装，虽然武器不怎么样，但是，人数远远超过游击队的十几个人。再说，地形对他们有利，他们利用高地，向游击队射击。

游击队被压缩在河滩边一个低洼处，形势危在旦夕。

陶如维只好率领大家拼杀反击，准备伺机冲出去。

陶如维指挥几次冲锋，都被敌人的火力压制住，只好退了回来。但是，那十几个人是经受不住消耗的。

幸好赵立凯、杨刚健听到枪声，知道出事了，赶忙率领部队前来支援，打跑了地主武装。

这次战斗，部队伤亡很大，除了溺水的王小二，另外还有三名战士在战斗中牺牲，五人受伤。工委会议上，大家对陶如维进行了批评。陶如维虽然口头表示接受，可是心里却并不服气，认为工委领导在排挤他。这也是他后来叛变的一个原因。

赵立凯、杨刚健率领部队一直向南转移，再折向西，进入岳西，绕了一个大圈子，于 1946 年 7 月初再次回到了寿东南。

到了 6 月中旬，寿东南青纱帐又起，高粱已经一丈多高，玉米也有一人高，这正是游击健儿大显身手的好时机。在开展游击战的同时，工委领导考虑准备建立游击政权，这也是游击队回来的宗旨。

但是，由于当时还没有打开局面，游击队还处在困难时期，面对强大的敌人，游击队只好化整为零，把人员分成几个小组，在寿东南几个核心区隐藏起来。这样，能够缩小目标，不引起敌人的注意。即使这样，驻守寿县的国民党桂系军队及合肥县的保安团、县大队仍时不时来"剿匪"。

7 月下旬，游击队拉开了小规模战斗的序幕。

当时，国民党杨庙乡乡长叫董天福。他有一个亲戚在驻守寿县的国民党桂系军队里当军官，因此，他认为有了后台，摆出一副天不怕地不怕的样子。为了对抗游击队，他纠集了一伙一百多人的武装。这些人都是当地的地痞流氓土匪强盗，经常到杨庙、义井、钱集、吴山等地抢粮抢牲口，闹得当地鸡犬不宁，群众怨声载道。同时，这股流氓势力处处与游击队为敌，残害我游击队员家属。

一次，侦察员张道勇、马麟到杨庙、义井一带侦察，被董天福的爪牙发现，硬是被追击了十几里地，马麟肩膀被子弹击中受伤。

还有一天，神枪手李海道回家探亲，被董天福收买安插的密探——同村的大烟鬼李文栓知道，报告给了董天福。董天福马上带着手下二十多人前来捉拿。他们忌惮于李海道的枪法，半夜包围住李海道家，然后放火点燃了李家。

幸好李海道有任务提前归队，但是，李家被烧成一片废墟，李海道的父亲、嫂子也被董天福抓去，吊在树上毒打。最后，赵立凯、杨刚健通过国民党寿县的关系，花钱赎回了二人。可是，李海道父亲的身体从此一蹶不振。

为了打击董天福的嚣张气焰，赵立凯、杨刚健等工委领导商量，好好教训一下董天福。赵立凯、杨刚健派张大毛通知杨庙地下党董小树尽快摸清董天福的情况。

7月23日上午，董天福在几名卫兵的保护下回到杨庙家中。董小树得知消息，随即以晚辈的身份前去拜访他。董天福看到董小树带来了很多礼物，便热情地接待了这个本家侄子。董小树于是把董天福的家前屋后、门前巷道都摸得一清二楚。回到家后，画了一张地图，立即送给了游击队。

杨刚健随即命令模范队队长陈明义组织了十几人，由董小树带路，天黑时分，包围了董天福的家。

董小树上前喊开门。董家卫兵看是白天送礼来的那个董乡长的侄子，也没有怀疑，于是打开了大门。

战士们闪电似的冲进董天福家里，持枪喝道："董天福，缴枪不杀。"

昏暗的灯光下，董天福的一个卫兵企图伸手去掏怀里的短枪，被张大毛发现，上前一脚踢翻在地，再缴了他的枪。

董天福见无计可施，只好乖乖举起手来。

陈明义告诉董天福："游击队又回来了，大部队也很快就会过来，你要认清形势，不要执迷不悟，和游击队作对是绝对没有好下场的。"

董天福诺诺连声答应。

接着，陈明义说明来意："我们来不要你家的一针一线，只是接受上级命令，来你这里取点枪支弹药。"

董天福知道不给不行，立即把家里的五支短枪全部交了出来。

陈明义看了看那些枪，没有作声，只是坐在那里一动不动。

董天福知道游击队不满意，答应以后再给十支长枪。陈明义问有什么凭证。董天福说可以打个字条，还信誓旦旦地说他是守信用的人。

"那不行，这样吧，你的弟弟妹妹我们暂时带走，你拿枪来交换。"陈明义说。

就这样，模范队没费一枪一弹，顺利地完成了任务。

带回的董天福的四个弟弟妹妹，赵立凯、杨刚健指示要好好招待。他们吃的比游击队员吃的都要好，这甚至让有的战士有些不解。

第二天，董天福派人来和游击队谈判，说只要不杀害他的弟弟妹妹，他能做到的一定照办。

赵立凯、杨刚健等工委领导提出了条件：

一、以后不准袭击我游击队，不准阻挠我军行动，不给国民党县大队和桂系军队通风报信，不准残害我军家属，不准骚扰老百姓；

二、送给我军十支长枪、五支短枪、一挺机枪、一千发子弹、五百个手榴弹。

董天福答应了游击队的要求，第二天长短枪、手榴弹都送来了，只有机枪没有送来。送枪的人带来了董天福的口信，说机枪不好弄，请求游击队宽限几日。

游击队放了董天福的四个弟弟妹妹，利用董天福送来的枪支弹药扩充了一个加强班，壮大了力量。

游击队的活动引起了敌人的注意，国民党省政府主席李品仙下令"剿匪"。在国民党省政府的统一部署下，驻守在寿县的国民党桂系军队在瓦埠湖由西向东杀进；合肥县大队由合肥方向出发，由南北上；寿县县大队、县保安团联合地主武装由西北向寿东南而下，企图一举围歼游击队。一时间，小小的寿东南杀机四伏，人心惶惶。

可是敌人到处寻找游击队，却处处扑空。他们只见老百姓，连个游击队员的影子都没有见到。原来，根据工委指示，各个战斗小组全部化装成老百姓，白天下地为老百姓干农活，夜晚就住宿在他们家。这得益于淮西独立团在淮西地区打下的良好群众基础。敌人来了，早就有群众通风报信，而且没有一个老百姓前去告密。

一天上午，侦察员张大毛、王二狗在徐庙地区活动，前面匆忙走过来一个农民，说："前面有十几个人正在到处找你们呢，还不赶快躲起来。"张大毛、王二狗慌忙藏好枪，拿起工具下地干活。这时，寿县刘干臣部的一个中队长朱麻子率领十几个人赶到，觉得二人不像农民，遂起疑心，于是上前盘问。二人死活咬定就是本地农民。张大毛本是徐庙拐集人，对当地非常熟悉，一一回答了敌人。可是朱麻子依然怀疑。这时，农民张世杰赶来，说："你们找我儿子干什么？"朱麻子这才不再怀疑。

一天晚上，国民党桂系一个连包围了钱集杨家湾，挨家挨户地搜寻游击队。当时，模范队队长陈明义等人就在杨家湾，住在杨瘸子家。敌排长指着陈明义问保长是不是杨瘸子的儿子。保长点头称是，陈明义这才躲过一劫。原来，这个保长早在抗日战争时期就被淮西独立团争取过来了。

由此可见，当时游击队和群众的关系有多么密切。正是靠着这一点，游击队才可以在寿东南生存并不断壮大。

折腾了二十多天，敌人一无所获，只好空手而回。合肥县大队抓了几个毛贼和几个要饭的回去，充当游击队领赏。

国民党桂系夏威团长在提交的作战报告中写道："共匪真难对付，我们的队伍一到，他们都是老百姓，我们的队伍一撤，他们又都出来了，民匪难分啊。"他向省政府主席李品仙提出建议，省政府应该多关心老百姓疾苦，以得到分离群众和游击队关系之效果。可是这个想法太幼稚了，当时，国民党地方腐败到极点，已经失去民心，老百姓对他们恨之入骨。老百姓知道只有共产党领导的新四军和游击队对他们才是真正好。

寿县县大队队长刘干臣也参与了"剿匪"行动。他率领县大队主要负责寿东南杨庙一带。名义上是"剿匪"，可是，刘干臣心里却有自己的小算盘，就是想借"剿匪"的名义发一笔横财。所以，国民党桂系正规军走了之后，刘干臣却留了下来，他的县大队所到之处，就是随便抓人，到处抓人，罪名是"通匪""窝匪"。

为了达到敲竹杠的目的，刘干臣四处放出话来："有钱可以放人，有粮可以赎命，没钱没粮，死罪。"

那些被抓去的人，家里为了保全他们的性命，不得不拿钱拿粮去赎人。这下可苦了那些穷苦人家，自己拿不出钱粮，只好到处借债，甚至去借高利贷。义井乡的陈老槐是个老实本分的人，家里穷得徒有四壁，即使这样，刘干臣也不放过，把他十六岁的儿子陈玉龙抓去了。陈家就这么一根独苗，一时间，陈家呼天喊地，全家老小跪在刘干臣面前，指天发毒誓说儿子没有"通匪"。可是，无论怎么乞求，刘干臣都无动于衷，最终还是把陈玉龙抓走了。陈老槐没有办法，把家里养了一年的肥猪卖了，又到本村地主陈财旺家借了五斗小麦，最后才把儿子赎回。可是经过这么一劫，陈老槐家更穷了。陈老槐年迈的母亲，为了不给家里添累赘，居然上吊自杀了。为了还债，陈老槐把自己的女儿嫁给（不如说卖）大她十几岁的男人。

刘干臣对寿东南人民犯下的罪行可谓罄竹难书，一时间，杨庙地区人民怨声载道，可是没有一点办法。

刘干臣尝到甜头后变本加厉，更加疯狂地抓人。一天，刘干臣率领县大队来到董小圩，别看这个村子小，抗日期间很多淮西独立团的战士来自这个村子，游击队工委领导董其道也是这个村子里的人。刘干臣深知这一点，下令抓人。最后居然把这个村子里十之六七的男人都抓去了，并扬言："董小圩是共匪窝，要赎人，钱粮要比别人多三成。"

董小圩很多是烈士的家属，为了英雄的家人，赵立凯、杨刚健等工委领导经过研究，决定动用一些游击队的公款帮助他们渡过暂时的困难。

就这样，刘干臣放了一批，又捉一批，再放再捉。在短短不到一个月的时间里，刘干臣所得的金钱不计其数，粮食也有一百六十多石。金钱他能及时带走，但是粮食不便运输，只好暂时存放在杨庙粮行里。那一百六十多石的粮食堆积成山，而此时，正是淮西地区青黄不接的时候，很多人家揭不开锅，只能吃糠咽菜以渡难关。

刘干臣发了财，不由大喜。但是，他心中也有鬼，因为这些都是他所得的不义之财，更让他担心的是杨庙地区的游击队，害怕那些粮食"树大招风"，会招致游击队上门。

还别说，刘干臣猜对了，赵立凯、杨刚健早已盯上了这些粮食，因为这些都是杨庙地区老百姓的血汗换来的，只是苦于没有找到下手的机会，他们在等待。为此，游击队工委命令地下工作的同志严密监视刘干臣的一举一动。

那一百六十多石粮食成了刘干臣的心头病，为了尽快把那些粮食运到寿县县城去，刘干臣给杨庙地区的乡长、保长摊派了集齐四百青壮劳动力、一百七十多辆手推车的任务。

当时，刘干臣有个干儿子叫贾德宝，是杨庙当地人。此人到处宣扬自己是刘干臣的干儿子，目的是让当地豪绅巴结自己，让老百姓怕自己。贾德宝常常仗势欺压百姓，可谓无恶不作，群众对他恨之入骨。这几天更是活跃，带人到处抓人。一天，他带着几个卫兵到瓦埠湖一带抓人，碰上蒯圩村蒯正好新娶的儿媳在地里锄草，贾德宝见她有几分姿色，遂起淫心，把她拉到高粱地里强奸了。

刘干臣要运粮，贾德宝忙在前头。他带着几个贴心卫兵到处抓夫，派车、指挥装粮，忙得那个欢啊。

一段时间后，摊派的车夫、车子都齐了。粮食装上车后，已经到了吃饭时分，可是贾德宝说不管吃，让车夫们自己解决。面对贾德宝的一毛不拔，车夫们憋了一肚子气，纷纷在背后骂他是铁公鸡。

刘干臣率领县大队首先开拔回寿县县城，留下亲信五人和一个班的武装给贾德宝，让他负责押解车队向瓦埠街进发，再在那里用船运到寿县县城。

刘干臣一伙的活动早在我地下工作的同志的严密监视之下，他们立即把这一情报报告给赵立凯、杨刚健他们。

当时，寿东南的区、乡还是抗日战争时期独立团在淮西划分的。考虑到当时广大人民群众的疾苦，赵立凯、杨刚健命令一区、三区（主要是杨庙、小甸集）地下工作的同志发动、组织群众，配合游击队，在半道上劫下粮食，再分给穷苦百姓。

杨庙、小甸集的地下工作人员接到工委指示，立即开始行动，号召群众参与劫粮。

受苦受难、遭受欺压的淮西群众一听要劫刘干臣的粮食，一呼百应，纷纷参与进来。短时间里，就有几百名群众报名参加。

中午时分，艳阳高照。大井集通往小甸集的路上，走来十几个人，他们是杨刚健、张本金、陈明义率领的十几名游击队战士。他们来到一个上坡路段后，停了下来，钻进路旁的高粱地里埋伏了起来。不一会儿，那几百名群众在地下工作同志的带领下赶到，按照预定方案，也纷纷钻进附近的高粱地里。

此时，贾德宝等人押解着粮车正往这里走来，手推车吱吱呀呀的声音传出老远。混在车夫队伍里的地下党员张有好悄悄地对车夫说，前面是上坡，要大家慢点。车夫们其实心中早就有数，逐渐放慢了速度。

车队来到上坡路段。

天气炎热，贾德宝和那十几名卫兵早已热得脱光了上衣，背着枪大摇大摆地走着，根本没有注意到周围有什么异常情况。

走在前面的张有好故意一个趔趄，车子翻到一旁，后面的车子只好停下。贾德宝见了，过来呵斥说怎么搞的，大骂张有好是吃饭的料，并扬起手里的鞭子，准备抽他。突然从旁边的高粱地里跃出来十几人，黑洞洞的枪口对着他们，喝道："不准动，动一动打死你。"

贾德宝和那十几个卫兵吓坏了，站在原地呆呆发愣。

"我们是共产党的游击队，举起手来，缴枪不杀。"

贾德宝和那十几个卫兵只好乖乖举起手来。游击队战士上前缴了他们的枪，押解到一旁看管起来。

一声呼哨，高粱地里的几百名群众听到，纷纷钻出高粱地，奔向车队。贾德宝和那十几个卫兵都看傻眼了，也吓傻了。他们不明白怎么一下子冒出这么多人。他们可是费了九牛二虎之力才凑齐一百多人的。

几百名群众纷纷用带来的布袋装粮，不一会儿，那一百六十多石粮食被一扫而光，就是车夫也参与了进来。

鉴于贾德宝罪大恶极，杨刚健宣布对他判处死刑。贾德宝听了，立即烂泥似的瘫倒在地。两名战士架起他拖到高粱地边，"砰"一枪，结果了这个罪有应得的家伙。

地下工作的同志组织人员把抢来的粮食分发给最需要的群众，帮助他们度过这青黄不接的困难时期。群众感恩不尽，纷纷夸赞共产党游击队，表示以后会更加拥护共产党游击队。游击队和老百姓的关系更加紧密了。

刘干臣的粮食被抢和其干儿子贾德宝被处决的消息迅速在淮西地区传开了，并不断远扬，所到之处，老百姓无不拍手称快。

瓦埠湖甄圩的甄正好老汉听说了此事，居然破天荒地买了一挂鞭炮用来庆贺。义井乡的陈老槐听说了此事，不禁仰天大叫："老天有眼啊，老天有眼啊。"

义井地区有一个说大鼓书的，叫陈宏梓，编了一个段子来记述这件事：

刘干臣，太狠毒，敲人竹杠把粮运。

游击队，为穷人，劫下粮车济大贫。

干儿子，送了命，孝敬老爷刘干臣。

另外一个开明绅士董其道风趣地说："没想到这个以敲诈勒索、贪污成性而出名的刘干臣，还来个'放粮济贫'哩。"

杨庙、小甸集地区的老百姓是如此欢欣鼓舞，可是远在寿县县城的刘干臣可就不一样了。他又气又怕，气的是那么多粮食被游击队劫走了，简直是煮熟的鸭子飞了，为此，心疼得要死；另一方面，害怕游击队会神不知鬼不觉地摸到寿县县城来，那样，他的老命恐怕不保，想到这个，不由胆战心惊，后脊梁骨直冒冷汗。

可能是意识到自己罪孽深重，游击队和淮西人民不会放过他，不久，刘干臣便辞去寿县县大队长的职务。

敌人的"围剿"以失败而告终，游击队利用青纱帐和敌人周旋，局面稍微好转，逐渐在淮西地区扎下根来。

不久，赵立凯、杨刚健接到一个重大的任务——迎接皮定均率领的中原解放军第一旅。

原来，1946年初夏，国民党全面发动进攻，内战由此爆发。中原地区地理位置十分重要，历来是兵家必争之地，为此，蒋介石调动三十万大军围攻鄂豫边境的中原解放区。

敌重兵围困，形势危急。为此，中原局根据中共中央指示，决定中原军区主力由司令员李先念、政委郑位三率领，分两路突围，第一纵第一旅也就是皮定均率领的旅做掩护。

第一旅临危受命，为了吸引敌人，减轻主力部队西进的压力，全旅七千多名指战员在皮定均旅长的率领下，以超人的胆略、顽强的毅力，和主力部队相背而行。

部队从武汉出发，挺进大别山，然后向东突围。敌人果然上当，赶忙调集重兵围追堵截。

第一旅冒着敌人的枪林弹雨飞速东进。1946 年 7 月初到达商城县瓦西坪，打败了商城县顾敬之的保安团，然后进军松子关，冲破国民党七十三师一个团和立煌县保安团的阻击，进入皖西。

蒋介石大惊，赶忙四处调集大军，准备合围第一旅。皮定均旅长命令全体指战员轻装前进，赶在敌人口袋没有合拢之前，以一昼夜一百多里的速度越过皖中平原，然后分三路前进。

7 月 15 日，皮旅到达合肥西部的官亭镇，打掉了此地的民团。第二天，到达合肥北部的高刘集，以秋风扫落叶之势，横扫高刘集国民党乡公所，为游击队拔除了一个钉子。7 月 20 日，到达了寿东南的吴山庙。

寿东南游击队和各级地下党组织接到指示，立即行动起来，派人积极前去和皮定均旅取得联系，然后给他们带路，介绍周围敌情等，并把筹集的干粮、药品送给他们，同时，准备了担架，帮助他们安置伤员，收容掉队的人员。

在游击队向导的带领下，皮定均旅连夜从下塘集南边越过淮南铁路向苏北挺进。第二天，国民党桂系一三八师赶来阻击时，皮定均旅已经跃出几十里路之外。

这次，皮定均旅过境，浩浩荡荡，所到之处，国民党地方武装闻风丧胆，土崩瓦解。人民群众亲眼见到了大批"新四军"，受到极大的鼓舞。这样，国民党散布的"新四军已经全部被歼"的谎言不攻自破。

顺利完成了上级交给的任务，寿东南游击队和地下组织为此受到上级的褒奖，战士们的战斗意志更加坚强了。

锄　奸

皮定均旅北上后，淮西广大人民群众深受鼓舞。为了消除影响，国民党加强了对淮西的控制，并不时派军队前来疯狂"清剿"。到了1946年冬，青纱帐已不在，各个游击小组只好白天隐蔽在我核心区，夜晚进行秘密活动。游击队进入相对困难的时期。这也是最为考验人的时候。

可是不久，出事了，而且还是大事。

临近春节，游击队副大队长陶如维赶在春节前回家探亲。傍晚，他悄悄潜回吴山大李岗的老家。

那时候，国民党实行保、甲制，连坐制，所谓连坐制，就是家里来了个亲戚都要相互监督，及时报告。

陶如维回家，惊动了村子里的狗。群狗狂叫不止，也惊动了保长陶善良。这个陶善良是个两面保长，表面上是国民党的保长，实际上背后也为游击队做事。他听闻了狗叫，悄悄起来观察动静，看到陶家的灯亮着，又见陶家在烧火做饭，知道陶家来人了，而且极有可能就是陶如维。因为陶如维参加了新四军，这是众所皆知的事情，一般他不回家，只是每年春节前都要回家看望一下父母，以尽孝道。

本来，像这样的事，陶善良知道也就算了，可是，最近，陶善良赌钱输了很多，被人催债催得厉害，正在发愁呢。他看着陶家冒着烟的烟囱，心里打起了贼主意，悄悄溜回家，叫醒了儿子……

夜半时分，一个黑影悄悄溜出村外，向吴山镇跑去。

当下，风声很紧，陶如维是深知这一点的，本来打算回家看望一下父母，拿一点钱给他们就算了。可是见到久别的父亲，不由陪他多喝了两杯，抱着一种侥幸心理，当晚就住在了家里。

拂晓时分，吴山保安团二十多人包围了陶家。陶如维被惊醒，想跑，可是已经来不及了。

陶如维持枪和敌人对峙，大白天，保安团才不怕呢，他们团团围住陶家。上午，寿县特别行动大队大队长陈建国又率领三十多人赶到大李岗，几个头目知道陶如维是游击队中的大官，谋划活捉他，以向上级请功。

"陶如维，你跑不了了，赶快投降吧，否则，我们就杀了你全家老小。"陈建国喊话。

陶如维就是不吭声，持枪躲在门后。

"砰砰"，敌人开始放冷枪。

陶如维适时反击，现在唯一的希望就是赵立凯、杨刚健他们知道自己的情况，能赶来救援。等到中午，也不见救兵赶到，陶如维知道今天可能在劫难逃了，准备等到天黑舍命冲出去。

敌人里三层外三层包围住陶家，现在，陈建国他们也有些担心，害怕天黑了对他们不利，于是决定发起强攻，争取在天黑前活捉陶如维。

"轰轰"，一阵手榴弹爆炸后，敌人在机枪的掩护下，发起冲锋。

陶如维躲在门后，冷静地射击，"砰砰"两枪，前面的两个敌人倒地。陶如维的弟兄也来帮忙，他们虽然不会开枪，但是，手持钢叉、木棍守在窗口。

敌人呼喊着再次发起进攻，陶如维奋起反击，敌人又丢下两具尸体退了回去。

难道是几十人攻不下陶家？不是的，因为他们想活捉陶如维，所以有所忌惮，开枪时并没有朝着陶如维射击，可是久攻不下，也惹恼了敌人，眼看着太阳慢慢西下。陈建国等几个头目决定活的捉不了，死的也行，只有一条，千万不能让陶如维跑了。

寿县县大队有个叫朱麻子的，心眼儿多，他看了看陶家的稻草房顶，提出火攻，把陶如维逼出来。

敌人点燃了陶家的房子。冬天，天气干燥，稻草铺就的房顶一点就着，不一会儿，就燃起熊熊大火。

陶如维家里烟雾弥漫，不一会儿，家具也燃烧起来。全家几十口人受不住烟火熏烤，只好向院子里撤。这样，他们就完全暴露在敌人的枪口下。

"陶如维，陶副大队长，再不投降，就射杀你的全家。"陈建国趴在墙头上喊道。随即举起枪，"砰"一声，陶如维的弟弟腿部中弹。陶如维知道再不放下枪，自己家里这几十口人真的就没命了，只好把枪放在地上，举起手来。

就这样，陶如维被敌人抓住，押解到寿县县城。陈建国知道他是游击队的大官，如果招安了，寿东南的游击队和地下组织情况就会全部知晓，于是好酒好菜地招待他。

这时候，陶如维的革命意志还是坚定的，他抱着誓死的决心坦然面对那些好酒好菜。

陈建国开始审讯陶如维，可是无论怎么审讯，陶如维就是一句话也不说。气得陈建国暴跳如雷，可是没有一点儿办法，最后只好用刑。陈建国把陶如维捆绑起来，再倒吊在树上，用鞭子、树枝不停地抽打。即使这样，陶如维还是不说一句话。陈建国一招不行，又使一招。他知道陶如维是孝子，于是命令手下把陶如维的父亲押来，当着他的面，不停地用木棍毒打他的父亲，直打得他父亲嗷嗷叫。可是陶如维只是闭着眼，装着看不见、听不见。

陈建国无计可施了。

县特别行动大队一个叫吴义炳的，接受过正规的特务训练，他对着陈建国耳朵一阵嘀咕。陈建国"嗯嗯"地点头答应，然后吩咐手下去准备。

下午，陶如维被押解到一个院子，看到院子里架着一口大铁锅，锅里沸水咕嘟嘟地翻腾着。一会儿，又见到自己家几十口人也被押解来。

他们疑惑着，不知道陈建国要干什么。

"陶如维，陶副大队长，知道这是干什么的吗？"陈建国指着大铁锅问，"知道烫死猪吗？"

这下，陶家人都知道了陈建国要把他们一一活烫，于是哭成一团。

"怎么样，谁先来？"陈建国阴阳怪气地问。拿起水瓢舀了一瓢滚开的水向陶如维侄子的手泼去。

一声撕心裂肺地大叫，再看侄子那只手，皮和肉已经脱离。

"你们不要为难我的家人。"陶如维终于开口说。

"那好，我们不为难他们，那你说吧。"

陶如维还是不吭声。

陈建国见了一挥手，随即上来几个特务，脱了陶如维的衣服，再架起他，往大铁锅里放。

这时候，热浪滚滚地涌来，皮肤已经被灼伤。陶如维杀过猪，烫过猪，知道其中的厉害。此时，他恐惧了，革命意志彻底丧失。

"我说，我说。"他大叫道。

就这样，陶如维叛变了革命。

陶如维首先供出的是拥护共产党游击队的徐庙乡乡长张世杰。因为，张世杰曾经得罪过他。一天，陶如维等人到徐庙一带活动，"借"了地主邵德华家的粮食，而邵德华是张世杰的亲老表。邵德华找到张世杰说情，可是陶如维没有给张世杰面子，因而二人心中产生了芥蒂。一次，陶如维等人又到徐庙活动，张世杰不但没有接待他们，而且还说了他几句，这让陶如维怀恨在心。

第三天上午，张世杰被寿县特别行动大队抓住，以"通匪"的罪名，在徐庙街道上游街，然后当众被枪毙。

张世杰被杀害，引起了赵立凯、杨刚健等工委领导的注意。他们不清楚怎么一回事，因为张世杰为游击队做事是秘密的，知道其身份的人非常少。

哪里出现了问题？几位工委领导猜测着，思考着，密切注视着事态的发展。

正在工委几位领导捉摸不定的时候，又出事了。

禹庙岗是淮西独立团抗战政权的中心，淮西独立团撤走后，二十来岁的姑娘樊敬菊留了下来，在禹庙街道上开了一家饭馆，以此为掩护，专门负责传达上级指示。可是，她一直是单线联系，居然也被捕了。特别行动大队的特务对她施行了惨无人道的摧残，轮奸、脱光衣服示众等等，即使这样，英勇的樊敬菊依然没有招供，最后被活活折磨而死。

要说张世杰出事是偶然现象，那樊敬菊的事就非同一般了，因为知道樊敬菊身份的只有游击队几位重要领导人。

这引起了赵立凯、杨刚健等工委领导的高度重视，他们寝食难安，坐立不宁，知道肯定是哪里出现了漏洞。

赵立凯只好动用自己的最后一张王牌，派侦察组组长张大毛立即赶往寿县县城。

张大毛化装成戗菜刀磨剪子的，混进寿县县城，一路吆喝着招揽生意，慢慢靠近县特别行动大队大门。一会儿，从门里走出一个老头——特别行动大队的厨师李文道，说要磨剪子。张大毛跟着他走进县特别行动大队的大院。

李文道是定远人，烧得一手好菜，年龄才三十多岁，看上去有五十多了。别看他表面老实巴交的，其实非常机敏。

他有一个亲老表叫张士伟，在寿县县政府当秘书。藕塘根据地领导根据这个关系，动员说服他去找张士伟谋个差事，实际上是打入敌人内部。

李文道找到张士伟说明来意。张士伟碍于自己姑姑的情面，把他推荐给特别行动大队队长陈建国做厨师。就这样李文道做起秘密工作，抗战时期，给独立团送了不少情报。但是，考虑到这个安插在敌人心脏的楔子不容易，所以不到万不得已的情况下不用，平时联系也是单线。

张大毛当着敌特别行动大队人的面给李文道磨剪子。

"你快点磨，我还要淘米做饭呢。"李文道假装结巴似的催促，然后解下围裙，拍打了几下，"这个破围裙，要换了。"

张大毛立即回到杨庙，把和李文道接头的情况向赵立凯、杨刚健说了。

几人开始细心地分析李文道的话，淘——陶，围——维。陶维，陶如维？难道陶如维叛变了？

工委四位领导立即把这一情况派人通知各地战斗小组和秘密工作人员，然后再派人调查陶如维的行踪。第二天，那些人回来说陶如维在瓦埠湖一带活动，看样子没有什么异常。同时，回来的人还报告说，最近陶如维好像失踪了几天，只是昨天又回来了。

原来，陶如维叛变后，陈建国又让他回到寿东南，目的是放长线钓大鱼，探得游击队首脑的秘密藏身地，伺机一网打尽。至于那些"小鱼小虾"，以后再慢慢收拾不迟。为此，陈建国派了几名县特别行动大队的特务在瓦埠湖一带活动，随时和陶如维联系。

赵立凯、杨刚健立即命令模范队队长陈明义率领模范队前往瓦埠湖，一定要擒拿住陶如维。

陶如维这几天表面上装作一点事也没有，实际上，内心极其恐惧。一方面是他出卖了同志；另一方面，又怕游击队识破他。对此，他是知道后果的。还有，陈建国不时催促他赶快行动，找到工委领导的所在地。

陶如维回答说不能急，欲速则不达，那样，恐怕会引起游击队的怀疑。当晚，他带着几名游击队队员住在大杨圩村庄，打算明天赶往杨庙去找工委，正在考虑以什么名义去的时候，却不料陈明义等人率先一步找到了他。

陈明义假装寒暄几句，陶如维正在思考着陈明义等人为什么这时候赶来，突然几只枪口同时对准了他。

"你这个叛徒。"陈明义呵斥道。

陶如维一愣，随即恢复了镇定，马上反问："叛徒？谁叛变了？"说着装模作样地东张西望，实际在寻找逃跑的路线。

"不要再装了。"陈明义说，手一挥，张大毛、王二狗随即上来欲缴他的枪。陶如维退后一步，声嘶力竭地说："你们这是干什么？"说着摸腰间的短枪。

千万不能让他掏出枪来，也许跟陶如维接应的人就在附近。说时迟那时快，张大毛、王二狗猛扑上去，抓住陶如维的手不放。陶如维知道被抓的后果，拼命做垂死挣扎。一边挣扎，一边还企图挑拨离间，对着屋子里的几个手下说："他们在瞎抓人，我是你们的副大队长，快动手。"

那几个游击队员一时不知道怎么办，有极个别的还真的想出手。

"不准动，是工委派我们来的。"陈明义一边扬着手里的一张纸，一边大声地说。这下，那几个游击队员相信了。

陶如维虽然力气大，但是，禁不住张大毛、王二狗两人的齐心合力，最终被抓住。陈明义立即命令捆绑住他，再次向瓦埠湖的战斗小组宣读了工委领导的命令。

此时的陶如维自知罪孽深重，也没有再做狡辩。现在，唯一的祈望就是在附近活动的寿县特别行动大队的人发现这里的情况，立即赶来解救他。

可是，等了半天，周围一点动静也没有，陶如维彻底绝望了。

害怕夜长梦多，根据工委的命令，陈明义准备连夜把陶如维这个叛徒押往杨庙。他们伪装成看病的，把捆绑的陶如维放到牛车上，再在上面盖上被子。事关重大，陈明义亲自赶着牛车，其他模范队队员则分散在前后左右保护。

到了杨庙，陶如维彻底放弃了抵抗，交代了自己叛变革命、出卖张世杰和樊敬菊同志的罪行。让工委领导庆幸的是，陶如维还没有来得及供出更多的同志（陶如维自己狡辩说不愿意供出），否则，后果不堪设想，因为作为副大队长的他，知道的东西实在太多了。至于陶如维为什么供出樊敬菊，原来因为她很漂亮，让陶如维很动心，几次含蓄地说喜欢她，可是樊敬菊都装作不知道。陶如维知道这是拒绝了自己，因此心中不满，但也没有办法。这一次把她供出来，企图让樊敬菊和自己一样叛变革命，那样她就会属于自己，可是陶如维做梦都没有想到樊敬菊宁死不屈。

考虑到陶如维的叛变带来的后果，也为了惩前毖后，工委领导研究决定公开枪决陶如维这个叛徒。

为此，赵立凯、杨刚健命令把陶如维押解到他的家乡——吴山的大李岗，宣读了工委命令后，处决了这个叛徒。

处决了陶如维后，工委领导吸取了教训，命令以后任何人不得违反纪律，擅自离队行动。

本来，敌人指望利用陶如维的叛变，消灭游击队的首脑机构，可是只落得竹篮打水一场空。这得益于工委领导的机敏，也得益于培养了李文道这样的打入敌人内部的人。工委领导意识到反特的重要性，考虑着手组建反特特别行动小组。

1947 年的春节快要到了，"为了过个安稳的年"，国民党安徽省政府主席李品仙下令在春节前对寿东南进行一次更加疯狂的"清剿"。为此，驻守寿县的国民党桂系一个团开进寿东南我游击核心区杨庙一带，在合肥、六安、寿县、定远、霍山等地的保安团、县大队配合下，对寿东南进行了一场拉网似的"清剿"。

白色恐怖笼罩住淮西，游击队的活动更加困难了。工委命令游击队各战斗小组完全转入地下。

虽然有群众的掩护，但是，这一次，敌人"清剿"的时间比较长，游击队陷入空前的困难之中。在极其严寒的天气下，分散开来的游击队队员昼伏夜出，从来不敢在一个地方待上一夜，需要不停地转移，有时候一夜需要转移三五次，生活也极其艰苦，有时候一天只能吃上一顿饭。

考验一个人的意志品德的时候到了。

赵立凯、杨刚健等工委领导高度警惕，指示各地游击小组和地下工作者小心应对敌人。

刘怀掌原是抗战时期我寿三区义井乡武工队的指导员，也是我地下工作者。1947 年 3 月 25 日晚，他安顿好留守在杨庙的游击队后往家赶，刚跨进自家院子就感觉到不对劲，因为家里太寂静了，寂静得有些恐怖，也不见家里的那条大黄狗跑出来迎接自己。多年的斗争经验告诉他，家里来敌人了，于是拔枪在手，转身就跑。

敌人发现了刘怀掌，纷纷从隐蔽处闪出，一边喊："不要跑，你跑不了了。"一边开枪追击。

刘怀掌一边跑，一边开枪还击，不料从旁边墙角处射来一发子弹，击中了他的腿部。刘怀掌忍着剧痛，用一条腿跑。可是敌人太多了，村子各处都有埋伏。"砰砰"，子弹带着火星射向他。刘怀掌真是勇敢，背靠着墙开枪反击。

可是不久子弹便打光了。

"他没有子弹啦。上啊，抓活的。"敌人号叫着围了上来。

刘怀掌拔出匕首，待到一个黑影靠近，猛地扑了上去。黑影惨叫一声跑开了，再踉跄着倒下。

"砰砰"，敌人乱枪齐射，刘怀掌的身体被打成了筛子。

与此同时，三里外的姚家庄，一伙特务突然闯进义井乡乡长姚继谦的家里（姚也是共产党员）。姚继谦正在睡觉，听到动静伸手去抓枪，可是已经来不及了。敌人把他带到义井乡公所，连夜审讯。可是无论敌人怎么折磨姚继谦，他都不肯出卖同志。第二天，义井逢集，敌人把他押解到街道上，当众杀害了他，以达到杀一儆百的目的。和姚继谦一起被杀害的还有乡联络站通信员吴化韶。

3月27日，义集乡党支部书记杨和生在炎刘庙被杀害。3月28日，新集乡党支部副书记马家支、联络员赵学敏（绰号赵小咪，专门负责和上级党组织联系的联络员）在吴山被杀害。3月29日，东环郢中共秘密支部书记何益民、秘密党员陶久法在杨庙被杀害。

短短八天时间里，相继有八名重要的同志被敌人逮捕杀害。赵立凯、杨刚健知道有人叛变了，赶忙派人四处通知各地战斗小组和地下工作的同志密切注意事态的动向，逐一排除身边的人员，看谁最近脱离了队伍；另一方面，动用一切资源，想方设法打探究竟是谁叛变了革命。

郑传富是吴山人，为人机敏。抗战时期，淮西独立团安排他在吴山开了一家吴山贡鹅饭店，以此为掩护，打探吴山国民党的情报。4月2日晚上，吴山乡公所派人通知郑传富送贡鹅。

是晚，吴山乡公所戒备森严，这让郑传富感到非同寻常，猜测肯定有特殊人物到来，联系到最近得到的上级指示，于是决心一探究竟。

可是，虽然敌人让他进了乡公所的大门，但并不让他走进吃饭的房间。怎么办？

郑传富经常出入乡公所，和一些人混得很熟，他借着和乡丁李三愣子、厨师郭胖子唠嗑的理由留了下来。

房间里的人开始划拳，郑传富听到一个声音很熟，可就是一时分辨不出那个声音是哪一个。难道是那个叛徒？他冥冥之中有这个预感。

房间传来的划拳声此起彼伏，郑传富用心听着。半天，还是没有听出来到底是哪一个。

"哎，郭胖子，今晚是哪里来的贵客，乡长如此厚待？"郑传富貌似不经意地问。

"听说那边过来的。"郭胖子伸出四个手指回答。

"四爷那里的？"

郭胖子没有再作声，而是诡秘地一笑。

"没想到他们那里的人也叛变。"郑传富感慨地说。

"俗话说，人为财死，鸟为食亡，谁不想过快活的日子？你看。"郭胖子指着划拳的房间说，"他们整天喝酒吃肉。"

"哦，也是，哎，那个人姓什么？"

"你问这个干什么？小心你的脑袋。"

"哦，哦。"郑传富装着害怕，摸着自己的脑袋。

这时候，乡丁李三愣子走进厨房来寻找有没有好吃的。郭胖子说没有。郑传富见了，赶忙说："三哥，我那里好吃的多着呢，走，到我那里去，我请你喝酒。"

李三愣子一听说有酒喝，马上答应，跟着郑传富来到饭店。郑传富拼命灌他酒，不一会儿，李三愣子就醉了。

"三哥，今晚乡公所来的是什么贵客？"郑传富问。

"他妈的叛徒。"

"叛徒？什么叛徒？"

"新老四那里的叛徒。"

"哦，哦，没想到新老四那里也出叛徒，真是奇怪了。咦，那个人姓什么？"

"听说姓魏，还他妈的是个当官的。"

当晚，郑传富立即把这一情报送给吴山联络处的甄荷花。

魏阳春叛变了。

赵立凯、杨刚健立即四处派人，把这一消息通知各地战斗小组和秘密地下组织。

那么这个魏阳春是什么人？怎么叛变的？

魏阳春是杨庙本地人，家里本是地主，从小没有受过什么苦。他之所以参加了新四军，说起来还有一段插曲。

魏阳春十九岁那年，看上了本地一个姑娘。同时，本地一家姓王的地主也看上了这个姑娘。最后，两家为了面子谁也不后退。魏阳春气不过，晚上悄悄赶到王家，点燃了他家的房子。王家告状到杨庙乡公所，乡公所立即派人来抓捕。魏阳春得到消息逃走。最后，在走投无路的情况下，参加了杨效椿领导的淮西独立团。

魏阳春参加革命后，作战也还算勇敢，又加上能写会算、能说会道，抗战时期，独立团缺少这样的人才，不久，升任排长、副连长，1945年跟着独立团撤退到路东根据地。这次游击队回淮西，考虑到他是本地人，所以赵立凯、杨刚健点名要他回来，任游击总队副中队长。

魏阳春的叛变，与他地主的家庭有很大关系。

因为出身地主家庭，所以魏阳春从小没有受过什么苦。参加独立团时，淮西局面已经打开了，所以，也没有遭受什么罪。这次回来可就不一样了，因为局面没有打开，所以，游击队所遭受的艰难困苦也是空前的。魏阳春虽然嘴上没有说，其实心里早就抱怨了。

春节前，魏阳春回家了一趟。父母见儿子人不人、鬼不鬼的模样，不由心疼，埋怨魏阳春不应该参加新四军，因为新四军专门维护穷鬼，对付他们有钱有地有粮的人家，不如及早脱离。说得魏阳春不由动心，认为自己这样受苦不值得，人生就是短短几十年。魏阳春的父亲见儿子动了心，劝说他躲在家里不要走了，然后，悄悄去找当地保长尹若庭。此时，恰巧国民党寿县特别行动大队的特务吴义炳在杨庙一带活动，听了尹若庭的报告，立即前往魏家，见到了魏阳春。

吴义炳威逼拉拢，承诺只要魏阳春叛变过去，保证他升官发财，一辈子吃香的喝辣的。就这样，魏阳春叛变了。第二天，特务吴义炳把魏阳春带到寿县县城，介绍给特别行动大队大队长陈建国。

陈建国接受了陶如维的教训，把魏阳春留在身边。魏阳春是杨庙当地人，对杨庙地区的游击队活动情况和中共地下秘密组织比较熟悉，为了立功，他一个一个地供了出来。

虽然赵立凯、杨刚健派人四处通知各地战斗小组和秘密工作的同志魏阳春叛变了，可是，接下来的几天里，仍有十几人因他的出卖而被逮捕、杀害。这样，在短短十几天的时间里，居然有二十多人惨遭敌人逮捕、杀害，这给寿东南地区中共秘密组织造成极其严重的破坏。

后来，陈建国认为魏阳春叛变不再是秘密了，于是也不再暗藏他，而是让他亲自带领寿县特别行动大队到处抓人，目的是突出他们的嚣张气焰，突出他陈建国个人的成绩。接下来，又有不少地下组织和联络处遭到破坏。白色恐怖笼罩在淮西的上空。这段时间，可以说是游击队处于最为险恶的时期。

叛徒魏阳春呢？因为"剿匪"有功，被委任为寿县特别行动大队中队长。这个叛徒，一时得势，便趾高气扬，甘心为虎作伥，在寿东南地区为所欲为，到处抓人，干尽了坏事。义井乡的秘密党员陈宏志，全家被抓去十几口人，个个被毒打，全家人哭成一团。最终，陈宏志被枪杀，老父亲也被毒打致死。高集乡女联络员周红梅被抓去，遭受常人无法想象的折磨。

寿东南中共秘密工作的同志接二连三地被杀害，魏阳春得意扬扬，他甚至狂妄地扬言："寿东南的共产党、新四军该杀的被我杀了，没有被杀的，早已经吓得逃之夭夭。"

这个叛徒高兴得太早了。其实，为了铲除这个叛徒，寿六合霍工委领导特地挑选了十几名精干的游击队员组成了锄奸队，又安排了经验丰富的侦察员李玉友、陶六两严密监视魏阳春的行踪，一有机会，立马除掉这个罪恶累累的叛徒。

李玉友、陶六两二人跟踪了一段时间，发现叛徒魏阳春经常出没于庄墓、义井、杨庙、吴山一带集镇的饭店、赌场寻欢作乐。这个叛徒，可能是担心有人报复，出门总是带着几个保镖，又由于出没无常，一时没有寻到除掉他的机会。

功夫不负有心人，机会终于来了。1947 年 7 月 27 日，李玉友、陶六两二人偶然得知，杨庙本地地主李再福和地主董善堂因为农田放水的事而闹矛盾，第二天晚上要在杨庙富贵饭店宴请地方绅士、族长为他们调解纷争，魏阳春也在被请之列。二人立即把这一情报报告给赵立凯、杨刚健等领导。

工委领导立即做出决定，利用这个机会除掉叛徒魏阳春。

为此，赵立凯、杨刚健命令李玉友、陶六两继续严密监视魏阳春的行踪，一有消息，马上报告。接着开始研究和部署明晚的行动方案。

第二天傍晚时分，魏阳春率领两个保镖来到杨庙，钻进南边的富贵饭店。负责监视的李玉友、陶六两二人看得真真切切。陶六两留下来继续监视，李玉友则立即前往工委驻地孔岗向赵立凯、杨刚健等工委领导汇报。

工委领导命令陈百川、吴胜平、夏新友召集二十多名锄奸队队员。赵立凯、杨刚健等领导还是不放心，因为知道如果这次让魏阳春逃脱了，以后铲除掉他就会更加困难，于是临时又增派了十几人。这样，一共加起来有三十多人。由李玉友做向导，趁着黑夜的掩护直奔杨庙。

夜晚，杨庙富贵饭店里，叛徒魏阳春酒足饭饱后，正在打麻将，根本没有察觉到此时锄奸队已经包围了饭店，封锁了门窗。

由于魏阳春已经吩咐闩上门，游击队不敢贸然行动，只好等待机会。一会儿，房门居然开了，原来是一个输钱的特务出来方便，企图解解晦气。

机不可失，失不再来。陈百川、吴胜平、夏新友三人立即冲了进去，大喝一声："叛徒魏阳春不准动。"话音未落，陈百川抬手就是一枪，子弹射进魏阳春的肩膀。

魏阳春负隅顽抗做垂死挣扎。他猛地拔出身上的手枪，纵身一跳，跳到板凳上，企图越窗逃跑。哪里还能逃得了？守在窗口的张大毛眼明手快，对着魏阳春的头"砰砰"就是两枪。魏阳春应声倒地，像一条死狗瘫在血泊之中。

此时，游击队已经活捉了屋子里的几个特务，由于他们双手沾满淮西人民群众的鲜血，便都被就地枪决。

除掉了魏阳春，为寿东南除了一大祸害，为死难的同志报了仇，大快人心，人民群众奔走相告。寿东南地区的反动气焰也有所收敛。

赵立凯、杨刚健等工委领导积极总结魏阳春叛变的教训，认为麻痹大意，没能及时发现他的叛变是造成这次重大损失的主要原因。同时也认识到，必须加强内部锄奸工作，为此成立了锄奸队。正是工委领导的充分认识和及时补救，后来才屡次发现了潜入我游击政权的敌特，粉碎了他们妄想刺杀我游击队领导、破坏我游击政权的企图。

三打高刘集

1947年6月30日，刘伯承、邓小平率领十二万中原野战军突破黄河，向大别山挺进，从而拉开了人民解放军由战略防御转变为战略进攻的序幕。

刘邓大军于8月11日越过陇海线，27日到达大别山。面对着这一根本性转变的形势，淮西游击队却不是十分了解。原因是淮西游击队重返淮西携带的唯一一部电台坏了，和上级联系只得靠秘密交通站辗转传递。

1947年秋季的一天，寿六合霍工委接到交通站送来的上级指示，指示中肯定了淮西游击队的战绩，指出：目前，淮西斗争形势很好，希望你们继续发展武装，不断壮大自己，积极主动打击敌人、牵制敌人，配合支援刘邓大军外线作战。同时，指示中还要求寿六合霍工委立即派人赴大别山，和刘邓大军取得联系。

赵立凯、杨刚健立即组织大家学习上级的指示。他们给战士们分析了当前形势，指出离全国解放的日子已经不远了，并布置了当前的斗争任务。战士们听了无不欢欣鼓舞。

为了和刘邓大军取得联系，1947年冬，寿六合霍工委派寿县县长董其道、寿县总队队长张慕云率领一个排的战士前往大别山区。

一行人化装成做生意的商队星夜急行，两天后到了舒城县山凉馆。当时，在通往大别山的路上，国民党桂系军队处处设卡，盘问非常仔细。一行人蒙过两道卡，但在最后一道关卡却遇到了麻烦。

敌岗哨搜身后，还要检查驴子背上驮着的货物，而货物里藏着他们的短枪。董其道企图贿赂他们的长官，却没有成功，只好答应他们检查。他让战士们卸下货物，然后悄悄给张慕云使了一个眼色。张慕云会意，手一挥，战士们纷纷从货物里拿出武器。顿时，枪声大作，敌岗哨防不胜防，纷纷毙命。一行人趁机越过关卡。

敌人闻讯，知道这一行人不简单，慌忙调集了两个团紧紧尾随追击。虽然董其道、张慕云率领那一个排的战士昼夜疾行，但是，始终没有摆脱掉敌人。第六天，他们到了大别山的边缘，敌人也快追上了。

"不要再跑了，你们跑不了了。"敌人在后面喊着，同时不断开枪射击。

张慕云率领三个战士在后面阻击敌人，眼看敌人要上来了。正在这千钧一发之际，突然，"砰砰砰"山上一阵子弹射向敌人。原来是刘邓大军的流动哨发现并赶来支援。

敌人害怕中了我军的埋伏，只好退走了。

董其道、张慕云虽然见到了部队，但是却没有见到首长。原来，首长率领主力部队在外线和敌人作战，只留少数部队在大别山中心防守。

董其道、张慕云一行在留守处待了二十多天。留守处的马芳庭、彭宗珠等接见了他们，并传达了首长的指示，要求他们回到淮西后积极发展自己的武装，建立游击政权。最后，问董其道和张慕云有什么困难。董其道和张慕云提出两个方面的要求：一是淮西游击队只有轻武器，能否补充一些重武器；二是淮西游击队干部损失严重，能否援派一些有游击斗争经验的干部。

这两个要求均得到上级的同意，刘邓大军一共支援了三挺轻机枪、十二支捷克冲锋枪；又陆陆续续派了六名干部到淮西，分别是担任寿县县委副书记的宋梦麟，寿县四区区长孟申杨、区教导员治安，游击队副中队长侯先开……他们的到来，大大加强了淮西地区的领导力量，为打开淮西局面起到非常大的作用。

董其道、张慕云等人回来后，立即把首长的指示向寿六合霍工委领导做了汇报。工委领导决定按照上级要求，抓紧当时有利形势，着手建立红色游击政权。

当时，刘邓大军进军大别山，引起了国民党恐慌，蒋介石立即四处调兵企图趁大军立脚未稳予以歼灭。安徽省政府主席李品仙也接到命令，马上调集驻守在安徽各地的国民党桂系部队前去"清剿"，各县地方武装予以配合。这样，国民党大部分精力都放在大军身上，只留少部分地方武装看守本地。没有了国民党桂系正规军的支援，各县地方武装就不敢轻举妄动。这样，就给了淮西游击队喘息的机会，也为游击队建立政权提供了契机。

鉴于陶楼一带群众基础比较好，又加上陈百川等同志在这一带前期的工作准备得好，寿六合霍工委经过研究决定，首先建立四区。

四区指的是陶楼、金罗、双庙、吴山、土山、王楼、高塘七个乡，其中以陶楼为中心。

陶楼地区的人们大部分姓陶，根据这一情况，工委派遣本地人陶寿泉回来任区长，陶子诰为游击大队大队长，陈百川任指导员。

几人回到家乡后，首先秘密发展了武装，成立了乡游击中队，不多久就发展了二十多人。但是，要建立政权，必须广泛发动群众，没有广大人民群众的真心拥护和支持是站不住脚的。这其中，建立广泛的统一战线是重中之重，因为当时群众的觉悟还是不高的，必须争取到上层人士的支持。

当时，农村地区人们的宗族观念比较强，很多问题，群众不找官府，而是通过宗族来解决。而宗族中，上层人士比较有影响力。根据这个实际情况，陶寿泉、陶子诰借自己是陶姓族人的优势，四处拜访当地有影响力的绅士、族长，和他们拉关系。

一天晚上，陶寿泉、陶子诰、陈百川把本地绅士、族长都请来，宴请他们。陶寿泉、陶子诰、陈百川向他们亮明了身份，然后介绍了国内革命的形势，指出：我人民解放军已经进入反攻阶段，国民党蒋家王朝已经是秋后的蚂蚱——长不了了，号召他们跟着共产党走。除此之外，还介绍了其他区、乡干部，而这些干部大多姓陶。那些绅士、族长见这么多陶姓干部，皆引以为豪，纷纷表示支持陶寿泉他们的工作。同时，工委也不忘记那些中小姓宗族，派了不少同姓干部回去做工作，效果也是很好。陶楼局面就此打开。

与此同时，寿六合霍工委任命郑白天为吴山乡乡长，派遣他回吴山，因为吴山十之七八的人姓郑。

郑白天回到吴山后，积极发动群众，发展武装，但是效果一直不是太好。工委根据陶楼的经验，指示郑白天多做有影响力的上层人士工作。

经过深思熟虑，郑白天最后选定从郑四那儿着手。这个郑四，当过国民党高塘、新集的乡长，因为看不惯国民党官僚的腐败无能，辞职回家办学。虽然是办学，但是还与那些老同事保持联系，又因为家族人丁兴旺，弟子广布，因而在当地非常有影响力，很多郑姓人家有事都去找他。又因为他为人正直，调解纠纷雷厉风行，所以威望颇高，有些事情国民党政府办不了他都可以办成。除此之外还有一条，那就是抗战时期，郑四先生非常赞同共产党的抗战主张，为淮西独立团干了不少好事。

一天上午，郑白天以晚辈的名义，带着礼物前去拜访郑四。郑四是知道郑白天的身份的，以赋闲在家不问政治为由，谢绝了。郑白天不灰心，一直在郑四家门外等着，可是一直等到中午吃饭时分，郑四也没有让他进门。第二天上午，郑白天又来到郑四家。家里人告诉他，郑四出门办事去了。郑白天知道这是托词，但是也毫无办法，只好回去了。虽然两次都吃了闭门羹，但是，郑白天毫不气馁，他要学刘备三顾茅庐。第三天上午，他又来到郑四家。这一次，郑四被他的诚心感动了，请他进门。

郑四陪着郑白天聊天，但是绝不谈及政治。每当郑白天刚想谈论时局，都被郑四岔开了话题。最后，郑白天不得不破釜沉舟，他公开了自己的身份——共产党游击队吴山乡乡长，是淮西游击队工委派遣来的。对于郑白天是共产党，郑四是知道的。但对于他是吴山乡乡长并被上级委派而来，他并不知晓，听了大吃一惊，也客气了许多。

郑白天向郑四这个长辈分析了当下局势，指出，共产党并不想打内战，而是国民党蒋介石打响了第一枪，共产党是迫不得

111

已，只得自卫，是正义性质的。然后——罗列了由于国民党统治的腐败而导致社会的不公平，地方官员中饱私囊，欺压百姓，无所不干。直说得郑四频频点头。最后，他阐明，只有共产党才是真正为老百姓好，他们这次回来，就是为了千千万万受苦受难的人民群众翻身得解放。郑白天的一番话虽然获得郑四的赞同，但是他心中还是有疑虑，这一点，郑白天看得清清楚楚。他向郑四介绍了全国各地战场的形势，指出，刘邓大军已经到了大别山，拉开了解放战争反攻的序幕，淮西不久就是共产党、人民群众的天下。这一番话，彻底打消了郑四的疑虑，表示愿效犬马之劳。郑四被争取过来后，他利用自己在郑氏家族的影响，号召大家帮郑姓人（郑白天）的忙。吴山乡的局面就此慢慢打开。

就这样，陶楼、吴山两个乡四千余户陶姓、郑姓人家大多拥护革命，支持革命。在这样的背景下，敌人的小股力量是不敢进入的，即使敌人重兵来犯，游击队也不怕。他们散开到群众中隐藏起来，因为老百姓的宗族意识强，所以很少有人告密。同时，为了防范有告密者，游击队只和上层人士联系。

陶楼乡有个叫陶旗杆的村庄，全村三百多户人家大部分姓陶。其中有一个叫陶猴子的人，吃喝嫖赌抽五毒俱全。一天，因为没有钱买鸦片，趁着国民党合肥县大队来袭，一人悄悄溜出村子，企图前去告密而获得赏金。可他刚出村子，就被正在放牛的陶老二发觉，看陶猴子鬼鬼祟祟的样子，遂起疑心，赶忙报告给自己的侄子——四区游击大队大队长陶子诰。陶子诰立即命令游击队员陶四海前去堵截。陶猴子被押了回来，经过审讯，他交代了自己的企图。正是这种宗族观念和人民群众的广泛参与，游击队才避免了一次重大损失，陶猴子被教训后，游击队在此地的秘密活动就很少被泄露了。

陆陆续续，其他几个乡也建立了政权，成立了乡游击队中队，再组建成四区游击大队。

我四区游击政权的建立，极大地震惊了国民党安徽省政府和合肥县国民党党部，他们不时派军队前来"清剿"，并在金桥、长镇、高刘集之间驻扎了一个保安团，以防范、破坏、蚕食我游击区。

高刘集地处合肥和寿县的交界处，距离合肥只有七十里，是合肥西北的门户，又紧靠我游击区，因而地理位置非常重要。1946 年皮定均率领的一旅经过合肥时，风卷残云地打掉了国民党的高刘集乡公所。

国民党安徽省政府认识到高刘集位置的重要性，指示国民党合肥县党部重建高刘集乡公所，并委派得力干将前去当乡长。于是，国民党合肥县党部委派的臭名昭著的刘大麻子便来到高刘集当了乡长。

刘大麻子来到高刘集后，加高加固了乡公所的围墙，加深加宽了围墙外的壕沟，并修筑了角楼，加强了岗哨。刘大麻子认为自身安全后，开始行动了。

这些天，高刘集的人们注意到本地又多了两个货郎担，多了一个磨剪子戗菜刀的。这些人特别好奇，向人们打听这打听那的。

一天中午，那个侏儒货郎来到孔圩村庄，一边做生意，一边打听村子里的情况。村里的大人都得到游击队的嘱咐，所以货郎并没有打听出什么，于是他改变策略，向村子的小孩子打探。

侏儒货郎用糖果做招摇，诱使小孩子回答他的问题。在一群小孩子中恰巧就有高刘集游击中队中队长孔凡昌的儿子孔九斤。

"他是谁家的孩子呀？"侏儒货郎指着孔九斤问。

"他是孔凡昌的儿子。"一个孩子嘴快回答。

"你大（爸）是干什么的？"侏儒货郎摇晃着手里的米花糖问。

"我大是种地的。"

"他大还是当官的。"旁边一个孩子嘴快说。

"哦。"侏儒货郎答应着，把手里的米花糖递给那个嘴快的孩子，接着问，"当什么官呀？"

"队长。"

"他最近在家吗？"

"在家。"

"哦，哦。"侏儒货郎说着挑起货担，匆匆离开了孔圩村庄。

当晚，孔凡昌家就被刘大麻子带人包围住。孔凡昌虽然竭力反抗，但最终因寡不敌众而被捕。家里的牲畜、家什被洗劫一空，房子也被刘大麻子让人放火烧了。

第二天，高刘集逢集，刘大麻子命令手下押着孔凡昌游街示众，最后押往街西，枪杀了他。

枪杀了孔凡昌后，刘大麻子立即向合肥县党部邀功。国民党党部奖赏了他一大笔钱。这样，刘大麻子捕杀游击队更有劲了。

一天，我高刘集乡乡长窦子恒前往当地大绅士王栋臣家做统战工作。这个王栋臣是高刘集首富，在高刘集街道上开有米行、大烟馆、茶庄等商铺。除此之外，乡下还有良田千亩，每年光收租就有几百石粮食。皮定均的第一旅路经合肥攻打高刘集时，本着保护民族工商业的政策，只征收了他家的一些粮食，而对他的商铺财产分文未动。王栋臣表面上装着感激，实际上心里恨得要死，害怕共产党得势后会没收他的全部家产。王栋臣有个儿子叫王希世，是本地商会会长，实际上也是国民党的特务。

就是因为王栋臣善于伪装，才使得窦子恒觉得他是可以争取的对象。窦子恒向王家父子介绍了全国的形势，希望他们认清形势，跟着共产党走。王栋臣父子非常客气地接待了窦子恒，假装同情共产党游击队，表示愿意帮助窦子恒开展工作。当窦子恒走后，王希世立即去向刘大麻子告密。

当晚，刘麻子亲自来到王家，三人共同挖了一个陷阱。

第二天，王栋臣派人送信给窦子恒，说上次听了窦乡长的一番话，心中豁然开朗，他已经决定拥护共产党、支持共产党，希望窦子恒上门一叙。窦子恒回信说第二天晚上到王家。

第二天傍晚，窦子恒带领一个卫兵如期赶往王栋臣家。走到半路时，突然从旁边沟壑里蹿出十几人包围住他们二人。

"窦子恒，你跑不了了，赶快投降吧。"为首的刘大麻子挥着枪大喊。

窦子恒就地反击，但是，敌方人数众多，火力强猛，不多时，卫兵中枪牺牲，窦子恒也腹部中弹，肠子都流了出来。即使这样，他仍一边在地上爬着，一边射击，最后光荣牺牲。

窦子恒牺牲后，刘大麻子更加吹嘘自己的功绩。为了配合刘大麻子，国民党合肥县保安团派遣一个营的兵力驻扎在高刘集，四处寻找我游击队。

刘大麻子的存在，对我游击队形成巨大威胁，为了拔掉这个钉在我高刘集乡的钉子，为了给牺牲的同志报仇，寿六合霍工委决定除掉刘大麻子和王栋臣父子。为此，赵立凯、杨刚健带领游击队集中于高刘集北部的豆油坊和刘圩子一带，伺机捕杀这几个反动人物。

机会终于来了。1947年3月，合肥县保安团的一个营在高刘集待了十几天，因为一无所获不得不撤回到合肥县城。赵立凯、杨刚健等人命令俞怀宝、董善云率领一支便衣队前往高刘集镇压王栋臣父子。赵立凯则亲自率领陶子诰等二十多名锄奸队队员前往高刘集乡公所。

早晨，东方泛起鱼肚白。在通往高刘集的路上，走来二十多个卖草的人。他们挑着担子，慢慢靠近乡公所。与此同时，赵立凯率领陶子诰、张大毛等三人则化装成出公差的，也在向乡公所靠近。

赵立凯看到大家都到齐了，摘下头上的帽子在手里摇晃着，这是暗号，告诉大家准备行动。然后一使眼色，带着陶子诰、张大毛大摇大摆地向乡公所走去。

"你们是干什么的?"敌乡公所哨兵拦住问。

"我们是合肥县党部的，这是介绍信。"赵立凯说着摇晃着手里的一张纸。

趁着敌哨兵手接介绍信的时机，陶子诰突然上前一步夺过他手里的枪。与此同时，张大毛手里的匕首猛地插进他的胸脯结果了他。

门外的那些"卖草的"见了，纷纷从草里拿出武器向敌乡公所冲去。而此时，敌人还浑然不知。有个敌警卫股股长听到动静，出来看，见很多人持枪冲进来，遂觉大事不妙，赶紧翻墙企图逃跑。张大毛手疾眼快，抬手就是一枪，警卫股股长一头栽在壕沟里。

赵立凯率领大家在乡公所里四处搜寻，可是乡公所里空无一人。后来才得知，因为刘大麻子今天不在，所以那些乡丁都到街上吃喝玩乐去了，只有那个哨兵和警卫股股长在乡公所。虽然这样，但是，收获还是很不错的。游击队缴获了敌乡公所三十多支步枪、一千多发子弹、两大筐手榴弹。

此时，在街上的俞怀宝、董善云等人听到敌乡公所处传来的枪声，知道赵立凯书记他们已经动手，便迅速带领便衣队冲进王栋臣的商铺。

此时，王栋臣正在吃早饭，听到枪声，正在纳闷，要出门看，突然冲进来几人，黑洞洞的枪口对准他。

"王栋臣，不要动。"董善云喊道。

"好汉饶命，饶命，要钱，我给，我给。"王栋臣求饶说。此时，他还以为家里进了强盗。

"老子不是什么土匪强盗，老子是淮西游击队，今天为窦乡长报仇来了。"

"游击队饶命，游击队饶命。"王栋臣跪在地上磕头说。

"你饶过窦乡长了吗？要你这样的汉奸有何用？"

王栋臣知道老命不保，惊叫一声，准备起身逃跑。董善云对准他的胸膛就是一枪。王栋臣随即倒地不起。

王希世本在睡觉，听到枪声，赶忙从后门逃到街上。此时，街上一片混乱，人们听到枪声惊慌失措。便衣队追击到街上，王希世却混进人群逃走了。

端掉了敌乡公所，击毙敌警卫股股长，镇压了王栋臣，此事在高刘集影响很大。为了进一步扩大影响，第二天，中共寿六合霍工委在高刘集召开了群众大会。在大会上，赵立凯揭露王栋臣等人的罪行，指出他们是罪有应得，并警告那些反动分子，不要与游击队、人民群众为敌，否则，绝对没有好下场。刘大麻子、王希世虽然逃脱，但是，逃过初一，逃不过十五。

杨刚健上台发言，他首先揭露了是国民党蒋介石发动了内战，共产党只是被迫反击，接着分析了国内形势，最后指出，离全国解放的日子不远了，号召人们跟着共产党游击队走。

二打高刘集，影响巨大，附近一些保长受到很大震动，很多主动联系游击队，他们送公粮，缴纳税款。这一时期，对淮西游击队两面政权的建设非常有利。

敌乡长刘大麻子逃走后，再也不敢回来，其他人也不敢来高刘乡当乡长。敌高刘集乡长的位子一直空着两个多月，这引起国民党省政府的高度重视，四处寻找合适人选，可是很久都没有寻找到。

1947年6月中旬，为了加强搜集高刘集游击队的情报，经国民党合肥县政府调查室主任、中统特务娄养贞推荐，委派王德祥到高刘集任乡长。

王德祥是合肥城关人，此人心思缜密，能言善辩，深受国民党安徽省政府主席李品仙的器重。上任那天，李品仙特意派出省保安团的两个营为他"护驾"，王德祥自己又精挑细选了六十多人，组成了乡保安队，一伙人趾高气扬地来到高刘集。

王德祥上任后，四处贴安民告示，又召集地方的绅士、老财、地痞流氓在一起开会，商讨反共事宜。这个王德祥虽然得到上级的赏识，可是很多人认为他是神经病，因为他在就职典礼上大放厥词，说要在半年内彻底消灭本地的共产党游击队，要把高刘集变成全国"剿匪"的榜样。

新官上任三把火，又加上王德祥立功心切，想在高刘集露一手，给游击队一个下马威。上任后他立即建立情报网，四处侦寻我游击队的情报。一次，王德祥派出的特务得知高刘集夏小圩子的夏士全是游击队家属，派人把他抓来，活活拷打致死。

为了防范游击队，王德祥派乡丁在高刘集北边设立检查站，凡是北方来的人（高刘集南边就是国民党合肥县党部驻地）都要仔细盘查，稍有怀疑，立即抓捕，押解到乡公所扣留，拿钱拿财才能释放。一时间，高刘集地区的老百姓怨声载道，背后皆咒王德祥活不长。

王德祥一系列的行动给游击队的活动带来很大的麻烦，严重阻碍了我游击队乡、区之间的联系。有些两面的敌保长、甲长也开始动摇。群众利益受到侵害，纷纷向游击队请求除掉王德祥，有个开明绅士直截了当地说："你们如果对王德祥让步，群众会对你们有意见的。"

为了为民除害，1947年8月，中共寿六合霍工委决定三打高刘集敌乡公所，除掉王德祥。为此，工委召开了中队长以上的领导会议，研究行动计划。大家一致以为：王德祥是中统特务，本身就有防范意识，又加上前两任敌乡长的教训，警惕性会更加高，如果直接攻打，会有很大困难，看来只有智取。

智取，只有从敌人内部下手。为此，工委派出专人对王德祥乡公所人员进行逐一摸排。不久，喜讯传来，他们发现敌乡丁中一个叫胡高粱的班长，是我游击总队警卫排战士胡循照同志的叔父。更为可喜的是，胡循照参加游击队时，胡高粱并没有反对。经过进一步打听，胡循照的姑父（胡高粱的姐夫）陶富贵就是附近村庄陶岗的人。这个陶富贵非常拥护支持游击队，只要游击队进村，他都会主动热情地帮助游击队。工委派人把胡循照和陶富贵找来，说明了情况。陶富贵一口答应和胡循照一起前去做胡高梁的工作。

胡循照和陶富贵以探望亲戚的名义前去做胡高梁的策反工作，并没有引起敌人的怀疑。胡高梁见到自己的侄儿和姐夫非常高兴，请了假，把二人带到附近的饭店招待他们。二人找了个僻静的地方，然后开始闲聊，目的是想试探一下胡高梁。聊叙中，胡循照见胡高梁对游击队并不反感，对革命也有一定的认识，于是进一步分析了当前的形势，进而开导他不要死跟着王德祥一伙伤害无辜，和游击队作对，那样没有前途，也没有好下场。

胡高梁表示自己是有个良心的人，从来不干伤天害理的事，话里也透露出不想再在乡公所干了的意思。见时机成熟，胡循照亮明了自己的身份，也说明了来意，要自己的叔父弃暗投明，跟着共产党游击队干，除掉王德祥这个作恶多端的家伙。

胡高梁当场表示愿意，还说："我早就想跟着你们干了，只要你们看得起我，我拿脑袋担保我做内应。但是，你们的嘴要紧，不能漏了风，那样，我就没命了。"

胡循照和陶富贵回来后，立即向工委汇报了情况。工委领导认为应该及早行动，免得夜长梦多。为了更加全面地了解敌乡公所敌情和王德祥已拟定的作战计划，第二天，赵立凯和胡循照又去了一次高刘集，并把胡高梁约了出来。

胡高梁全面细致地介绍了敌乡公所的兵力布置。接着，三人又商定了行动时间和行动暗号。胡高梁提出放在 8 月 14 日晚上 9 点行动，因为那时候轮到自己所在的班守夜，他负责查哨。为了便于联系，赵立凯让胡循照留了下来。

8月14日晚，赵立凯、杨刚健率领游击队赶往高刘集。根据预定计划，在距离乡公所半里的地方停了下来，埋伏在附近的高粱地里。到了9点，杨刚健命令点燃麻秸秆，然后举起绕了三圈，这是和胡高粱约定的暗号。

可是等了一会儿，敌乡公所那边并没有手电筒的光来回应。大家都十分焦急，以为出了什么意外。

正在大家心急如焚的时候，从黑暗里钻出来一个黑影，原来是胡循照。他带来了胡高粱的口信，说今晚不凑巧，王德祥到外面嫖女人去了，到现在还没回来。胡高粱还转告：这是常有的事，要游击队再等一会儿。

到了十点半，敌乡公所那里出现了手电光——绕了三圈，这是胡高粱发出的信号，看来，王德祥回来了。赵立凯命令马上给信号以回应，然后率领游击队向敌乡公所奔去。

胡高粱已经命令手下打开大门，游击队毫无阻碍地冲进敌乡公所，然后分头行动。按照作战计划，两个战斗分队直奔敌乡丁宿舍，一个分队前去解决警卫，一个分队向王德祥的住所冲去。

敌乡丁正在睡觉，当游击队冲进去用枪指着他们，喝道："都不准动。"他们才惊醒，——乖乖做了俘虏。与此同时，也顺利地活捉了敌警卫股股长。可是另一队就没有这么顺利了，他们找遍了王德祥的住所也没有发现他的人影。

原来王德祥毕竟是特务出身，一有风吹草动马上警觉，刚才听到动静，知道情势不妙，迅速翻窗逃走了。

大家在敌乡公所四处搜寻王德祥，重点是更楼和土圩，但是没有发现王德祥的蛛丝马迹。

王德祥躲在哪里？难道已经逃走了？

大家又把敌乡公所搜查了一遍，可是依然一无所获。张大毛不信邪，带着几名战士又回到更楼，用缴获的手电筒四处照射，发现从更楼窗口处垂下一根绳子，绳子一直垂到圩子的水沟里。这下明白了，王德祥躲在了水沟里。

　　"王德祥，我们知道你躲在水里，赶快出来，再不出来，我们开枪了。"战士们冲着水沟喊。

　　水里还是没有动静。

　　"砰"，王二狗对着水里就是一枪。

　　王德祥知道躲不过去了，露出头来。战士们用绳子把他拖了上来。此时的王德祥，再也不是那个威风八面的乡长，而是一只落汤鸡，站在那里，浑身发抖。

　　"王德祥，你也有今天。"战士们纷纷冲着他说。

　　王德祥吓得跪下，一边磕头，一边求饶说："我有罪，我有罪，我胆大妄为，对不起贵军，也对不起高刘集百姓，务请贵军手下留情，饶我一命，我今后一定不再做坏事了。"

　　王德祥这般求饶，可是已经迟了，王二狗上前一脚将他踢倒在地，然后把他捆绑起来。

　　第二天，寿六合霍工委在高刘集召开群众大会，公开审判王德祥。会场上，群众纷纷上前揭露、控诉王德祥的罪行。一时间，群情激愤，纷纷要求严惩这个罪恶累累的王德祥。而此时的王德祥知道自己难逃一死，吓得如一只癞蛤蟆似的瘫倒在地上。

　　根据群众的要求，游击队带着王德祥游街示众后，就地枪决了他。对于那些警卫、乡丁，工委领导教育他们要认清形势，不要再与人民为敌、与游击队为敌。他们纷纷表示如果游击队放了他们，他们就回家种地，再也不干乡丁了。鉴于此，游击队便释放了他们。

这一仗，没费一枪一弹，端掉了敌高刘集乡公所，缴获六十多支长短枪、几千发子弹。特别是除掉了王德祥这个恶魔，群众无不拍手称快。共产党军队"三打高刘集"的故事在当地一时被神乎其神地传颂。

王德祥被镇压后，对那些对国民党抱有幻想的两面派震动很大，他们积极缴粮纳款。过去不是两面政权的保长、乡长也纷纷询问游击队驻地，主动上门请求合作。

国民党安徽省政府听闻王德祥被处决，非常震惊，可是又没有办法，准备再遴选合适的人到高刘集任乡长，可是无人愿意。这样，国民党高刘集乡乡长的位子居然空了几个月。最后，迫于无奈，只好下死命令，硬是委任龚仁厚为高刘集乡长。

龚仁厚拿到委任状后，并没有立即走马上任，而是派人悄悄来到高刘集，找到游击队，说：保证不干坏事，保证不会和游击队作对，只要不为难他就行了。

经过游击队的同意后，龚仁厚才得以走马上任。正如他保证的那样，他并没有为难游击队，游击队的便衣队在街上活动，他也装着没看见，并且，有时还送给游击队一些可信的情报；游击队向保长们筹粮筹款，他也暗中支持。

这样，我游击红色政权四区顺利建立，并不断发展壮大。

建立游击政权

相对于四区来说，三区的建立要顺利一点。三区指的是义井、涂郢、钱集、庄墓、下塘集、朱巷、车王集、杨庙乡这八个乡。

陈百川原来负责建立四区，后来考虑到三区杨庙乡陈姓比较多，于是把他调到三区任区长。

三区是抗战时期我淮西独立团活动的中心，群众基础比较好。但是，独立团撤走后，国民党加强了这一地区的统治，对这一地区进行了疯狂的清算，又加上土匪、强盗盛行，人民苦不堪言。

陈百川秘密回到杨庙后，克服种种困难，秘密发动武装。到了1947年夏，便发展了八十多人、六十多支枪。他把这些人、枪组成两个排、一个短枪班。这样，杨庙乡游击队成雏形。到了1947年秋，中共寿六合霍工委派遣陈克非来到三区协助陈百川工作。不久，成立了区大队，陈百川任区长兼区大队长，陈克非任副区长，刘邓大军支援来的干部龚世祥任副大队长。

要想建立游击队政权必须发动广大群众积极参与。而当时，国民党散布新四军已经被赶尽杀绝了的谣言。针对这个状况，陈百川等领导准备伺机揭露敌人这一谎言。

1947 年夏，一天傍晚，陈百川在车王集陈大郢一带进行宣传活动，正赶巧国民党寿县特别行动大队一伙人在这里抓捕我游击队队员家属。他们准备把抓捕的人和敲诈勒索得来的钱财押往杨庙。由于距离较近，游击队都能听到敌人的敲门声和群众的哭泣声。

面对敌人的疯狂，游击队不能坐视不管。于是，陈百川召开紧急会议，大家一致认为必须解救群众。

陈百川命令张世友率领短枪班跑步穿插到敌后以切断其后路，一排由龚世祥率领从东面攻击，二排由他自己率领从南边进攻。

两个排以迅雷不及掩耳之势迅速靠近离敌只有百米的距离。战士们借着月光，都能看到特别行动大队手里的武器。为了避免伤害到群众，陈百川一再提醒大家，不能随便开枪，一定要看清目标再射击。

战士们纷纷找准了目标，"砰砰"一阵枪响，有两个敌人倒下。敌人突然遭到袭击，顿时慌乱成一团。陈百川趁机带着战士们发起冲锋，两路游击队形成夹击之势扑向敌人。敌人知道情况不妙，丢下物品和人质往西面杨庙方向逃窜。刚逃到王岗，高地上迎头射来一阵子弹，只打得敌人摸不着头脑，又丢下两具尸体向北逃去。鉴于北边就是国民党车王集乡公所，游击队追击了一会儿便停了下来。此时，天已破晓，战士们清点战利品：活捉一人，击毙三人，缴获四支短枪。

当天上午，陈百川等人在陈大郢召开群众大会。王克非介绍了陈百川的身份，然后陈百川开始讲话。他揭露了国民党散布的谣言，又结合实际，揭穿了国民党欺压百姓、进行敲诈勒索的罪恶本质，接着向群众分析了全国的斗争形势，指出，刘邓几十万大军就在距离这里不远的大别山，不久便会打过来，国民党政权不久就会倒台，这里解放的日子不远了……

这次大会对群众的鼓舞很大，他们亲眼看到寿东南这块土地上共产党领导的新四军不像国民党宣传的那样"已被赶尽杀绝"，而是越来越壮大了。

基于这次宣传效果不错，陈百川等领导决定趁热打铁，进行广泛宣传。他们组织人员到各地集镇张贴标语，以发动群众，打击敌人。

8月13日早晨，大雾弥漫，五步以外看不到人。陈百川带领一个班的战士前往涂拐街道进行宣传。路上遇到一个拾粪的中年男子，看那老实本分的样子，陈百川等人也没多在意。游击队走后，这个中年男子丢下粪筐就跑。原来这个人是敌特，跑回去报告去了。

陈百川一行人来到涂拐街道，布置好了岗哨后，按照分工，各人马上行动开来。一会儿，负责张贴标语的战士唐再山跑到陈百川面前说忘记带标语了。陈百川批评了他几句，但也无奈，只好现在写，可是又没有笔墨纸砚，于是走进附近的商铺里买，然后拿着笔墨纸砚向熟人陈世联家走去。陈百川不知道，身后一双贼眼正紧盯着他。

陈百川在陈世联家写标语，突然一个陌生的老汉上气不接下气地跑进来，结结巴巴地说："陈区长，不好了，车王集方向来了一百多人抓你们了，还不赶快走。"

猛然听到这个消息，就是身经百战的老战士陈百川也不禁有点慌乱，一时不知道怎么办为好。他带来的一个班战士全部是涂拐本地人，街上熟人不少，现在都到熟人家去做宣传员去了，一时半会儿无法集中起来，而敌人已经离这里不足一里了。

情况万分危急，如果不及时通报，这一个班的战士就会有全军覆没的可能，怎么办？陈百川瞥见岗哨李石头手里紧握着的枪，急中生智，命令道："石头，赶快放一枪。"

"砰"，李石头对着空中就是一枪。

分散在各地的游击队队员听到枪声，知道有敌情，迅速向陈百川处跑来，很快集合完毕。陈百川立即率领战士们向街南冲，刚跑到街南，发现自己已经被敌人三面包围，现在唯有南边一条路了。但是这条路长约两里，而且是开阔地，没有任何屏障可以遮蔽。

此时，敌人也发现了游击队，用两挺机枪开道，从东、西两个方向夹击游击队。敌人的机枪雨点般扫射而来，战士们只好冒着敌人的枪林弹雨往前冲。

田野里，陈百川一边跑一边适时回头射击。跑着，跑着，突然发现自己落单了，警卫员也不见，估计战士们已经跑到前头去了，于是继续往前跑。这时，十几只山羊受到惊吓围了过来，在他周围乱叫乱蹿，阻碍了脚步，同时也会招引来敌人。他竭力想摆脱这些山羊，可是山羊却紧跟着他，看来它们把他当作主人了。没有办法，陈百川下到一块水田里，这才摆脱掉山羊，很快追上了部队。可是敌人还在后面紧追不舍。

陈百川带领游击队撤退到李小郢，那里有几口水塘绵延一公里，并且已经全部干涸。这是最佳的阻击地。陈百川命令战士们进到干涸的水塘里，拉开战线，利用塘坝做防御阵地阻击敌人。

敌人没有想到游击队会停下来阻击，他们认为游击队人少，早已吓得只顾逃命了，一个个毫无防范地靠近塘坝。

"打！"随着陈百川一声令下，战士们纷纷射击，手榴弹也炸开了花。毫无准备的敌人被打了个措手不及，死的死，伤的伤，余下的赶紧后撤。

敌人吃了亏，再也不敢贸然上前，只好就地胡乱射击，消耗了很多弹药。而游击队沉着应战，敌人不靠近，不乱开枪射击，目的是为了节约子弹。

双方对峙了五六个小时，天慢慢黑了下来。打夜战是游击队擅长的。敌人害怕吃亏，又加上弹药所剩无几，更加不敢发起进攻。游击队在夜色的掩护下安全撤离。

事后得知，这股敌人是寿县县大队李孝谦中队，也是寿县县大队的王牌，一共有一百二十多人，是游击队人数的八九倍。这样的部队居然没吃掉刚建立起来的十来个人的游击队，原因一方面在于陈百川等人的临危处理能力强，另一方面在于战士们的勇敢。

游击队在杨庙、庄墓等地区活动频繁，引起了敌人的注意。国民党寿县党部命令各地乡长、保长加强戒备，搜索情报，严密防范共产党游击队。

樊敬水（绰号"樊驴子"）原是土匪，不知什么原因，后来回到了家乡禹庙。此人会武功，有蛮力，而且心狠手毒。他的一个亲戚通过国民党寿县党部的关系，让樊敬水当上了庄墓乡禹庙的保长。虽然当上了保长，但是，此人土匪心性不改，常常欺压百姓，强奸妇女，无恶不作。

樊驴子接到上级的指令后，更是变本加厉，常常借"通匪"

之名，敲诈勒索当地老百姓。群众对他恨之入骨，可又毫无办法。

一天，我游击队薛四、王铁柱到禹庙西边的瓦埠湖一带活动，被樊驴子得知，他带领七八个手下赶来，开枪打伤了王铁柱，又追击了二人十几里。

游击队早就想除掉这个樊驴子，可是一时没有寻找到下手的机会。因为他白天住在禹庙街上，那里驻扎着寿县县大队一个中队。晚上，住在禹庙附近樊祠的一个圩子里，那里易守难攻。

鉴于樊驴子罪恶累累，他的存在对我游击队的活动造成巨大阻碍，陈百川等三区领导下定决心除掉他。为此，派出侦察员严密监视樊驴子的一举一动。

1947 年 9 月的一天，负责跟踪的张士怀回来报告，说第二天禹庙逢集，樊驴子要到街道上收税，按照惯例，收税后肯定要去茶馆喝茶抽烟。同时张士怀毛遂自荐，主动要求一个人前去除掉樊驴子。

陈百川等人比较担心，因为樊驴子武功不弱，一两个人根本不是他的对手。张士怀说："我和樊驴子比较熟，他也不知道我是游击队，我可以趁他毫无戒备的时候干掉他。"

最终，陈百川等领导同意了张士怀的请求。鉴于是在敌人眼皮底下行动，派了侦察员张本书协助他，又在禹庙外围部署一个排的战士，以防不测。

第二天上午，禹庙逢集，街道上人来人往很是热闹。十点左右，张士怀腰间揣着两把盒子枪来到街上，不远处，化装成买菜的张本书挎着篮子紧跟着。

张士怀大步来到茶馆，果然，樊驴子正在里面喝茶抽烟。张士怀走到樊驴子身边，小声说："樊老表，我找你有事，这里人多不方便说，我们到外面说吧。"

樊驴子平时作恶多端，本有防备之心。但是，他看是张士怀一个人，又是老熟人，且他自恃有武功，怀里有枪，再者，大白天街道上不时有三五个保安团来回巡视，于是毫无戒备地跟着张士怀走出茶馆。此时，他还做着美梦，以为张士怀托他办事，那样，他又可以捞一笔。

二人边走边谈，张士怀故意放慢脚步，让樊驴子走在前面。快要走出街道时，张士怀看了看周围没什么人，趁樊驴子不备，掏出腰间的盒子枪。

"啪"一声，樊驴子头部中弹，一跟头栽在地上。

街道上的张本书听到枪响，知道张士怀得手了，立即从篮子里拿出手枪，对着空中连开几枪。街道上顿时乱成一团。张本书趁机大喊："快跑啊，有一百多游击队打进来了，子弹可不长眼啊。"群众更加慌乱，四处逃跑。

街道上的保安团也听闻了，吓得纷纷躲进保安团驻地的圩子里不敢出来。张士怀、张本书趁乱从容不迫地离开了禹庙街道。

樊驴子被游击队除掉的消息四处传扬，且越传越玄乎，有的说，游击队来无影，去无踪，会飞檐走壁，能百步穿杨……

游击队为老百姓除掉一害，群众无不拍手称快，更加拥护、支持游击队了。很多青年纷纷找到游击队，要求参军。三区的区大队和各乡的中队得以不断壮大，三区的局面逐渐好转。

樊驴子被杀，游击队不断壮大，三区政权不断发展，惊动了安徽省政府主席李品仙，他命令国民党寿县党部务必彻底"清剿共匪"。国民党寿县党部接到命令后立即派出县保安团和特别行动大队前来"清剿"。敌人大兵压境，游击队只好转移到瓦埠湖一带，利用纵横交错的河道以及高密的芦苇和敌人周旋。

一天，陈百川带来的游击队住在瓦埠湖边的小湾村子里。中午时分，下起了大雨。敌人一百多人马在大雨的掩护下，企图攻击我游击队以不备。

在田里给麦田放水的农民李老四发现了敌人的行踪，跑回来告诉陈百川。陈百川等人问有多少人，从哪几个方向而来。李老四说由于慌张，没有看清。鉴于敌人来路不清，游击队不能贸然撤退。陈百川遂命令张士怀、张本书、樊四毛三人前去查清敌人的路线、人数，然后火速赶回来报告，以便决定对策。

张士怀等三人接受命令立即出了村子，刚把地形看好，敌人已经冲上来，离他们只有几十米远了。此时，已经无法回去报告了。怎么办？现在唯一的办法就是开枪报警。三人一商量，决心和敌人拼了，掩护大部队安全撤退。

三人选好了有利地形隐蔽下来，待到敌人只有二十多米的距离，张士怀的两把快慢机同时开火，张本书、樊四毛二人投出五六枚手榴弹，前面的敌人随即倒下一大片。

敌人就地开始反击，顿时，枪声大作，手榴弹爆炸声不绝于耳。张士怀三人利用有利地形，不停移动射击。这样，敌人也不清楚游击队到底有多少人，又误认为张士怀二十响盒子枪是轻机枪，以为游击队已知道他们这次的军事行动，在这里设置了埋伏，所以迟迟不敢发起冲锋。

趁着敌人犹豫不决的时候，张士怀快慢机又同时开火，张本书、樊四毛随着甩出几枚手榴弹后，三人便悄悄撤出战斗。

正如张士怀他们预料到的一样，陈百川听到了枪声，立即带着大家撤出了村子，到了一个偏僻的地方隐蔽了下来。一个多小时后，张士怀三人找到了他们。

龚世祥一见到三人，极其严肃地批评说："没有我们的命令，谁让你们乱开枪的？"

张士怀把当时的情况向他做了汇报，立即受到三区领导的表扬，说三人善于应变，机智勇敢，不怕牺牲，不但掩护了大部队的撤退，还打死打伤敌人多名，给三人记功一次。

这次战斗很是凶险，如果不是张士怀三人随机应变，舍身阻击，后果不堪设想。可敌人是怎么知道我游击队的行踪的？游击队每次行动都是极其保密的，肯定是有人告密了。为此，陈百川等人展开了行动。

此后，瓦埠湖小李湾、大李湾一带村庄，经常有几个货郎担出没，向群众打探消息。这几个货郎担是游击队员薛敬之等人化装而成，原来他们接受三区领导的命令，前来彻查告密之人。

一天中午，薛敬之挑着货郎担第三次来到小李湾。一个中年妇女来买针线，付钱时，不小心露出口袋里的一大沓钞票，这引起了薛敬之的怀疑。经过多方打听证实，这个妇女是个寡妇，独自一人带着三个孩子，家庭较为贫困，最近好像和同村的三癞子好上了。

三癞子是什么人呢？他平时游手好闲，好吃懒做，嗜酒如命，家里一贫如洗，可是最近好像发财了，出手挺大方的。

三癞子的异常行为引起了薛敬之的怀疑，又经多方打听证实，游击队进驻小李湾那天的早晨，三癞子出门了，但不知道去了哪里，临近中午的时候才回来。

肯定是去告密了。薛敬之断定，立即把这一情况报告给陈百川等三区领导。三区领导立即命令张士怀、张本书赶到李小湾。抓住三癞子后，经过审问，三癞子交代因为他最近手头有些紧，于是想了歪主意，去告密得奖赏。

征得三区领导同意，第三天，在李小湾枪决了三癞子。从此之后，李小湾一带再也没有人告密了。

对于游击队的活动，敌人岂能善罢甘休？千方百计企图消灭我三区游击队。1947年11月中旬的一天，根据内部情报，寿县国民党党部为了加强对义井乡我游击队中心区的统治，派了国民党保安团一个小队二十多人准备进驻义井，就在近期出发。

三区区委领导研究对策，认为：这股敌人的到来，无疑会成为我游击队活动的绊脚石，对三区游击政权的扩大造成很大障碍。鉴于敌人人数不多，我游击队现在人数比它多几倍，且我武器也不弱，因此决定吃掉这股敌人。

陈百川迅速派出侦察员张士怀等人前去寿县县城秘密和地下人员接头，严密监视敌人动向，想方设法摸清敌人出发的时间、路线。12日晚，张士怀等人回来报告，说明天早晨这股敌人从寿县出发，为了抄近路，敌人准备先坐船到庄墓，然后徒步前往义井。当晚，陈百川派出侦察员张本书等人前去庄墓，等待第二天敌人上岸后，严密监视他们的一举一动，然后进行作战部署。

午夜时分，陈百川率领战士们出发。经过几个小时的急行军，于拂晓时分来到义井、庄墓之间的黄土岗。这里是敌人的必经之地，中间一条路，路两边是水塘，南边地势较高，是理想的伏击地。战士们进入高地，修筑工事。龚世祥副大队长则率领一个排的战士向旁边的村子走去，待战斗打响，从后面包抄过去。

鉴于这里周围都是敌人，相距较近，为防走漏风声，游击队进行了严密封锁，凡来往人员，只准进不准出。

午饭时分，侦察员张本书赶来报告，说敌人已经在庄墓上岸，中午在庄墓吃饭，饭后就会出发，他特让樊四毛留守监视，自己前来报告。

果然，下午2时许，侦察员樊四毛匆匆赶来报告说："敌人来了。"

部队立即进入战斗状态。

不一会儿，敌人二十多人大摇大摆地走来，看样子毫无戒备。

待到敌人全部走到池塘中间的路段，距离游击队阵地只有十多米时，陈百川一声令下："打！"

游击队一挺轻机枪和七十多支长短枪一起开火，手榴弹雨点般砸向敌人。顿时，敌人死伤一小半，余部赶紧往后跑。

龚世祥和战士们包抄赶到，一阵子弹射来，敌又有两人中弹倒地。敌人两面受到夹击，慌乱不堪，有的掉进水塘。

陈百川趁机命令发起冲锋。瞬间，战士们跃出工事，高喊着"冲啊，杀啊"，冲向敌人。

敌人被打了个措手不及，彻底蒙了，一个个四处乱窜，毫无反击之力。

霎时，"缴枪不杀"喊声四起。敌人纷纷跪地，双手托起手里的枪，大叫饶命。

这一仗，前后也就十几分钟，击毙敌人小队长卢子浩和七名士兵，击伤八人，其余十七人全部被俘，缴获长短枪二十五支、子弹几千发、手榴弹一百多枚。

这一仗，打出我三区游击队的威风，老百姓纷纷夸赞说：

"还是四爷（新四军）厉害。"同时，严正警告了那些与游击队作对的武装，有力地扩大了游击区，争取了两面政权，三区的局面慢慢好转起来，我游击政权开始征粮征款。

钱集乡开始的时候征粮征款还算顺利，可是不久，国民党寿县党部以"剿匪"不力之名解除了两面乡长王克树的职务，调来一个新乡长叫杨耀祖。此人是个积极反共分子，一上任就加固了钱集乡公所，每当钱集逢集，总是派兵上街强硬征税，群众稍有反抗，非打即骂，当地人民苦不堪言。同时，杨耀祖和当地恶霸大地主陶如意勾结，不准当地保长向我游击政权交粮交款。在他的淫威恐吓下，很多两面保长不敢再向我游击政权交粮交款。一次，杨耀祖得知王户保长王德山向游击队交了粮，于是把王德山骗到乡公所捆绑起来，吊到树上毒打了一夜。后来，虽然王德山的家人四处托人说情，又花了钱，王德山才被放了回来，但是，双腿被打断，王德山再也不敢当保长了。

针对这一情况，三区区委研究决定，拔掉钱集杨耀祖这个钉子。为此，派出侦察员孙强前去侦察。

孙强化装成卖挂面的小贩来到钱集乡公所附近，发觉杨耀祖的乡公所建在原日本鬼子的据点上，四周有两丈多高的围墙，围墙外有宽约两丈、深两丈余的壕沟，壕沟外还有铁丝网。孙强还想看清楚一点，可是刚靠近乡公所大门就被敌哨兵轰走。原来杨耀祖知道游击队的厉害，特加强了防守，一般的人不允许靠近。孙强没有办法，只好顺着乡公所周围转了一圈，只发觉里面有原日本鬼子修筑的一座炮楼。

为了摸清敌乡公所内部的情况，中午，孙强来到钱集街上的老表陶如红家。陶如红是个木匠。杨耀祖来到钱集之后，讲究新人新气象，吩咐翻修乡公所里面的一些家具、物件，陶如红被叫去一直修理了二十多天，故而对敌乡公所内部的情况一清二楚。陶如红向孙强详细介绍了敌乡公所内部的情况，除了原来日本鬼子留下的炮楼，杨耀祖还修筑了一个土楼，炮楼和土楼各有一挺机枪，有四五十个士兵把守。

敌人龟缩在乡公所里，工事牢固，戒备又严，因此不能强攻。那怎么办呢？三区领导在一起研究，最终想到了一个好计策。

1947年10月的一天，钱集逢集。上午，街道上人来人往，熙熙攘攘，化装成赶集老乡的游击队员张士怀、张本书等四人混在人群中。当敌人一队巡逻队走过之后，几人迅速行动起来，从篮子里、背筐里、背袋里拿出宣传标语，到处张贴。不一会儿，"打倒国民党，打倒杨耀祖""老乡们，新四军回来了""坏蛋杨耀祖死无葬身之地""杨耀祖坏事干尽，不得好死"等标语四处皆是。群众纷纷驻足观看，窃窃私语。

杨耀祖得到汇报，立即带来一批人马杀气腾腾赶到街道上抓人。当看到那些标语时，杨耀祖气得脸色煞白，张牙舞爪地命令手下一定要抓住游击队员，还叫嚣，抓住了，一定活剥了游击队员。

敌人开始在街道上四处寻人，在街西一个角落处发现了张士怀、张本书等人。张士怀等四人见暴露了行踪，赶紧向钱集北撤去。杨耀祖率领二十多个手下则在后面紧追不舍。

张士怀等人一边跑，一边适时回头射击。这可惹恼了杨耀祖。他杨耀祖是何许人也，堂堂的钱集乡乡长，威风八面，游击队区区四人，敢这么对待他。于是他率领手下拼命追击，一边追击，一边开枪射击，无奈一直追不上。也不怪，张士怀几人是三区侦察员，素以飞毛腿著称。

杨耀祖率领人马追到杨湾，不见了张士怀等人的踪影，正在纳闷，突然在不远处的河沟中伸出几个脑袋来，齐声大骂杨耀祖。杨耀祖被骂得脸上一阵青，一阵红，一阵白，看见手下正在瞧着自己，更加恼羞成怒，号叫着指挥手下向河沟处扑去。

前面就是河湾，杨耀祖正在观察张士怀等人的行踪时，突然，"啪啪、砰砰"，从前面的河岸上射来一排子弹，他的三四名手下随即中弹倒地。

"中了游击队的埋伏了。"杨耀祖脑子里划过一个意识，赶紧回头就跑。这时，从两边岔河里又射来雨点般的子弹，又有几名手下毙命，受伤的则鬼哭狼嚎。杨耀祖吓得魂飞魄散，跑得比兔子还快。

杨耀祖逃回到乡公所，一清查人数，逃回的只有七八个，带去的一挺机枪也没了。正在庆幸自己今天死里逃生的时候，突然岗哨慌慌张张地跑来报告说游击队已经把乡公所包围了。

杨耀祖大惊失色，赶紧登上炮楼，只见乡公所周围到处都是游击队员，他赶紧命令手下死守。

陈百川带领三区区大队把杨耀祖的乡公所团团包围，开始攻击。但是敌人躲在炮楼、土楼里，居高临下，火力密集，特别是敌人的那挺机枪，"嗒嗒嗒"喷着火舌。游击队一时很难靠近，几次冲锋都被密集的子弹压了回来。

为了避免无谓的伤亡，陈百川命令暂时停止进攻，然后召集区、乡领导研究破敌之策。

炮楼里的杨耀祖指挥手下拼命反击，突然，听不到我军攻击

137

的呐喊声和枪弹声，误以为天色将晚，游击队撤走了，于是探出头来张望。他一露面就被等候多时的神枪手张有劲发现。说时迟那时快，张有劲举枪扣动扳机，"砰"一声，杨耀祖头部中弹见阎王去了。

陈百川等人得到杨耀祖被击毙的消息，立即赶了过来，命令游击队员齐喊："缴枪不杀，优待俘虏。"一时间，喊声震天，响彻云霄。

杨耀祖死了，敌乡公所内无人指挥，那些乡丁一个个无头的苍蝇似的乱窜，听到游击队震天动地的喊话，不由心动，遂从炮楼里伸出白旗，然后一一举着手走出乡公所向游击队投降。

这次引蛇出洞和围攻敌乡公所的战斗，三区游击队击毙敌人十一人，击伤八人，俘虏三十六人，缴获机枪两挺、长短枪五十多支、子弹无数。对于那些贫苦出身而又被迫参加乡丁混口饭吃的俘虏，三区领导教育一番后，释放了他们。

击毙了杨耀祖后，钱集一带的乡长保证再也不敢和游击队作对，一一积极踊跃地交粮交税。

就这样，三区游击队和游击政权不断发展、壮大。以后，其他区相继成立，分别是：

一区，包括瓦埠、上奠寺、小甸集、邵店、李山庙、双庙集、大井寺、大顺集等八个乡。第一任区委书记是曹云鹤，副书记徐宏忠，以后是徐锡林、李治安。区长曹仙渡，副区长曹连宽。

二区，包括曹庵、徐庙、禹庙、拐集几个地方。区委书记胡守富，区长庞敬夫，副区长尹良风。

寿合（寿县、合肥）区，包括广岩、双枣、高刘、炎刘、三义、谢墩等六个乡。区委书记由杨刚健兼任，区长杨新之，董景山为副区长。

合六（合肥、六安）办事处，包括江下、太平、马集、高庙、金桥五个乡。区委书记冯道宽，副书记张亚非，区长夏汉三。

定合（定远、合肥）办事处，包括造甲、大李集、埠里、罗集等乡。区委书记孙祝华，区长崔新宗。

在很短的时间里，共建立了七个区游击队政权，包含三十多个乡。在游击政权的建立过程中，有以下几个共同特征。

一、枪杆子里面出政权。要建立我游击政权，首先要发展武装。当时淮西地区，区有区大队，乡有乡中队，县有县总队。县总队是我游击队的主力。主力部队经常在边缘地区或者到各个县交界的地方活动，以扩大我游击区，没有固定的活动地点，其主要任务是保护中心区。所谓游击中心区就是我游击政权建立的中心区域，一般是一大片连着的地方。它往往是敌人"清剿"的主要目标。

区、乡武装一般不出所在区乡的活动范围，配备的干部一般也是当地人，如果要打仗，寿六合霍工委才会把各县、区、乡武装集中起来。区、乡武装对于建立我游击政权、扩大游击区、争取建立两面政权都起到重大作用。区、乡武装活动的地方一般在腹心区。所谓腹心区，指的是敌后一小块、一小块有可靠群众基础的地方，这里有地下组织，有我游击政权。腹心区大小不一，有的两个大的村庄就可以构成我腹心区。腹心区群众基础比较好，敌人不易发觉，有时候反而比中心区更加安全。

二、广泛发动群众参与。如果说游击队是鱼，那么群众就是水。鱼儿是离不开水的。离开了群众，游击队就不能生存。淮西地区原是寿东南抗日民主根据地，有着牢固的群众基础，虽然一定程度上遭到国民党的破坏，但是共产党新四军的影响还在。游击队严格遵守"三大纪律八项注意"，再加上游击队除暴安良，打击恶霸，为老百姓伸张正义，所以得到群众的拥护。正是有了群众的拥护，游击队才得以不断发展壮大。

说到"三大纪律八项注意"，这是游击队严格执行的铁的纪律，严禁破坏。一次，杨刚健率领县总队在二区罗塘乡一带活动，晚上住在罗塘西我游击队的老根据地双门楼村。做晚饭的时候，因为盐不够，新来的炊事员庞士德用了房东张有义家的，等到张家儿媳妇来做饭，发觉家里的盐没了，于是告诉了公公，杨刚健这才知道庞士德用了群众的盐，立即狠狠批评了庞士德，向张有义赔礼道歉并以双倍的盐偿还。

另外，还有建立广泛的统一战线，这一点，在下章讲述。

建立广泛的敌后统一战线

统一战线是中国革命取得胜利的三大法宝之一。这个法宝，在游击区显得尤为重要。有了这个法宝，可以争取多数，孤立、打击少数，不断壮大自己的武装力量，建立和巩固我游击政权。

在淮西的斗争过程中，中共寿六合霍工委和各个区、乡领导都非常重视统一战线工作。当时，考虑到斗争的复杂性，为了保密，寿六合霍工委对于可争取的统一战线人士都是由自己亲自掌握，并保持单线联系。

所谓统一战线，就是去做社会贤达人士和开明绅士的工作，把他们争取过来后，再让他们去做地方上其他人的工作。由于这些贤达人士和开明绅士在社会上和当地宗族中有一定的影响力，得到他们的支持，不仅便于发动群众开展各种斗争，而且可以通过他们去做敌人的策反工作。

由于工委领导十分重视，亲力亲为，所以，在短短的几年时间里，淮西统一战线工作取得了辉煌的成果。

其中，杨新之可以说是我淮西游击队统一战线工作的典范。

杨新之是寿县广岩乡人，家为当地名门望族。祖父是前清举人。到了杨新之这代，家里还拥有良田几百亩。但不幸的是，他中年丧妻，家有一儿一女。

杨新之满腹经纶，为人正直，胆子大，讲义气。他常常揭露国民党地方官员腐败无能。抗战时期，他曾毫不讳言地说："我们寿县的抗日希望，在那里。"说着指着东北方（那里是我皖东北抗日根据地）。

抗战时期，我淮西独立团杨效椿在极其困难时期，就曾经找到他。杨新之慷慨解囊，帮助解决了一些粮食弹药问题。

蒋介石发动了内战，淮西独立团被迫撤走。为此，杨新之经常唉声叹气，大骂国民党不为老百姓着想，使得生灵涂炭。

淮西游击队回来后，考虑到斗争的复杂性，赵立凯、杨刚健并没有立即去找杨新之，现在时局不同，害怕他有变。经过打探得知，他有个亲表弟叫朱克文的是我游击队员。于是，赵立凯、杨刚健派遣朱克文前去试探杨新之的口气。朱克文回来报告说杨新之还是那样，对国民党黑暗统治极其不满，对新四军充满同情。

中共寿六合霍工委领导立即让朱克文再去联系，准备和杨新之见面。杨新之立即欣然同意。工委派遣我游击政权寿县县长董其道前去和杨新之见面，二人一见如故。董其道向他介绍了共产党的政治主张和当前的国内斗争形势，得到了杨新之的赞同和拥护。

以后，中共寿六合霍工委不断和杨新之接触，彼此建立了深厚的友谊。这样，杨新之的家就成了我寿六合霍工委及寿县领导经常聚会的地点。

一次，杨新之和董其道县长聊天，杨新之要求加入共产党。董其道见他比较真诚、态度坚决也就答应了。但是，提出三个条件：第一戒掉鸦片烟；第二不怕吃苦，不怕抄家；第三不怕跑路。

对于这三个条件，杨新之一一答应。于是开始戒烟，还别说，他的意志力挺强，经过一段时间的努力，真的把鸦片烟戒掉了。

杨新之投靠了游击队后，利用自己的影响，为游击队做了大量统战工作，争取了一些开明人士和地方绅士为游击队所用。鉴于当时的形势，中共寿六合霍工委毅然任命他为寿合区区长。

杨新之首先做了合肥西边的江下乡乡长刘善学的工作。

刘善学是肥西刘老圩人，和杨新之是故交。同时，他的妻弟蒯正鹏也在我县总队。一天，杨新之带着蒯正鹏来到江下乡，找到了刘善学。

此时，刘善学已经知道杨新之投靠了游击队，但还是热情地招待了杨新之。晚上叙旧，杨新之一一揭露了国民党的腐败，控诉了老百姓的疾苦，得到了刘善学的认同，话语中透露出对新四军的赞赏。后来，杨新之趁热打铁，紧接着把赵立凯、杨刚健引荐给刘善学。赵立凯、杨刚健向他阐述了共产党的主张，介绍了国内的形势，指出国民党的统治不会长久。刘善学表示愿意为共产党游击队效力以给自己留条后路。

从此以后，刘善学和游击队建立了良好的关系，他的乡公所实际上就成了我游击队的驻地，就是乡公所的枪我游击队都可以借用。

杨新之所在的寿合区有个高庙乡，介于寿县、肥西的交界处，位置十分重要。一旦大批敌人到寿东南"清剿"，我游击队可以转移到肥西，隐伏于江下乡和高庙乡之间伺机而动。

当时，高庙乡国民党的乡长叫杨介凡，称不上好，也不算太坏。杨新之以前和他认识，又是本家，于是上门做他的工作，动员他为游击队服务。这个杨介凡私心比较重，答应做两面乡长。但是，要求游击队为他办一件事。

原来，当地有个叫陈孝堂的人，其祖父是当地一霸。一次，其祖父看上了高庙街道的一个商铺，恰巧杨介凡的祖父也看上了，两家一时争执不下，进而大打出手，杨介凡的祖父带领族人打伤了陈孝堂的祖父。陈家当然咽不下这口气，勾结瓦埠湖的强盗朱麻子，放火烧了杨家，杨介凡的小女儿也被烧死。这样，杨家和陈家结下世仇，谁都想置对方于死地。

按照杨介凡的意思，游击队帮他除掉陈孝堂，他就为游击队服务。

董其道、杨新之明白杨介凡这是在借刀杀人。考虑到不能无故杀人，更不能杀好人，于是派人展开对陈孝堂的调查。

几天后，侦察员回来报告，说这个陈孝堂不是好人，而是当地一霸。高庙街道西边庞小圩庞老四的小女儿长得漂亮，被他看上，大白天把她奸污了。另外，他还勾结瓦埠湖里的强盗，打家劫舍，无恶不作。当地老百姓一提到陈孝堂无不谈虎色变。

像这样的恶霸，就是杨介凡没有要求，游击队都要为民除害。于是，杨新之答应了杨介凡的要求。

一天，侦察员回来报告，说第二天瓦埠街逢集，陈孝堂要去赶集，看样是和强盗见面。杨新之决定借此机会除掉陈孝堂。

第二天，陈孝堂骑着马前往瓦埠街。半途中，遇到一辆驮着重物的手推车，一个年龄较大的男子在后面推车，一个年轻的男子在前面拉车，车子缓慢地移动着，挡住了陈孝堂的道。陈孝堂平时威风八面，谁见了他都要礼让三分，今日见推车之人不让道，便破口大骂。

推车人害怕，哆嗦着想把车挪到路边，可能是紧张的缘故，手一松，车子倒在路中间。

陈孝堂见了，更是来气，骂得一句比一句难听。

"你怎么骂人？"推车的中年男人嘟囔着问，"谁都是娘生的。"

"老子不但骂你，老子还要打你呢。"陈孝堂恼羞成怒地说，身子一跨，下了马，挥着马鞭奔了过来。

前面那个拉车的年轻人不知道什么时候绕到陈孝堂身后，再上前一步，随即一把盒子枪顶住他的腰，厉声喝道："不要动，动一动打死你。"

陈孝堂傻眼了，站在那里一动不敢动。年龄较大的男子上来搜去他怀里的盒子枪，然后把他捆绑住。接着，从旁边的高粱地里走出杨新之等人。

杨新之等人把陈孝堂押到瓦埠街，进行了公开审判。最后在群众的要求下，就地处决了这个恶霸。

除掉了陈孝堂，杨介凡开始支持游击队，他的乡公所也作为我游击队的掩护场所。这样，国民党高庙乡也变成了两面政权。

对于杨介凡这样左右摇摆的人，杨新之也不敢粗心大意，而是时刻保持警惕，因为不知道什么时候他就会出卖了游击队。为此，杨新之等人开始做杨介凡手下人的工作，以孤立他。通过一段时间的努力，他的下属基本上都被游击队争取过来。这样，杨介凡的动向我游击队随时都可以掌握了。

寿合区游击政权正是在我游击队开展了对杨新之的统战工作后才得以顺利建立。可见，统一战线多么重要。在统一战线的大旗下，很多民主人士被争取过来，全心全意为游击队服务，有的甚至献出了自己的生命。

津浦路西抗日民主政府参议员曹少修本来随着淮西独立团撤退到路东根据地，听说游击队要打回淮西，主动要求跟着回来。赵立凯、杨刚健考虑到他已经六十多岁了，劝他随大部队北上，曹少修坚决不同意，说："我虽然老了，但是，还能帮上你们的忙，淮西地区特别是瓦埠、上奠寺、小甸集等地我还认识很多上层人士，我可以为你们做他们的统战工作。"

回到淮西后，曹少修日夜为游击队服务，一旦游击队出现了伤员，他就亲自找关系帮忙安置、治疗。每当敌人前来"清剿"，游击队干部、战士往往多利用他的关系隐蔽起来，从未出现过问题。同时，他还积极联系民主人士，向他们宣传我党政策，揭露国民党首先挑起内战的阴谋。在他的努力下，很多民主人士被争取过来。

首先被争取过来的是炎刘庙绅士李振山。从此，李振山的家就成了掩护我游击队的驻地。

一次，敌人到寿东南"清剿"，寿县副县长董其道被敌人追击得紧，已经无处可藏，只好来找李振山。李振山把董其道送到自家的高粱地里躲了起来，每天由他的妻子送饭。时间一长，便引起了敌人的怀疑。他们把李振山抓去，吊到树上打，可是，李振山始终没有出卖董其道。最后，敌人苦于没有证据，又加上曹少修等人找关系说情，李家又了花钱，才放了李振山。

第二个被曹少修争取过来的是合肥南乡的国民党乡长刘子才。刘子才的哥哥刘子开和曹少修是老关系。我寿六合霍工委根据这个线索，派遣曹少修和刘子开一起去做刘子才的工作。曹少修劝说刘子才跟着国民党走没有前途，全国解放的日子已经不远了，要刘子才给自己留条后路。

刘子才被说服，以后，他就为我游击队服务。一次，国民党在寿东南"清剿"，为了躲避敌人的"清剿"，赵立凯就住在刘子才的乡公所。

1947年9月，国民党寿县县长王镇华率领寿县保安团，在国民党安徽省保安团、寿县县大队的配合下，再次对寿东南进行了"清剿"。曹少修再次忙前忙后，帮助游击队转移、隐藏。

曹少修的活动引起了敌人的注意，开始调查他。寿县县长王镇华首先从曹少修身边的人开始调查。他派人把曹定球、曹定树抓去，威逼利诱，要他们供出曹少修"通匪"证据。曹定球、曹定树经不住诱惑，供出了曹少修。9月30日，曹少修被逮捕押到下塘集。

王镇华如获至宝，亲自审问曹少修。

王镇华企图诱降，说："曹老议员，只要你写一封信给你儿子曹云鹤（我寿六合霍工委委员），让他前来自首，我不但可以饶你一命，而且还可以保荐你儿子当大官。这样，你老头子还不是老太爷吗？"

曹少修回答："我儿子干革命是为老百姓，让我写信，办不到。再说，我儿子云鹤也绝不会向你们投降，你们这些人坏事干尽，已经没有了良心，我要郑重地告诉你们，你们这些人是不会有好下场的。"

"你这个老东西就不怕死吗？"王镇华恼羞成怒地威胁说。

"我这把年龄还怕什么？人总有一死，或轻如鸿毛，或重如泰山，今天，我就抱着一死，要杀要剐随你们的便。"

"你……"王镇华无语以对，然后拂袖而去。

曹少修知道自己大期将至，于是在狱中写下了遗书："云鹤吾儿：吾弟曹渊为革命而死，吾侄儿云露亦为革命而死，吾亦死，一门三烈士，足以光荣吾门庭，吾死后可葬于吕子让墓侧。"

1947年11月23日上午，敌人把曹少修押解到下塘集游街示众。曹少修头颅高昂，一一揭露国民党的腐败，指出只有共产党才是真正为老百姓好。气得王镇华只好命令游街收场。

下午2时许，曹少修被押赴刑场。曹少修一路高喊："共产党必胜！打倒蒋介石反动派！"

沿途为他送行的群众被他的浩然正气所感动，也为即将失去这个主持正义的老人而痛心，一一掩面而泣。

曹少修牺牲后，中共寿六合霍工委追认他为中共党员，又通过调查，揪出曹定球、曹定树，并把二人处决。

三打孙家庄

我游击政权的纷纷建立，有七大区连成一片的趋势，这引起了敌人的恐慌。寿县肃反专员王济川带领国民党寿县党部特别行动大队在保安团的配合下，不断对我游击区进行"围剿"。同时，设在高塘集的国民党合肥县第三十九区党部书记陶仁广也没闲着，他命令执委张慎之和行动队长陶存宽千方百计对我游击区进行破坏。张慎之、陶存宽接到命令后，立即把下塘乡乡长朱伯高、高塘乡乡长吴杰、寿县三十七区党部书记魏发芳召集起来，密谋一起配合，对我游击区实行网络化统治。

吴杰回来后，立即把特务头子郑开良找来，开始密谋行动。

高塘、陶楼一带农村，消失了一段时间的货郎担小侉子又出现了，人们好奇地问他最近干什么去了，他回答说最近生病了。

小侉子挑着货郎担走村串户，一边做生意，一边和大人小孩闲聊，特别在意最近出现了什么新事物、新情况。

几天以后，陶楼乡游击队队员陶存晋、许明和以及三名游击队的家属被逮捕，吴杰把他们押解到孙大庄严刑拷打。

孙大庄庄主叫孙贻三，是当地的大地主，本来是和我游击队暗中有来往的。于是派人送信过去，要求孙贻三解救陶存晋、许

149

明和二人。

万万没有想到的是，孙贻三不但没有放了陶存晋、许明和二人，而且还把送信的人扣留住，这引起了四区区委的警惕，于是派人前去暗中调查。几天后，侦察员回来报告，说孙大庄挂起了国民党高塘乡的牌子，里面有五十多人、枪，看样子孙贻三变卦了，准备和我游击队为敌。

四区区委立即委派区大队队长陶子诰组织人员展开调查。根据地下党员陶仁鲁、内线陶仲礼汇报，孙贻三确实已经投靠了国民党合肥三十九区分部，被委任为区分部委员，其弟弟也被委任为区分部秘书，专门搜集我游击队情报。

孙贻三投靠了国民党，但是，表面上还和我游击队来往，看来是居心叵测。为了证实这一点，四区区委故意向他送去了假情报，说第二天中午四区区委要在离陶楼二里路之外的一座破庙里开会。

第二天，陶楼西边突然出现了大批敌人，他们把破庙团团包围。

看来，孙贻三确实是投靠了国民党。孙贻三从此也知道自己的身份暴露了，开始公开和游击队作对。

孙大庄位于淮南铁路罗集车站西边，是我淮西游击队到铁路东的必经之地。吴杰、张慎之、孙贻三也熟知这一情况，便把高塘乡公所设在此地。为了防范我游击队，他们在这里派了重兵把守。除此之外，还在孙大庄修筑了三层防线，每层防线都有高墙和壕沟隔开，高墙上建有炮楼，炮楼之间有走廊连接，以做到互相配合。俨然，孙大庄成了敌人的重要据点，而这个据点对我游击队的活动也确实造成巨大的威胁。

1947 年秋，淮西游击队准备把四区征来的一百多石粮食运往路东我根据地，以支援四军分区。为此，四区书记孙祝华等人召集了二百五十多民兵，前面由区短枪队开道，后面由区大队机枪班殿后。同时，负责运输的民兵也带上武器，准备于 11 月 12 日晚出发。

11 月 12 日下午，清点人数时，发现少了陶楼乡民兵李黑蛋。这时，孙祝华有一种不祥的预感。天色已经逐渐暗下来，再派人前去调查李黑蛋已经来不及了，怎么办？四区领导紧急召开会议研究。区大队大队长陶子诰提出明修栈道暗度陈仓之计，就是自己率领一部分区大队武装按照原来的路线走，四区书记孙祝华等人指挥运粮队改变路线，绕道三区，从下塘集以北穿过淮南铁路线。为了补充陶子诰分散而造成的武装不足，立即联系三区教导员刘云峰，让他们派一部分区大队掩护。

夜幕降临，两支队伍分头悄悄出发。虽然是夜色如墨，伸手不见五指，但为了不暴露目标，运粮队伍连麻秸秆也没有点燃，而是采取后面的人紧跟前面人的方法前进。行进中，严禁说话，就是咳嗽都不允许。

为了一探虚实，陶子诰率四区大队一个排轻装出发，按照原定的路线向孙大庄方向而来。为了安全起见，陶子诰派遣侦察员陶子李、陶子文兄弟二人在前面探路，一有情况，立即摔掉手里的马灯示警。

陶子李、陶子文化装成下乡买猪的商贩（陶子文本身就是高塘集的屠夫），赶着两头肥猪，手里提着马灯在前面走着。突然，从黑暗处蹿出几个黑影挡住了去路，一个黑影喝问："干什么的？"

陶子李、陶子文知道有敌情，装着害怕，立即摔掉手里的马灯，身边的两头肥猪也因为受到惊吓开始乱跑。

陶子李、陶子文装着赶猪，嘴里大声喊着："回来，回来。"这是通知陶子诰赶快撤退。

后面的陶子诰知道前面有敌情，为了吸引敌人的注意力，掩护运粮队，并没有下令立即撤走，而是就地埋伏下来。

果如孙祝华、陶子诰等人预料的一样，吴杰、张慎之、孙贻三在这里设了重兵埋伏。他们堵住陶子李、陶子文兄弟二人，开始审问。审问了半天，也没有问出什么，只好放了兄弟二人。

"走了，走了。"陶子李、陶子文兄弟二人互相招呼着，然后吆喝着赶着肥猪走了。

陶子诰知道敌人放了陶子李、陶子文。待到他们走远了，命令战士们准备向前面黑暗处开火，目的是用火力侦察一下敌情，再就是为了麻痹敌人，误以为他们就是运粮队。

"开火。"陶子诰小声命令道。

"砰砰"几声枪响。

敌人果然上当，以为运粮队发现了他们，开始反击。顿时，枪声四起。

这下把陶子诰吓出一身冷汗，他发觉自己的前面和左右都有枪声，假如运粮队来了，后果不堪设想。

为了进一步麻痹敌人，陶子诰率领大家一边还击，一边撤退。不久，撤出战斗，消失在茫茫的黑夜之中。

而此时，孙祝华率领运粮队则顺利通过淮南铁路线，到达路东根据地。

事后通过调查得知，李黑蛋上午在来运粮队的途中，被吴杰派出的特务抓住，搜出他身上带着的匕首，进而认定他是游击队员，威胁如果不交代，就杀了他全家老小二十多口人。李黑蛋害怕，交代了自己参加运粮队的事情。敌人还要李黑蛋进一步交代运粮队的情况。李黑蛋说并不知情。

吴杰、张慎之、孙贻三认为，四区通往路东唯有经过孙大庄这条路线，于是立即联系寿县三十七区党部书记魏发芳，两股敌人在孙大庄西边的河湾处设了埋伏。幸亏四区领导的英明果敢，这才躲过一劫。

吴杰、张慎之、孙贻三虽然是竹篮打水一场空，但是，同时也认识到孙大庄一带对我游击队的重要性，于是加强了对通过孙大庄过往行人的盘查。

1947 年 11 月，我大别山刘邓大军派遣三名干部到路东四分区，寿六合霍工委接到命令，务必护送三人安全到达。寿六合霍工委派遣一个班战士把三名干部护送到四区。现在，面临的就是最后一道关口，也就是如何通过淮南铁路线的问题。鉴于白天敌人盘查严密，只好在夜晚通过。

午夜，陶子诰率领一个排护送三名干部来到孙大庄西边。为了安全起见，派遣两名战士化装成老百姓在前面探路。一路都比较顺利。当一行人正要通过淮南铁路时，突然前面传来："不要过……"后面的"来"字还没有喊出，接着就是一声惨叫。陶子诰知道那个声音是派出的侦察员的，也知道中了敌人的埋伏了，随即开枪射击。

前面，敌人以铁轨做掩护，用密集的火力封锁了去路。后面也响起了枪声，且越来越近，已经没有退路，怎么办？看来只有硬拼了。

陶子诰率领战士们带着三名干部趁着夜色的掩护顺着铁路向右转移，后面敌人紧追不舍。

"你们被包围了，跑不了了，抓活的。"敌人在后面狂喊，接着子弹在夜空中带着火星向这里射来。

陶子诰命令一班长率领一个班的战士带着一挺机枪在后面掩护。一班长答应着去了，架起机枪，封锁住敌人。好在是夜晚，敌人摸不清我游击队到底有多少人，没敢硬冲上来。

陶子诰则掩护三名干部顺利翻过铁路到达杜集乡，和前来接应的四分区部队会合，才完成这次护送任务。

虽然是完成了任务，但是，四区区大队也牺牲了两名战士，有三名战士受伤。吴杰、张慎之、孙贻三则得意扬扬，向寿县肃反专员王济川请功。王济川奖赏了吴杰一千大洋、二十把长枪。从此，吴杰、张慎之、孙贻三更加卖力了，一方面加强了对孙大庄交通要道的把守；另一方面四处派出特务，打探我游击队情报。

1947年初冬，路东根据地运输一批冬季军服到淮西。为此，他们化装成商队。当运输队经过孙大庄附近时，通过内线贿赂了敌哨卡，眼看要通过，不巧，吴杰带人赶到。吴杰亲自上前检查。押送的便衣队见情况不好，掏出短枪对着吴杰就是一枪，只把吴杰的帽子打掉。吴杰捡了条狗命，然后命令士兵疯狂射击。护送的便衣队拼死抵抗，无奈敌人太多，火力太强。结果，两名护送的游击队员牺牲了，三人受伤。另外，军服也被敌人抢去烧了，延迟了我淮西游击队冬季换装。

这一次，吴杰、张慎之、孙贻三更加猖狂，妄言说："对待游击队要用梳子梳、篦子篦才行。"又向王济川要人要钱要枪。

154

王济川给了他们一个排的武器装备。这样，吴杰、张慎之、孙贻三更加有恃无恐，到处寻找抓捕我游击队员及其家属。

孙大庄就如一个钉子钉在我淮西游击政权的血管上，我淮西游击队早就想拔出这个钉子了。现在，陶存晋、许明和两名同志以及三名游击队的家属又被抓去，寿六合霍工委决定打掉孙大庄。为此，寿六合霍工委把四区书记孙祝华、三区教导员刘云峰召集起来开会。会上，工委让二人做好攻打孙大庄的前期准备工作。

孙祝华回到四区，立即召集四区区委领导开会研究攻打孙大庄的对策。大家认为，攻打孙大庄不能过于急躁，必须先一点一点消灭敌人的外围力量，然后伺机再攻打孙大庄。最后，大家一致认为，先除掉敌特头子张慎之比较容易。

达成共识后，四区区委把这一重要任务交给四区区大队长陶子诰。陶子诰接受命令后，立即派出侦察员前去侦察跟踪张慎之。

1947 年 12 月 4 日，侦察员回来报告，说张慎之因为新添了孙子，明天晚上要回家。陶子诰立即进行了作战部署。

第二天下午，太阳西下，渐渐落山。在钱林棵通往高塘集的路两旁的麦地、油菜地里，稀稀落落地分散着几个锄草的农民（我游击队员化装而成）。

半个小时后，只见一个正在锄草的农民摘下头巾在手里摇晃着。这是暗号，告诉其他游击队员，张慎之来了。埋伏在西边钱林村子的游击队队员看到暗号，化装成买粮食的商贩，挑着粮食担子迎面而来。

张慎之骑着自行车，后面跟着一个班的卫兵，可能是回家之心急切，脚下加了力，所以和后面的卫兵隔了一段距离。

张慎之优哉游哉地骑着自行车，心中想着回家如何庆祝一番。一抬头，看见前面几个人向自己走来，戒备之心骤起，放慢了速度，想等着后面的卫兵跟上来。

陶子诰等人见了，不由加快了速度，慢慢靠近张慎之。张慎之害怕，下了车，站在路边，手摸向怀里的盒子枪。

走在前面的陶子诰见没有机会，于是一使眼色，告诉大家不要动手。一行人擦着张慎之的身子而过。

张慎之见了，长吁一口气，再次上车，向前骑行。迎面又走过来一男一女，看样子是一对夫妻（四区区大队副大队长金世余和女游击队员张士翠）走亲戚现在正往家赶。这次，张慎之没有在意，放心大胆地骑着自行车。

三人相会的刹那间，金世余冷不防抬腿就是一脚，踢翻了张慎之的自行车。张慎之随即连人带车翻倒在地。

张慎之知道不妙，企图爬起来反抗，刚挣扎着翻过身来，猛然间感觉到一个硬邦邦冷飕飕的东西顶住自己的脑袋。抬头一看，只见金世余持枪顶着自己的太阳穴，旁边，张士翠也持枪对着自己。

即使这样，张慎之还没有绝望，因为后面还有那一个班的卫兵，企望让他们前来救自己。

"不要再指望什么了，看吧。"金世余手指后方说。

张慎之一看，只见先前那几个推车的人押着他的卫兵向这里走来。这下，他彻底绝望了，一屁股坐在地上，浑身发抖。

陶子诰等人赶过来，金世余喝道："张慎之，你也有今天。"

"游击队饶命，游击队饶命。"张慎之趴在地上不停地磕

156

头说。

"饶你命？你干的坏事还少？这些天来，你到底杀害了我多少革命战士和无辜群众？"陶子诰喝问。

张慎之知道今天老命不保，狗急跳墙，冷不防爬起来拼命跑。

"想跑？还能跑掉了？"金世余说着，不紧不慢地抬起手，"砰"就是一枪。张慎之后背随即冒出白烟，身子摇晃了几下，轰然倒地，一命呜呼了。

那几个卫兵见了，吓得脸色煞白，浑身哆嗦。陶子诰对他们进行了教育，警告他们以后不准与游击队作对，不准残害百姓，否则，张慎之就是他们的榜样。最后把他们释放了。

张慎之被击毙，引起了吴杰、孙贻三的恐惧。二人如惊弓之鸟，惶惶不可终日。他们急忙向国民党合肥县党部和寿县党部汇报。寿县党部又增派了一个班的兵力来孙大庄。可是吴杰、孙贻三依然不放心，给当地保长们指派了民工，连天加夜加固了孙大庄的防御工事。这样，孙大庄这个小土圩子被布置得戒备森严，拿吴杰的话说："滴水不漏。"

针对这一情况，中共寿六合霍工委认为攻打孙大庄只能智取，不能强攻，让四区区委想办法从敌人内部突破。

怎么才能从敌人内部突破呢？为此四区区委进行了多次研究。大家认为吴杰疑心深重，一般的人休想靠近孙大庄，必须找到一个可靠得力的人才行。

陶子诰提出有一个人可以担当重任，那就是陶仲礼。大家如梦方醒，一致认为陶仲礼是个合适的人选。

陶仲礼是谁？他是当地绅士，也是国民党三十七区分部委

157

员。1947年四区还没成立之前，陶子诰就以本家的名义前去拜访他，目的是打探一下陶仲礼的口气、态度、立场。

闲聊中，陶仲礼表现出对国民党地方政府腐败无能的愤恨，对当地百姓深受官、兵、匪、盗诸多灾祸的同情，表现出强烈的正义感。陶子诰故意问他对抗战时期驻守在陶楼一带新四军的看法。一提到新四军，陶仲礼竖起大拇指，说新四军打日本鬼子、伪军、汉奸那是神出鬼没，还说新四军之所以能够壮大，就是能够为百姓着想，处处维护着老百姓，不像国民党地方政府一心就想着保全自己，多捞油水。陶子诰听了貌似一笑了之。

从那以后，陶子诰就经常上门和陶仲礼讨论问题，向他灌输进步思想。一天，陶仲礼说："子诰，你是这个吧？"说着伸出四根手指。陶子诰没有肯定，但是也没有否定。

"子诰，你不要害怕，其实我早就预感到你是的。"陶仲礼说，"老朽虽然是党部三十七区委员，但是，早已心灰意冷，不抱任何希望了。"

陶子诰一听，精神一振，马上承认了自己的身份，然后向陶仲礼分析了国民党为什么会失去人心，而共产党游击队为什么能够得到广大群众舍身拥护的原因。进而指出国民党统治肯定不会长久，共产党必定会打下天下，那时候，中国的老百姓就会有好日子过了。一番分析，让陶仲礼频频点头，说听君一席话，胜读十年书，现在他心中豁然开朗，并表示愿意为共产党服务。

陶仲礼没有食言，从那以后，他利用自己在陶姓族人中的影响，说服陶姓人拥护陶子诰等人。除此之外，还利用自己的人脉，做通了很多地方绅士的工作，使得他们拥护支持共产党游击队，为我四区游击政权的建立做出了很大的贡献。四区建立后，他还常常为游击队提供情报。为了安全起见，陶子诰始终和陶仲礼保持单线联系，所以知道陶仲礼通共的人并不多。

1947 年正月的一天，陶子诰秘密来到陶仲礼家，说明了来意。陶仲礼一口答应愿意帮忙。

利用春节的时机，陶仲礼经常出入吴杰的乡公所，名义上是拜年，实际上把吴杰乡公所的兵力部署摸了个透彻，再秘密转告给陶子诰。

虽然知道了敌人的兵力部署，但是，攻打起来还是不容易。为了减少不必要的伤亡，四区区委让陶子诰告诉陶仲礼，看是否能从内部分崩瓦解敌人。

陶仲礼开始留意吴杰乡公所人员。通过一段时间的打听，得知乡丁班长杨元龙，乡丁杨元甫、杨元勋三兄弟与吴杰之间有很大的矛盾。

杨元龙、杨元甫、杨元勋三兄弟和吴杰之间的隔阂由来已久。杨元勋的舅舅是做生意的，一次，拉了三大车的货物路过孙大庄。吴杰看了眼红，以"有通匪的嫌疑"把货物截留下来。杨元勋知道后前去辩解，杨元甫在旁边做证。吴杰非但不信二人，还把二人骂了个狗血喷头。杨元勋、杨元甫灰溜溜回来找到杨元龙，希望他这个班长说情。

杨元龙前去求情，吴杰虽然口头答应放行，可是光打雷不下雨，那批货物依然被扣留着。对此，杨元龙表面装着无所谓，心里难受得似大白天被人当众打了几耳光。

后来，还是杨元勋的舅舅托了合肥县的关系，吴杰才放了那批货。临走那天，舅舅指着杨元勋的鼻子大骂他是吃干饭的，一点用处也没有。

杨元勋、杨元甫二人觉得窝囊，在杨元龙面前诉苦。杨元龙让二人忍着，说君子报仇十年不晚。

这只是其中的一件事，像此类事情还有很多。

陶子诰得知这个情况后，立即查询游击队中谁和杨家三兄弟有关系。一天后，有消息了。陶楼乡中队游击队员杨树苗和杨元龙是发小，又是同宗兄弟。陶子诰立即派人把杨树苗找来，给他布置了任务。

第二天，杨树苗来到孙大庄找到杨元龙，中午把他请到饭店吃饭，猛灌他酒。半斤酒过后，杨树苗故意说羡慕杨元龙现在当了官，过得舒服。

"不要说了，我现在是驴屎球——表面光滑。"杨元龙回答。

"怎么了？"

"他们根本不把我们当人看。"接着，杨元龙把吴杰截留货物的经过说了一遍。

"是啊，是啊，这样看来他（指吴杰）是没有把你们兄弟三人当作一回事。"杨树苗煽风点火地说。

"卖命的让老子上，有油水的就丢下老子了，告诉你，兄弟，老子早就不想干了。"

"真不想干了？"

杨元龙发毒誓说是真的。

考虑到杨元龙说的是酒话，为了安全起见，杨树苗并没有立即亮明自己的身份。三天后，杨树苗又来到孙大庄找到杨元龙，中午再次把他请到饭店。喝酒之前，问杨元龙上次所说的话是不是真的。

杨元龙再三说是千真万确，还说现在游击队闹得厉害，早晚有一天他的这条命都会不保。杨树苗趁机说自己有个好办法，然后亮明了身份。

杨元龙听后大吃一惊，但是并没有掏出枪，也没有逃走，只是戒备地四下望了望。

杨树苗把杨元龙带到饭店外面的僻静处，向他分析了当前的斗争形势，指出如果继续跟着吴杰、孙赔三后面干，就如他自己所预料的那样，早晚有一天会丢掉性命，因为吴杰就是把他们当作炮灰。

"你们游击队要我吗？"杨元龙问。

"当然会要。"杨树苗回答。

杨元龙听后非常高兴，表示愿意为游击队效力，并表示有什么事尽管吩咐。杨树苗告诉杨元龙，说游击队准备除掉吴杰、孙赔三，要他摸清吴杰、孙赔三的行踪，并及时报告给自己。现在，自己就在高塘集胖子饭店打工。

一听说要除掉吴杰，杨元龙异常高兴，一口答应下来。接着向杨树苗介绍了他的兄弟杨元甫、杨元勋，说可以把他们一起带过来。

杨树苗大为高兴，并交代说尽可能多的争取人员。但是，千万要做好保密工作。

当天晚上，杨元龙就把游击队要除掉吴杰的事告诉给了自己的两个兄弟。杨元甫、杨元勋表示一切听大哥的。

接下来的几天，杨元龙三兄弟严密监视吴杰的行动，多方打听他的行踪。也许张慎之被击毙对吴杰的震动太大，他一直躲在乡公所里不出门。

1947年农历腊月十八晚，杨元龙有意把吴杰贴身护卫班班长

161

陈大磊请来喝酒。席间，猛灌他酒，然后打探最近有什么行动。

陈大磊酒喝多了，忘了吴杰的嘱咐，说春节期间要配合合肥县大队前去"清剿"陶楼乡游击队。杨元龙问具体哪一天。陈大磊说自己也不知道。

陈大磊要走了，杨元龙客气地说明天还请他喝酒。陈大磊摇头说不行，明天高塘逢集，他要跟着吴乡长赶集。

踏破铁鞋无觅处，得来全不费工夫。无意间得到这个消息，杨元龙非常高兴，立即派杨元勋前去胖子饭店，把这一重要情报告诉了杨树苗。

当晚，陶子诰得到这个情报后，立即报告四区区委。机不可失，失不再来，四区区委决定利用这个机会除掉吴杰。为此，立即进行了作战部署。

第二天一大早，陶子诰便带领七个人怀揣短枪到了高塘。几人围着高塘集转了一圈，仔细地查看了地形，然后布置了战斗任务。

陶子诰选择了街中间陶仁斗的粮行作为伏击点，然后把七人分成三组。街南一组负责阻击，防止吴杰逃跑。街北一组防止他回窜。陶子诰、张有义、尹良华三人则负责在粮行伏击追杀吴杰。

太阳慢慢升高，高塘集街道上赶集的人逐渐增多起来。游击队员们混在人群中严密监视着街道。

到了九点多，还是不见吴杰身影，大家不由焦虑起来，难道情报有误吗？

快到十点了，负责瞭望的侦察员张书仁举起了手里的毛巾摇着，这是发出的暗号，告诉大家：吴杰来了。

果然，不一会儿，吴杰手提两把盒子枪，气势汹汹地带着一个班的乡丁来了。一行人大摇大摆地由街北进入街道。

　　大家立即做好战斗准备。

　　陶子诰装着买粮的，隐藏在陶仁斗的粮行里。尹良华装着吃饭的，躲进对面的饭店里。张有义则装着闲人一个，靠在粮行边的木柱上，三人互为掎角，彼此间的距离不超过两丈。

　　吴杰等人逐渐走近。陶子诰等三人的手慢慢伸向怀里。街道上人来人往，熙熙攘攘，吴杰根本没有注意到。

　　吴杰擦身经过张有义身边，说时迟，那时快，张有义拔枪在手，大喊道："吴杰。"

　　吴杰听到有人喊他的名字，回过头来。

　　"砰砰"，张有义连开两枪，可惜没有打中吴杰的要害部位。负伤的吴杰一边举枪还击，一边企图逃跑。可才刚跑了几步，不料尹良华猛地从侧面跃出，举枪正要射击，只是街道上的人听到枪响，一个个惊慌失措，到处乱跑，阻碍了他的视线。

　　眼看吴杰就要混在人群中逃走，陶子诰瞅准机会，立即杀出，挡住了吴杰的去路，对着他的胸脯"砰砰"就是两枪。吴杰随即倒地身亡。

　　那几个乡丁怎么没有出手？原来，今天跟随保护吴杰的就是杨元龙所在的班，想想真是可笑，吴杰的贴身护卫正要出手相助，也被他阻挠。现在吴杰已死，杨元龙对着天空放了几枪，一面大呼小叫着说："游击队来了，吴乡长已经死了，大家赶快跑啊。"随即带领众乡丁逃回乡公所。

　　这时，街道上已经乱成一锅粥，陶子诰登上土台，大声说："乡亲们，不要怕，今天，我们游击队来不为别的，就是专门镇

163

压这个与我们游击队作对、祸害我们老百姓的坏蛋吴杰。在此，我们要警告那些顽固反共分子赶快住手，悬崖勒马，回头是岸，否则，吴杰就是你们的榜样。"

吴杰被击毙，惊动了整个寿东南。老百姓拍手称快，敌人惶恐不安。国民党合肥县第三十九区党部书记陶仁广一时寻找不到合适人选到高塘任职，只好临时提拔副乡长何庆益为代理乡长。

何庆益为了保住自己的性命，跑去请合肥县和寿县县大队对寿东南进行了三次"报复性"的"清剿"。"清剿"结束后，他向上级要了两挺机枪，又要了三百大洋，用来加固孙大庄的防卫。他把孙大庄的壕沟由原来的宽三丈增加到四丈，由原来的深一丈增加到一丈五。同时，又在圩墙上扎了铁蒺藜，圩子四角各修筑了一个土堡，每个土堡里驻扎一个班的乡丁，每个班配有一挺机枪。这还不算，他还在孙大庄里增派了岗哨、流动哨、暗哨。这样的防守可谓是极其严密。

有了牢固的防守做依靠，何庆益胆子渐渐大了起来，和大恶霸孙贻三勾结，加强了盘查，对过往孙大庄的行人个个都要检查，凡是不认识的一律不准通过，稍有怀疑便即刻抓捕审讯。孙贻三再次放出自己的口头禅："共产党游击队就像头上的虱子，要用梳子梳、篦子篦才行。"

高塘集地区再次陷入白色恐怖之中，到处人心惶惶，群众没有丝毫安全感，游击队在这一地区的行动也遇到阻碍。

为了打击敌人的嚣张气焰，拔除孙大庄这个钉子，中共寿六合霍工委决定再次攻打孙大庄。为此进行了精细的研究，最后做了两手准备：一是利用杨元龙三兄弟做内应，争取里应外合，一举拿下孙大庄；二是如果智取不成则采取强攻。寿六合霍工委和寿县中心县委已经下定决心，这次无论如何非打掉孙大庄不可。

杨树苗接受四区区委的命令再次来到高塘集，和杨元龙三兄弟取得了联系，告诉他们淮西游击队工委的决定——铲除孙大庄，要他们随时掌握敌人动向并及时报告。

春节到了，游击队和群众一起欢度春节。年初二上午，杨树苗急匆匆赶了回来，报告给陶子诰一个重要情报，说他收到杨元龙的消息，春节期间，何庆益、孙贻三给乡丁们放假三天。

这是端掉孙大庄绝好的机会。陶子诰立即上报中共寿六合霍工委。工委果断决定年初三也就是第二天行动，然后立即组织调动各地的部队前来高塘集。

到了第二天下午，集结了寿县县总队，三区、四区区大队共计三百余人，寿六合霍工委书记赵立凯亲自任总指挥，杨刚健担任副指挥，然后进行了作战部署。

一场大战一触即发。

晚6点，天色已黑，部队在夜色的掩护下开拔。晚8点，部队悄悄行军到距离孙大庄三百米东北角洼地隐蔽待命。工委派陶子诰前去和杨元龙联系。

按照预定的接头地点，陶子诰来到圩东沟埂，点燃手里的麻秸秆绕了三圈，这是接头暗号。随即，黑暗中走出杨元龙，告诉陶子诰一切顺利。

"我们的部队也已经全部到位，开始行动吧。"陶子诰说。

杨元龙答应着回去开圩门。陶子诰随即举起手里燃着的麻秸秆绕了三圈，向部队发出暗号：立即行动。

隐蔽的部队悄悄向孙大庄靠近。按照作战计划，陶子诰率领一个排战士先行动。他们摸到圩门前，哨兵杨元勋已经按照杨元龙的指示打开了大门。

陶子诰率领战士们冲进圩子里，直奔圩门边的土堡。土堡里的四个敌人正在喝酒，万万没有想到游击队会从天而降，当黑洞洞的枪口对准他们时，一个个吓得目瞪口呆，随后乖乖举起了手。

解决了圩门角楼里的敌人，陶子诰再次向赵立凯发出信号。赵立凯看到信号，指挥大军冲进圩子里，按照作战部署，分头行动。

三区中队长张士全率领一个排战士直奔大厅。此时，敌人还浑然不知，一个个围在一起赌钱正酣，叫声、骂声、笑声一片。

"不准动，我们是游击队。"战士们冲进去，持枪对着他们喊。

瞬间，敌人都没反应过来，等反应过来后，一个个已经被吓傻了。一个小个子的乡丁被吓得哆嗦着，手里的牌九随即啪啪落在地上。

"举起手来。"

敌人一个个乖乖举起手，病鸡似的。战士们随即上前缴了他们的枪。

"哪个是何庆益？"张士全喝问。

乡丁们一个个低头不语。

"哪个是何庆益？"张士全用枪顶着那个小个子的乡丁喝问。

"我……我……"小个子牙齿打着战，说不出话来。

张士全没有办法，只好放了小个子乡丁，然后持枪喝问另一个乡丁。这个乡丁看样子不敢说，只是用眼睛望着坐在对面的一个胖胖的中年男人。张士全明白了，上来一把抓住他的衣领，把他拉起来，用枪点着喝问："你就是何庆益？"

"我是，我是，游击队饶命，游击队饶命。"

就这样，敌乡长何庆益落网了。

此时，其他地方的战斗也较为顺利，敌人纷纷举手投降，可是唯独不见孙贻三。

孙贻三跑哪里去了呢？陶子诰审问了几个俘虏，俘虏们都说他今晚就在乡公所。

孙贻三肯定还在孙大庄。赵立凯命令再次把孙大庄搜查一遍，不放过任何地方。

陶子诰率领三名战士来到更楼，搜查了个遍，可依然没有。张大毛心细，把头伸出窗口，隐隐约约见到更楼顶部有个黑影，于是大喝一声："孙贻三。"

"砰"一声，射来一发子弹，幸亏张大毛有所防备，躲过一劫。

枪声一响，战士们都围了过来。赵立凯命令架起机枪，和孙贻三对射。

"孙贻三，你的圩子已经被我们攻破，你也已经被包围了，识相点，赶快投降吧，否则，死路一条。"战士们一起大喊。

孙贻三见大势已去，只得说："不要打了，不要打了，我投降，我投降。"说着，"啪"一声扔下手里的枪，然后走下了更楼，双手举起。

第二天，在高塘集举行了公审大会，群众纷纷上前揭发孙贻三、何庆益的罪行，要求严惩这两个坏蛋。赵立凯等工委领导响应他们的呼声，就地枪决了二人。

这一仗，缴获了长短枪六十余支、子弹五百多发、机枪五

167

挺，镇压了孙贻三、何庆益。同时，国民党第三十九分区党羽——书记陶有亮，执委周泽、周瑞五、徐南谷、陶存宽也被一网打尽。

　　拔除了孙大庄这个钉子，我淮西四区在以后的短短两个月里，又相继成立了双墩乡、金罗乡、北外乡、白塔乡、高塘乡五个乡游击政权，区大队也发展到二百六十多人、二百多支枪。更为重要的是，我路东根据地和淮西地区的交通要道被打通，两地之间的人员、物资来往比较安全顺畅了。

对　　决

铲除了国民党高塘乡公所孙大庄，镇压了何庆益、孙贻三，我七大区游击政权连成一片，对国民党震动非常大。敌区、乡人员如惊弓之鸟，惶惶不可终日；国民党合肥县、寿县政府也惊恐不安，但一点办法也没有，只得向上级报告。国民党安徽省政府主席李品仙得到报告，除了大怒，还感到后脊梁直冒冷汗，因为高塘集和国民党省府合肥近在咫尺。

"合肥共匪不除，我李品仙誓不为人。"李品仙气急败坏地说。

为此，李品仙开始调集重兵准备对寿东南进行"清剿"。几天以后，国民党省保安团进驻下塘集，国民党桂系七十七师夏威之团进驻高塘集，寿县县大队、合肥县大队配合，企图寻找我游击队决一死战。

白色恐怖再次笼罩住淮西，一段时间内，各地的敌乡长们又开始相互联系，蠢蠢欲动。

下塘乡、陶楼乡等地，小侉子担着货郎担频繁地穿梭于各乡村之间。一天中午，趁人不注意，他借口找水喝，钻进下塘乡大杨村杨大头家里……

1947 年 1 月 16 日，下塘逢集，因为是农闲时期，所以街道上人山人海，熙熙攘攘。陈方平家里，陈方平正在忙碌着。四区中共双庙乡游击政权建立后，四区区委任命他为乡长，今天，他正要去双庙上任。

10 点半左右，一切准备妥当，正要出门，突然，门外涌进来几个全副武装的人。为首的陈方平认识，他就是国民党下塘乡乡长朱伯犀。陈方平隐隐感到情况不妙，但也没有办法，于是招呼道："不知贵客驾到，有失远迎，得罪，得罪。"

朱伯犀瞧了瞧陈方平一身全新的打扮，阴阳怪气地问："陈先生，看样子要出门啊，哪里去？"

陈方平听了心里一咯噔，马上问："朱乡长何以如此认为？"

朱伯犀上下打量了陈方平一下，说："看你陈先生穿得这么整洁，怎么，要出远门？"

"就是，就是，本来今天去给孩子他大舅拜年的，现在，您朱乡长来了，那我就不去了，您中午就在我家，我陪您好好喝几盅。"

"那好啊。"朱伯犀毫不客气地说，然后一屁股坐了下来。

陈方平借着献烟、倒茶的机会，偷偷观察了一下，发觉自己家的门口、窗口都有人把守，看来自己的身份暴露了，得尽快通知游击队。可是敌人把守得这么严，如何脱得了身？

"朱乡长，您在这里坐，我上街割肉打酒去。"陈方平说。

"好啊。"朱伯犀白了一眼，慢条斯理地答应道。朱伯犀之所以这么做，他是不担心的，因为整个下塘集有重兵把守，料定陈方平也逃不了。再说，他还想在陈家大吃一顿呢。

陈方平挎着篮子，拿着酒瓶往外走。朱伯犀一使眼色，立即有三个大汉尾随着他来到下塘集。

街道上，陈方平假装买菜，心里一直在想着如果脱身。可是三个大汉时刻不离自己左右，看样子是脱不了身了，只有把自己身份暴露的消息传递出去。想到这里，他转身向街南裴老五的杂货店走去。

还没进门，陈方平就大喊："裴老五在吗？裴老五在吗？打二斤酒。"之所以如此，目的就是要引起裴老五的注意。原来，裴老五是我三区游击队的联络员，以开商店的名义潜伏在下塘集。

裴老五正在忙碌，看到陈方平，心里一惊，因为他知道此时陈方平不应该出现在这里，而应在前往双庙乡的路上。

"陈先生，要打酒啊？"裴老五问。

"打二斤酒，要最好的。"陈方平说着偷偷使了个眼色，嘴巴再向旁边挪了挪。

裴老五会意，向旁边看了看，只见有三个人在时刻盯着陈方平，心里便一切都明白了。待陈方平走后，裴老五马不停蹄地向三区区长刘云峰报告了这一情况。刘云峰感到事情重大，立即派人前去四区，通知了四区书记孙祝华。孙祝华立即命令凡是陈方平认识的我游击队人员都要即刻转移。

陈方平回到家后，一块石头落地了，借家人做菜的工夫，问朱伯犀今日怎么有工夫到他家来。朱伯犀意味深长地说："我有大事要找你商量。"陈方平问什么大事。朱伯犀回答："吃过饭再说。"

酒足饭饱后，陈方平再次问什么事。朱伯犀凶相毕露地说："陈方平，你也没必要再隐瞒什么了，你的身份我们已经知道，你就是共党分子，还准备去双庙当共党的乡长。我们今天来，想让你给我们办件事——带领我们去陶楼抓孙祝华、罗伦奇等共党分子。如果你愿意，我们不但放了你全家，而且还会给你安排官职，如果你不识相，哼哼，我们就烧了你家房子，杀了你全家。"

"我……我不是什么共党分子，你们弄错了。"陈方平故意害怕地说。

"不要再装了，你的底细我们已经摸了个一清二楚。"

"我真的不是什么共党。"

"我看你是不见棺材不掉泪。"朱伯犀说着，一把搂住陈方平的小儿子，用枪顶着他的脑袋，手放在扳机上。

"你们既然知道了孙祝华、罗伦奇住在下岗、姚庄子，你们去抓就是了，干吗还要我去？"

"我们不认识路。"

陈方平也担心全家老小的安全，心里估摸着裴老五已经把情报送出去了，游击队该转移的已经转移了，于是答应了朱伯犀。

第二天一大早，驻扎在下塘的国民党安徽省保安九团三百多人，携轻重机枪十挺、迫击炮一门，在下塘乡保安队的配合下，浩浩荡荡出发了。

第一个目的地是陶楼乡的下岗村庄，这里是四区区委书记孙祝华的家。当敌人赶到时，发现孙祝华家早已人去屋空。敌人扑了个空，心有不甘，又要陈方平把他们带到姚庄子。

来到姚庄子罗伦奇家，也是一样，罗伦奇一家老小不见了踪影。保安团团长张英恼羞成怒，命令士兵放火烧了罗伦奇家的房子，又纵兵在村子里抓了不少鸡鸭，然后向南罗集方向而去。

敌人的动向被我四区大队掌握得一清二楚。为了使敌人不再骚扰老百姓，四区区委命令陶子诰率领区大队适时出击。

敌人准备到罗集南边的王庄抓捕我游击队联络员王传友。陶子诰率领区大队两个排赶在敌人的前面来到这里，经过勘察地形，发觉王庄南边的小洼是伏击的好地方。这里仅有一条路，而且很窄，四周都是水田。

游击队在南边的高地埋伏了下来。

中午时分，敌人一个个大摇大摆地走了过来。陶子诰命令大家沉住气，待到敌人靠近再打。当敌人距离伏击地只有三十来米时，"打！"陶子诰一声令下。

"轰轰"，手榴弹雨点般砸向敌人，接着"砰砰、啪啪"，一阵排子枪扫射过去，前面的十几个敌人随即倒地毙命。

敌人被打了个措手不及，顿时慌乱不堪。敌团长张英见我游击队有机枪重武器，以为遇到我淮西游击总队的埋伏，赶忙带头逃窜。由于慌不择路，掉进旁边的水田里。水田里淤泥深及大腿，难以行走，最后，鞋子也不要了，光着双脚狼狈地逃跑。

等到张英缓过神来，指挥机枪、迫击炮一起开火时，陶子诰已经率领游击队撤出了战斗。张英只好带着部队垂头丧气地回下塘集。

国民党寿县副县长潘庆国是个好大喜功、投机取巧之人，为了讨好张英，掩饰其难堪，对外宣称"这次清剿保九团大获全胜"，并在当天晚上设宴慰问张英等军官。

寻找不到游击队主力，敌人岂能甘心？下塘、陶楼等地，货郎担小侉子又在各地频繁出现了。

留守在四区的游击队安全无事。但是，撤出的县总队却出事了，而且还是大事。

捣毁了高塘集乡公所，考虑到敌人会报复，寿六合霍工委决定撤出淮西。第二天，寿县县总队三百余人转移到淮南铁路以东。1948年正月初五，县总队进驻埠里乡东边的村庄徐庄圩。

敌特货郎担小侉子好像嗅出了什么，一路尾随而来，但只是在埠里一带乱窜，他还没有摸清县总队具体驻地。

第二天中午，午饭时分，旷野中，小侉子担着货郎担边走边东张西望。来到一个岔路口，他犹豫了，不知道去徐庄圩还是去造甲乡。正在犹豫不决之时，远处跑来一人，小侉子一惊，手伸向怀里准备掏枪，待那人走近一点再仔细一看，马上迎了上去。

那人跑到近前，对着小侉子的耳边叽叽咕咕一阵子，然后立即转回头跑开了。小侉子也匆匆忙忙地向下塘集而去。

当晚，国民党桂系两个营约七百人，携带二十多挺机枪、五门迫击炮向徐庄圩而来。不知怎么了，敌人对我游击队驻地的情况非常熟悉，避开了我县总队的岗哨，慢慢逼近徐庄圩。

县总队由于连续打胜仗，又加上撤离了淮西主战场，所以思想上不由放松了警惕，仅仅在徐庄圩村子南头布置了岗哨。到了初六下午4点，敌人已经距离徐庄圩只有一里之地，然后兵分两路，企图对我驻地实行包围。这时，我游击总队的岗哨终于发现了敌情，赶快鸣枪示警，可是已经迟了。

赵立凯、杨刚健听到枪声，立即赶到前面，用望远镜观察敌情。只见敌人已经蜂拥至眼前，其先头部队一部已经转向东北，企图完成对我游击队驻地的包围。

情况万分危急，再不行动，我县总队就要被敌人包饺子了。杨刚健果断命令中队长杨家堂率领一个班，携一挺机枪抢占村子西头制高点阻击敌人，掩护县总队主力撤退。

杨家堂接受命令，率领战士们快速赶到制高点后，立即架起机枪猛烈扫射。前面的几个敌人倒下，后面的敌人在机枪、迫击炮的掩护下又蜂拥而至。

杨家堂等人死不退让，全力拼杀。但是，由于敌我力量悬殊，所以还是没能压住敌人的进攻。

总队还没有撤退出去，杨家堂等人死守阵地。机枪管都打红了，手榴弹也用光了，怎么办？

"同志们，为了掩护县总队，我们和敌人拼了。"杀红眼的杨家堂大声喊。

"拼了，拼了。"战士们抱着必死的决心齐声呐喊，"杀死一个保本，杀死两个赚一个。"

敌人再次号叫着冲了上来，战士们毫不畏缩，纷纷跃起，端起刺刀大叫着"杀啊"迎了上去，一个个奋勇地冲进敌群，和敌人展开血刃战。

杨家堂手持大砍刀，对着一个敌人，手起刀落。一声惨叫，敌人倒地，可是随即涌上来三个敌人围住他。杨家堂左劈右砍，敌人不敢靠近，又上来一个敌人，端起枪射出一颗子弹。杨家堂壮烈牺牲。

最后，十二名战士全部壮烈牺牲，鲜血染满阵地，谱写了一首英雄而壮丽的悲歌。

县总队主力一边打，一边撤出徐庄圩，最后终于冲出敌人的包围圈。可是敌人在后面紧追不舍。子弹雨点般扫射而来，炮弹也不时在队伍中爆炸。

关键时刻，领导起到了模范带头作用。县总队民运部副部长兼三区区委书记刘云峰、二区区委书记胡守富各率领一个班战士掩护主力。

两个班的战士边打边撤。敌人的几发炮弹打来，在刘云峰身边爆炸，刘云峰身中弹片无数，成了血人。这个叱咤战场、杀敌无数的英雄光荣牺牲了。

胡守富和他的警卫员一起被打散了，脱离了部队。一发子弹射来，胡守富腿部中弹，最后被敌人包围在一个河湾处。即使这样，二人依然不屈服，奋力反击，直至子弹打光。

敌人号叫着涌了上来，"嗒嗒嗒"，一阵机枪子弹射来，二人被打成筛子。

这次战斗，淮西游击总队一共牺牲十六人，而且都是县总队的骨干，是淮西游击队坚持淮西斗争以来牺牲人数最多、损失最为惨重的一次。为此，寿六合霍工委对此次战斗教训进行了认真的总结。

一、打掉高塘集敌乡公所，全歼其敌人以后，在县总队指战员中弥漫着盲目乐观的情绪，思想上产生了麻痹，军事上放松了警惕。

二、这次战斗，围攻徐庄圩两个营的国民党桂系军队，其实早在前一天晚上就进驻下塘集附近的村庄。但是，我游击队派遣到下塘集的侦察员居然毫无察觉，直到战斗打响前一刻都还没有获取敌人情报，这是严重失职。

三、敌人能够获准我游击队的驻地，避开我游击队岗哨，说明敌人事先已经获取了我驻地的情报，这个情报可能是从徐庄圩泄露出去的，这也从反面说明我游击队事前没有掌握当地政治情况，盲目进驻该村。

四、宿营地的岗哨没有放在制高点上，等到发现了敌情，我游击队已经措手不及，处在毫无战斗准备状态，只能仓促应战。

五、县总队进驻徐庄圩后，没有封锁消息，村里人进出都没有进行检查、盘问，严重丧失严酷斗争时期的敌情观念。

针对第三条，游击队在徐庄圩进行了严密的排查。经过一段时间的走访、摸排，终于有了点眉目。村民徐老栓告诉游击队，敌人来的前一天中午，他在田里锄草，发现本村村民李仁友匆匆向下塘集而去。但是，他也不敢肯定李仁友是去告密的，因为李仁友一会儿又回来了，按照时间推算，他是不可能走到下塘集的。

鉴于没有证据，游击队没有前去抓捕李仁友，而是指派徐庄圩先进分子张书厚严密监视他。

我淮西游击队摧毁了高塘集乡公所，击毙张慎之、吴杰、孙贻三三条毒蛇，本来在寿东南震动很大，国民党乡、保长们都不敢轻举妄动。但是，徐庄圩一战，我游击队伤亡惨重，又加上敌人胡乱吹嘘，到处散布谣言，说打死打伤游击队一百多人，游击队几乎全军覆没。有些乡、保长又坐不住了，开始蠢蠢欲动，和我游击队作对。这其中，双枣树李久兰（绰号李五秃子）就是典型例子。

李久兰家住双枣树。双枣树周围有李上楼、李下楼、老庄子、新圩子、上圩子、下圩子等十几个村庄，而且这些村庄的人大多姓李。

过去，人们的宗族观念较强。这十几个村庄连成一片，可以互相照应，防匪防盗。为此，各村庄都修有圩沟、土楼、更楼。在土楼、更楼上，夜晚都有人值守，以互相观察瞭望，一个村庄一有情况，其他村庄马上知晓，立即派人派枪前去支援。

李久兰是双枣树李姓宗族的头目，可以做到一呼百应。正是考虑到他这一影响力，淮西游击队回到淮西不久，赵立凯、杨刚健便派人上门做他的工作，希望他为游击队工作。

这个李久兰口头上爽快答应，背地里却毫无行动。一天夜晚，我四区侦察员陶子李到双枣树一带活动，被李下楼的庄丁发现，当作窃贼抓住，送到李久兰面前。虽然陶子李再三解释说自己不是窃贼，而是游击队的侦察员，但是李久兰就是不放人，这还不算，他居然偷偷通知了双枣树乡国民党。结果，陶子李被抓走，受尽折磨。

李久兰因此而被国民党寿县党部奖赏了三十大洋、一支长枪。李久兰尝到甜头后更加卖力，经常搜集我游击队的情报，向国民党寿县党部报告。

李久兰的反革命行为，我淮西游击队已经有所察觉，考虑到他在李氏宗族中影响较大，所以一直没有对其动手。谁知道李久兰得寸进尺，慢慢开始公开敌视我游击队，特别是徐庄圩之战后。

寿县县委经过仔细分析研究，认为要对付李久兰这个反动分子，首先应该从其内部下手，多做李姓中众多佃户的工作，动员群众尽快提高思想觉悟，使得他们认识到李久兰等地主老财的本质，从而瓦解李氏宗族，待时机成熟，再除掉李久兰。

寿县县委立即开展行动，在双枣树秘密发动地方组织，秘密深入佃户等赤贫群众家里，揭露李久兰残酷压迫、剥削广大群众的罪行，并把这些罪行编成顺口溜，到处传唱。通过一系列行动，得到了预期效果，李姓宗族开始慢慢分化。

但是，封建宗族观念根深蒂固，再加上李久兰在当地经营多年，所以攻打他的时机还没有成熟。

而此时，李久兰更加敌视游击队，不断勾结国民党寿县县大队，到处疯狂抓捕残害我游击队员及其家属，反动气焰十分嚣张。他甚至公开恐吓群众说："我姓李的和共产党游击队势不两立，你们和游击队来往，就是和我李久兰过不去。"

下圩子村佃户李四好被我游击队争取过来，带头反对李久兰。李久兰怀恨在心，不但收了他家租种的田地，还上门利滚利地讨债。李四好没有钱还债，李久兰居然派人拉了他家的牲口，扒了他家的房子。李家老小十几口人没有居所，全家抱头痛哭。

1948 年 2 月，中共寿六合霍工委改为中共寿六舒合县委，寿六合霍县政府改为寿六舒合县民主政府，并正式组建寿六舒合县总队。

1948 年 4 月，淮南军区副司令员梁从学和副政委孙仲德率领三十二团一千余人，从苏北出发，向大别山挺进，以支援刘邓大军。10 日，三十二团抵达寿东南的陶楼、高塘集一带，准备在此休整数日再继续西进。

淮西游击队积极支援梁、孙大军，帮助他们筹备军粮、安排住所等。赵立凯、杨刚健等领导向梁从学、孙仲德二人详细汇报了寿东南的斗争形势。梁、孙二人问有什么困难。赵立凯等人说准备拔掉双枣树李久兰这个钉子，要求三十二团支援一下。梁、孙二人立即同意，然后一起制订了作战计划。

4 月 12 日，三十二团在寿县县总队的配合下，兵分五路向双枣树进发。到达双枣树后，立即投入战斗。

五路部队同时攻打五个圩子。战士们用机枪压制住圩子里的火力，然后爆破组冲了上去，用炸药包炸开圩子大门，部队随即冲了进去。

李久兰的武装防匪防盗还可以，但是在我正规军面前，这些乌合之众哪里禁得住打？只用了十几分钟时间，五个圩子全部被攻破，然后我大军风卷残云般地解决了战斗。可惜的是，狡猾的李久兰从暗道里逃到寿县，但从此再也不敢回来了。

游击队随即打开李久兰家的粮仓，把他家的粮食分给贫困的群众。人民群众无不拍手叫好。

李久兰这个钉子被拔除后，双枣树一带的革命形势发生了根本性的转变。

李久兰家的粮食、物品被分，哪里甘心？他便向国民党寿县党部诉苦。国民党寿县党部也无奈，只得向省政府主席李品仙汇报。

李品仙恐惧于游击队如此壮大的发展，一边命令敌特机关抓紧活动，以刺探出我游击总队的动向，一边命令驻守寿东南三义集四个连的桂系军队随时对我县总队偷袭，企图还像徐庄圩一样能够得手。

合肥县的张有多是我地下党员，利用自己经常给桂系军队修营房的机会接触军官，以获得情报。1948年5月20日，他去三义集国民党桂系营房结账，晚上请桂系军官喝酒。席间，张有多说自己不容易，赚不了几个钱。桂系军官说他们也不容易，这几天就要去"清剿"寿东南的游击队，还不知道能不能回得来呢。

说者无心，听者有意，张有多立即把桂系军队准备"清剿"这一情报传递了出来。

我寿县县总队得到这个情报后，立即召开会议研究对策。会议上，大部分人认为应该狠狠教训一下这股敌人，以给在徐庄圩牺牲的那十六位同志报仇。

达成一致意见后，县总队立即着手准备。经过仔细勘查，发觉大拐村庄附近是伏击的好地方：一是这里距离霸王郢大约三里，是来犯之敌的必经之地；二是这里的地形三面高，中间低，呈口袋状，有利于把敌人装进"口袋"；三是这里青纱帐已起，有利于部队埋伏。

1948 年 5 月 22 日，县总队的四个中队和警卫排在距离大拐十多里的吴楼一带待命，然后派出一支小队前去霸王郢一带活动，目的是故意暴露目标，以引蛇出洞。

敌人果然上当，23 日下午 3 点左右，国民党桂系一个营四百来人由三义集向大拐村庄开来。

我侦察员发现了敌人的动向，立即回来报告。赵立凯、杨刚健即刻命令在吴楼待命的部队急行军至大拐村庄，按照预定计划埋伏了起来。

约一个半小时后，敌人一个个大摇大摆地赶来，慢慢进入我游击队的伏击圈。

战士们子弹上膛，手榴弹拧开盖，拉出导火线。

"打。"杨刚健一声令下。

刹那间，步枪、机枪一齐射击，手榴弹在敌群中炸开了花。敌人被这突如其来的袭击打得抱头鼠窜，溃不成军。

敌人是国民党正规军，武器精良，人数也不少。赵立凯、杨刚健知道不能给他们以喘息的机会，趁着敌人没有反应过来之际，果断命令部队出击。

冲锋号声吹起，响彻云霄，战士们纷纷跃出战壕，大喊着杀向敌人。

一切按照预定作战计划进行。一中队和警卫排从中间出击，把敌人的队伍拦腰分割成两段，其他部队再把其分割成几个小段包围起来，予以歼灭。

敌人被打蒙了，敌军官连反击都没有组织，带头逃命。

一个半小时便解决了战斗，打死打伤六十多敌人，缴获武器弹药无数，而我游击队只有一死三伤。

这次战斗让敌人偿还了徐庄圩所欠下的血债，为那十六名战士报了仇，解了干部、战士憋闷在心头已久之气。残余敌人逃回三义集后，再也不敢耀武扬威地到寿东南"清剿"了。我淮西革命局面进一步打开。

反　　特

国民党桂系军队伤亡惨重，残敌逃回三义集后，带队的查团长不由感叹道："我堂堂的国军怎么就消灭不了一个小小的游击队啊？"

国民党安徽省政府主席李品仙听说了此事，气得吹胡子瞪眼，可是没有一点办法。但是，他是不甘心的，命令各地特务机关抓紧活动，伺机破坏我淮西游击政权。

各地敌特接到命令后，开始频繁活动。

与此同时，我寿六舒合县委也一刻不敢放松反特，徐庄圩之战血淋淋的教训就在那里。不久，负责监视徐庄圩李仁友的张书厚前来报告，说李仁友有重大嫌疑。经过他一段时间的监视，发觉李仁友最近出手阔绰，这与他以前花钱大相径庭。还有，李仁友那天虽然没有到达下塘集，但是，有人看见他半路上遇到一个人，匆匆交谈了几句就回来了。

这个李仁友肯定被敌特收买了。寿六舒合县委命令侦察排排长张大毛赶往徐庄圩处理此事。

张大毛来到定合区，找到定合区区委书记兼游击大队政委余健请求配合，然后只身一人来到徐庄圩，以走亲戚的名义住在张书厚家里。观察了几天，可是李仁友一点动静也没有。

这样拖下去也不是办法，怎么办？得让李仁友主动闹出动静。张大毛、张书厚二人共同商量对策，设好圈套只等李仁友自己往里钻。

第二天，张大毛上报定合区游击队大队政委余健。余健政委指示埠里乡我游击中队长赵宏柱，让他们协助以引出李仁友这条毒蛇。

第三天，赵宏柱带领几名游击队员来到徐庄圩一带活动。他们游走于各个村庄进行大张旗鼓的宣传，并于当晚住在徐庄圩。而此时负责监视的张大毛和张书厚一直严密监视李仁友的一举一动。

夜半，天空繁星点点，徐庄圩一片安静。突然，一个黑影悄悄溜出村子，向西边的下塘集而去。埋伏在附近的张大毛、张书厚立即跟了上去。

黑影就是李仁友。白天，他装着积极分子，为游击队忙前忙后，已经把游击队具体的人数和今晚的驻地摸了个一清二楚，现在正要去告密。

李仁友"顺利"地走出村子，心里美滋滋的，以为这次又可以得到不少奖赏。

后面的张大毛、张书厚开始分头行动。张大毛负责在后面紧跟着李仁友，而张书厚熟悉本地路径，准备从小路超过李仁友，再堵住他。

李仁友一路小跑着，不时东张西望观察周围动静，好在四周一片寂静，这让他放心不少，脚步逐渐慢了下来。

突然，前面冒出一个黑影，挡住了去路。黑影大声呵斥道：

"李仁友，哪里去？"

李仁友做贼心虚，知道不妙，唯一的念头就是赶快逃命，于是转回头就往回跑。可是已经回不去了，黑暗中张大毛持枪堵住了他。张大毛摇晃着手里的盒子枪，喝问："还想逃？"

前后都无去路，李仁友只好站住，结结巴巴地问："你们……你们是？"

"我们是游击队。"

"哦，哦，你们……你们是游击队啊。"李仁友假惺惺地说，"我还以为遇到强盗了呢，看把我吓得一身的汗。"

"不要再装了。"张大毛严厉呵斥道，"你这个特务。"

李仁友知道自己身份暴露了，手伸向怀里准备做垂死挣扎。早有防备的张大毛上前一脚把他踢翻在地，再用手里的盒子枪顶住他的脑袋，呵斥道："老实点，再动一下，老子把你的脑袋打开花儿。"

现在，李仁友比什么都乖，躺在地上嘴里一连声地求饶说："不要开枪，不要开枪，我不动，我不动。"后面的张书厚随即赶到，用绳子捆绑住他。

李仁友被带回徐庄圩，张大毛连夜审问他。李仁友怕死，张大毛还没怎么问，他便彻底交代了。

原来，李仁友平时好吃懒做，不光如此，性格还暴躁，老婆在前几年被他打跑了，所以至今还是光棍一条，有心想再娶一个，无奈家庭太穷，没人家愿意把闺女嫁给他，为此经常唉声叹气地在别人面前诉苦。

小侉子是国民党安徽省中统特务，为了刺探我军情报，长期潜伏了下来，并经常到徐庄圩一带活动。李仁友也在他面前诉过苦，小侉子别有用心地深表同情，并开始用小恩小惠引诱他。李仁友初尝甜头，逐渐和小侉子走近，后来简直视小侉子为知己。只不过小侉子是别有用心，和李仁友接触非常隐秘，一般人并不知道二人密切的交往，就是知道的人也认为他们是正常的交往，所以并没有放在心上。

一天，小侉子把李仁友邀约到下塘集一家饭店，酒足饭饱之后，小侉子拿出一大沓钞票放在桌子上，说只要李仁友为他办件事，那些钞票就是他的了。

李仁友一辈子也没见过那么多钱，眼睛都看直了，说上刀山下火海他都愿意。小侉子见时机成熟，终于说出他的险恶用心。他要李仁友平时多注意徐庄圩一带"共匪"的动向并随时向他报告。

李仁友知道办这事有杀头的风险，但是，那些钱太有诱惑力了，又加上小侉子在后面不停地劝，说很容易的，只要平时多注意就行，然后和他单线联系，这样可以做到神不知鬼不觉。

就这样，李仁友做了敌特小侉子的眼线。1947年春季的一天，李仁友得知我定合区游击大队一个小队于当日夜晚驻扎在埠里乡郭圩子村，于是密报给了小侉子。当晚，郭圩子就被下塘集赶来的敌人包围，幸亏我岗哨发现得早，及时突围出去，但还是牺牲了一人、伤了三人。

为此，小侉子重赏了李仁友。李仁友用那笔钱娶了老婆，修葺了房子。初尝甜头，以后，李仁友更加卖力了。

徐庄圩村李小二于1947年夏季参加了我定（远）合（肥）区游击队，当时李仁友并不知情。1947年冬季，李小二到徐庄圩一带宣传，李仁友这才知道。为了得到奖赏，李仁友不惜出卖自己的亲堂哥。

1947 年大过年的，国民党下塘乡敌人把李小二的父亲李仁道抓去。大冬天的，敌人把年过六旬的李仁道吊在树上毒打，直至打得奄奄一息。而此时，李仁友在家躺在床上数着赏钱，那个美啊。此时的他已经丧尽天良。

李仁友为了金钱，坏事干尽，可以说是罪恶累累，给我游击队造成了巨大的损失，就是千刀万剐也不为过，但是，寿六舒合县委考虑到他还有用——利用他做诱饵，除掉敌特小侉子，所以暂时没有处决他，而是指示张大毛把他放回家，派人严密监视。

1948 年春末，敌特小侉子又来埠里乡一带活动，并于中午向徐庄圩走来，企图和李仁友联系，获取我游击队情报。

张大毛得到情报，立即带领五个游击队员在李仁友家里埋伏起来。

小侉子摇着拨浪鼓，假装做生意进到徐庄圩，然后慢慢向李仁友家走来。这个狡猾的狐狸并没有立即进李仁友家，而是站在远处观察着，突然扭头就跑。

埋伏的游击队员不知道怎么回事，难道是小侉子发现了游击队的行踪？

原来，小侉子受过敌特的严格训练，有着极强的反侦察意识。为了防范万一，他和李仁友商量好了暗号，如果一切平安，李仁友就在自家的院门前挂上一串红辣椒。刚才小侉子并没有看到红辣椒，因此他犹如惊弓之鸟，立即逃之夭夭了。张大毛等人赶出来欲追击，可是小侉子已经跑出半里之外了，只好作罢。这次伏击就这样以失败而告终。

通过严审李仁友，他才交代事情的原委。张大毛等人这才恍然大悟。这个李仁友罪大恶极，到了这个时候还和游击队玩手段，张大毛等人极其气愤，上报寿六舒合县委，要求枪决了他。

淮西游击总队队长张慕云考虑到小侉子不一定知道李仁友已经被我游击队控制住，也许他还有利用价值，没有同意，而是指示张大毛等人把他看管起来，待除掉小侉子后再作处理。

张大毛领会了张慕云的意思，故意对李仁友说："你的罪行还不至死，只要你老老实实，我们就放过你。"

李仁友本来以为自己非死不可，现在听了张大毛的话，又重新燃起生的希望，满口答应说："只要不让我死，你们叫我干什么都行。"

小侉子逃脱了，考虑到他的存在对我游击队是个极大的威胁，又加上他罪恶累累，中心县委决定务必除掉敌特小侉子。为此，命令下塘集我地下党组织严密监视小侉子的行踪，一有情况，立即报告。

可是小侉子逃回下塘集，猜测自己的身份已经暴露，于是躲进敌乡公所蛰伏起来，一连二十多天没有出门。

这二十多天，小侉子也没有闲着。一天上午，他用金钱收买了下塘集农民杨金良，要他送二斤酒、三斤猪肉给李仁友，目的是试探一下李仁友身份是否暴露了。

杨金良来到埠里徐庄圩，一靠近李仁友家，就被我游击队发现，然后命令李仁友一切按照游击队说的做。

杨金良把东西交给了李仁友后就回下塘集了。他告诉小侉子，自己亲手把东西交给了李仁友。小侉子听了长吁一口气，原来是虚惊一场。

杨金良走后，李仁友立即把小侉子送自己酒肉的事一五一十地报告给张大毛。张大毛等人听后知道，距离小侉子来埠里活动的日子已经不远了。

果然如此。三天以后，下塘我地下组织便送来情报，说小侉子向埠里一带走来。

原来，小侉子最近被上级催促得紧，有些坐不住了。记得杨金良回来时，捎口信说李仁友有重要事情告诉自己。重要事情？什么重要事情？肯定是重大情报。

一天早晨，天还没亮，小侉子便挑着货郎担悄悄溜出了下塘集敌乡公所，然后消失在浓雾中。

张翠玉是我下塘集地下党，以在下塘集敌乡公所门口开商铺为掩护，刺探敌情报。小侉子虽然悄无声息地溜出敌乡公所，但还是没有逃过张翠玉的法眼。她发现了小侉子的身影后，立即找到下塘集我联络员张本玉（张翠玉的堂哥）。考虑到小侉子是往东而去，张本玉立即通知了我定合区、杜集区游击队大队。

张大毛等人接到情报后，立即进行了作战部署，强调这次一定要让小侉子这个敌特插翅难逃。

这一天，小侉子并没有立即赶往徐庄圩，而是游走于我游击区和敌占区的边缘地带。之所以这样，是因为小侉子这条狐狸还是不放心。

一直到了中午，一切看起来都正常，小侉子于是放下心来，向徐庄圩走来。

下午2点，小侉子终于现身了。他担着货郎担，慢腾腾地向徐庄圩走来。狡猾的他一边走，一边东张西望。道路两旁的原野上，分散着三三两两的农民，他们在田地里除着草，不远处的河湾处有几个放牛、放羊、放鸭的人。看起来，这一切和平常没什么两样。这使得小侉子本来惴惴不安的心安静了不少，即使这样，他还是保持着警觉，走到一处水塘边，装着休息洗脸，偷偷观察着周围的动静。

突然背后一个声音："小侉子。"

这把小侉子吓了一跳，伸手摸向怀里。

"这么多天都没看到你了，死到哪里去了？"

小侉子扭头一看，原来是徐庄圩农民李仁义。他是认得小侉子的，现在扛着铁锹去田里放水，见到小侉子，上来打招呼。

"原来是仁义呀，吓了我一大跳。"小侉子打着哈哈说，"最近身体不太舒服。"

"哦，哦。"李仁义答应着离开了。

偶遇李仁义，让小侉子进一步证实自己身份没有暴露，可是想到马上要去见李仁友，还是不放心，于是站起来，追上李仁义，递上去一支烟，问道："仁义老哥，仁友在不在家？"

"在家，在家，我这个兄弟——你的好朋友还是那样，一辈子都是好吃懒做，你看，我们都来田地里干活，他倒好，在家睡大觉。"

听了李仁义的一番话，小侉子终于彻底放下心来，挑着货郎担，向徐庄圩走来。小侉子虽然狡猾，警惕性极高，但是他不知道，刚才正是我游击队安排的一出好戏。李仁义是张大毛特意派出来的，目的是打消小侉子这个老狐狸的疑虑。

小侉子慢慢靠近徐庄圩。此时，化装成在田地里除草的张大毛拿下头顶的草帽向远处摇晃着，发出了战斗的信号。

小侉子慢腾腾地走到村西的河湾处，正要上桥，猛地从河沟处跃出三个持枪的人，大声喝道："特务小侉子，哪里走？""砰砰"就是几枪。

小侉子受过严格训练，听到声音，感到情况不妙，丢下货郎担左右闪躲着，那几枪只有一枪打中了他的肩部。

小侉子折回头飞快地跑着，可是已经回不去了。田地里那几个除草的"农民"已经堵住了他的去路。"砰砰"又射来几发子弹，打中了他的腹部。

即使这样，小侉子依然作困兽斗，手持二十响的快机盒子枪一边回头射击，一边向南逃窜。由于慌不择路，前面一个水塘挡在面前，梅雨时节，水塘里灌满了水。逃命要紧，小侉子做最后一搏，"扑通"一声，便跳进水塘，企图游泳过去。

几路伏击的游击队随即赶到包围住水塘。

"敌特小侉子，赶快举手投降。"大家齐声怒喝道。

小侉子自知被抓住也是死路一条，一边游泳一边举枪射击。

为了不使游击队有伤亡，张大毛等人正要开枪击毙他。不料小侉子突然举枪对着自己的脑袋，"砰"一声枪响，随即沉入水里。

为了证实小侉子确实死了，张大毛等人下到水塘里，捞出小侉子的尸体。只见他脑袋开花儿，确实已经死了。

小侉子死后，考虑到李仁友罪大恶极，给我游击队造成巨大伤亡，第二天，在徐庄圩公开审判了他，然后就地枪决了。

小侉子、李仁友被除掉，给敌特们敲响了警钟，从此，他们再也不敢到埠里一带活动了。

小侉子是老牌特务，在很多国民党人士的眼中算是战功卓著。他的死引发了国民党军队对我方的报复，驻扎在定远县的国民党桂系两个营一千多人浩浩荡荡前来"围剿"我定合区、杜集区游击队。

这支桂系军队武器精良，全副美式装备。每个排除人手一支长枪之外，还配有一挺轻机枪、三支冲锋枪。他们驻扎在杜集，然后派人四处张贴布告，扬言凡是活捉游击队中队长的，奖赏大洋一百块；活捉游击队大队长的，奖赏大洋五百块。

敌人开始了地毯式搜索。面对强敌，我定合县游击队只好化装成老百姓隐藏起来。夜晚封锁消息：只给进村，不给出村。白天，我游击队员一般跟随着老百姓下地干活，一方面可以帮助老百姓生产，加强和他们之间的友情；另一方面还可以起到放哨的作用。

1948 年 5 月 28 日中午 12 点多，一群国民党桂系部队来到王巷村一带"清剿"。而此时，余健政委带领一部分游击队员就躲藏在王巷村子里。

下午 1 点多钟，负责监视敌情的神枪手郭树茂发现敌军一个小头目脱离了大部队，偷偷溜进王巷村。

郭树茂立即把这一情况报告给余健政委，并自荐前去抓住那个敌军头目。余健同意了他的要求并再三吩咐，大批敌人就在附近，一定要见机行事，不可暴露了我游击队。

郭树茂再回来时，却不见了那个敌人的踪影。为了不打草惊蛇，他就在村子唯一的出口处隐蔽了起来。

约莫过了半个小时，只见那个敌人匆匆自村子里走来。郭树茂冷不防跃出，一个箭步冲上前去，一把抓住敌人的衣领。

这个敌军开始反抗，抓住郭树茂的一只手，企图来个背口袋把他摔倒。说时迟那时快，郭树茂用手里的枪柄猛砸敌人的手腕。敌人嗷的一声惨叫，随即松开了手。郭树茂顺势把敌人肩膀上的美式冲锋枪夺了过来，然后持枪厉声喝道："不准动，举起手来。"

看着黑洞洞的枪口，这个敌人只好放弃了反抗，低头站在那里，举起了双手。

郭树茂押着俘虏正要走，突然从村里跑出来一个披头散发的妇女，来到郭树茂面前，一把鼻涕一把泪地说："就是他，就是这个畜生，刚才糟蹋了我。"

为了避免被敌大部队发现，郭树茂制止了妇女的哭声，然后押着俘虏带着妇女来见余健政委。

余健政委立即开始审问那个俘虏。俘虏交代他是国民党桂系军队中的一个班长，名叫李维齐，广西人。他承认了自己刚才强奸了那个妇女的事实，并交代了多起伤害老百姓的事件。不多时，受害妇女的家人和族人赶来，强烈要求游击队严惩李维齐，为平民愤。余健政委下令处决了这个害人精。

虽然秘密处决了敌班长李维齐，但是，敌人发现少了一个人，认为被我游击队抓去了，进而确定附近肯定有我游击队，大批敌人在永康乡乡长姜保田带领下，在王巷村附近展开大规模搜寻，我定合县游击队一百五十余人连夜转移，于凌晨 3 时许，转移到杜集东侧的小张岗，并封锁了消息。

小张岗的李拐子是永康乡乡长姜保田的远房亲戚，姜保田打着这个旗号，拉拢收买了李拐子，让他潜伏下来，伺机刺探我游击队的情报。我游击队来到小张岗，引起了村子里的狗叫。李拐子听到狗叫，起来观察动静，然后赶在我游击队封锁消息前，顺着绳子爬下围墙，向杜集敌乡公所告密去了。

我游击队大队人马因为一夜的奔波，都疲惫不堪，中午 12 点多，大家正在休息，哨兵匆匆进来报告，说发现了大批敌人，并且已经把小张岗包围了。

余健政委命令部队立刻进入战斗准备状态，然后亲自前往前沿阵地观察敌情。小张岗虽然只有十来户人家，但是四周筑有近一丈高的土墙，仅在南边有一道供进出的木门。余健政委登上土墙，用望远镜观察着。只见一里外，穿着黄色军装的敌人群蝗一般从四面八方向这里涌来，大约有八百人，配备有小钢炮、轻重机枪等重武器。

现在已经无路可走，形势危急。政委余健和沙要华大队长经过短暂商量后，命令部队死守小张岗。为此，进行了战前动员，沙要华大队长手里拿着一挺机枪，大声地说："现在我们被敌人重兵包围了，已经无路可走，只有和敌人拼了。"

"拼了。"战士们群情激昂地呐喊。

接着，沙要华大队长进行了作战部署：张学忠中队长率所部负责守卫南边；张大仁中队长率所部负责守卫西边；汪瑞中队长率所部防御东边的敌人；沙要华带领一部作为机动部队。

各部很快到位，战士们严阵以待：子弹上膛，每人面前放了几颗手榴弹。这些手榴弹是不久前我蚌埠地下党从敌人武器库买来的，战士们都称它为小乌龟，重约半斤，但是威力巨大，没想到现在正好派上用场。

下午1点多，敌军部署完毕，随即发动了第一波进攻。敌人先用炮火轰击，重机枪射击。瞬间，炮声隆隆，枪声大作。

那一丈来高的土墙起到了关键作用，战士们一一躲在墙角处，有几名战士被敌弹片划伤。

敌人打了一阵子，见村子里毫无动静，以为重武器发挥了作用，现在，村里的游击队恐怕已经是死的死、伤的伤，于是在敌指挥官的指挥下，二三百敌人号叫着冲了上来。

"不要急，沉住气，听我命令再打。"沙要华命令道。

三十米、二十米、十米，敌人就在眼皮底下了。

"打。"沙要华大队长一声令下，游击队一百五十来人，每人甩出去两颗手榴弹。紧接着，机枪、长短枪齐射。

敌人被打了个措手不及，死的死，伤的伤，剩下的慌忙回逃。

"看我的。"神枪手李海道说，举起枪，"砰"一声，一个敌人倒下，"砰"一声，一个敌人倒下。十二发子弹，敌十二人毙命。

第一轮攻击，敌人丢下几十具尸体狼狈退了回去。

打退了强大的敌人，战士们欢欣鼓舞。余健和沙要华趁着短暂的战斗间隙，召开了一次干部会议。

会议上，余健政委分析了敌情。敌为国民党正规部队，人数众多，武器精良，所以要做好打硬仗的思想准备，要全力以赴地粉碎敌人每次进攻，争取坚持到夜晚再想方设法突围出去。

下午3点，敌人开始了第二波进攻。这次敌人改变了战术。几百敌人在炮火、机枪等重武器的掩护下，向小张岗发起冲击。

炮弹、机枪子弹雨点般落下，守卫的游击队战士们被打得抬不起头来。三名战士中弹牺牲。二中队支部书记田玉华身先士卒来观察敌情，"嗒嗒嗒"，一阵机枪子弹射来，随即，鲜血染红了他的胸襟，田玉华壮烈牺牲了。

敌人越来越近了，有的敌人居然爬上了土墙。敌人害怕重武器火力伤了自己人，也停止了射击。这时候，正是反击的好时机。

"同志们，为牺牲了的同志报仇。"沙要华大队长端着机枪吼道。

"杀。"战士们呐喊着，手榴弹、轻重机枪、长短枪一齐喷出火舌。

村南的木门是敌人进攻的重点，已经被打得千疮百孔，随时都有可能被敌人攻破。紧要关头，沙要华大队长带领一部分战士赶到，两挺机枪猛烈向敌人扫射，战士们见大队长来了，无形中增强了勇气和力量，个个以一当十，奋勇杀敌。

第二轮攻击，敌人又丢下几十具尸体退了回去。

敌人两次吃了大亏，不敢再轻举妄动，仅仅在一里处，不停地用六〇小钢炮轰炸小张岗，这给游击队带来不少伤亡，因为在白天，战士们还能看见敌炮弹飞来的路线，从而躲藏起来，但是，天慢慢黑了下来，已经看不见炮弹的路线了。

我游击队伤亡人数在不断增加。

可能是敌人的炮弹数目有限，到了晚上9点，敌炮火渐渐稀疏了下来。余健政委和沙要华大队长决定准备突围，为此，召开了干部会议，研究突围方案。

会议上，大家纷纷发言说出自己的想法。一直沉默不语的余健政委说："我看从北面突围最好。"

大家一听都愣住了，因为小张岗北面是一片开阔地，毫无遮拦，从那里突围有悖于军事常识。假如敌人识破了我游击队的动机，用机枪封锁，我游击队岂不成了敌人射击的活靶子。

余健政委见大家这样，呵呵一笑说："首先，北面是开阔地不利于突围，我们知道，敌人也知道，所以他们肯定不会料到我们会从那里突围，也不会派重兵防守，这就是所谓的最危险的地方往往是最安全的地方；其次，开阔地虽然不利于隐藏，但是有利于奔跑，能快速地跳出敌人的包围圈。"

大家觉得有理，这样，突围的路线就这么定了。

要突围，就要成立一支突击先锋队。先锋队就如一把钢刀的刀尖，冲在队伍的最前面。

一听说要成立突击队，战士们纷纷踊跃报名，争着要接受这最光荣、最危险的任务。最后，沙大队长挑选了二十一人，由他亲自率队。这二十二人的突击队，配备十支长枪、十支二十响快机短枪、两挺机枪，另外，每人配备了四颗手榴弹。

突围前夕，余健政委、沙要华大队长作了最后的部署：突围成功之后，在三个地方集合：一、齐古镇；二、老鹰董；三、方家花园。如果伤病不能行走，就近投靠亲友，所有花销一律报销。

夜里 10 点多，天空银河横斜，繁星点点。

战士们悄悄地在小张岗北部围墙上打了一个大洞，二十二名突击队员神不知鬼不觉地出了洞口，然后如离弦之箭冲向那片开阔地，余部人员紧紧跟随。

夜晚一片寂静，只有"沙沙"的脚步声。突击队短短时间就跑了半里路，突然前面传来敌哨兵的喝问声："哪部分的？口令。"

"得胜。"跑在最前面的战士张有全回答。

还没等到敌哨兵反应过来，张有全举枪击毙了敌哨兵，然后带头冲向敌阵。战士们一起开火。

正如余健政委分析的一样，敌人在这里布置了少部分的兵力。现在，那一小部分敌人被我游击队强大火力打了个措手不及，没有还击就四下逃命了。

就这样，定合游击队没伤一兵一卒安全地突围了出去。

虽然我游击队顺利突围，但是，小张岗之战，我定合游击队伤亡二十余人，损失可以说是极其惨重。敌人撤退后，余健政委立即派人着手调查消息走漏的途径。

经过一番调查，发现了李拐子通敌的事实。游击队立即把李拐子抓了起来，通过审问，李拐子交代了敌永康乡乡长姜保田拉拢收买他以及他通风报信的经过。

这个姜保田是我游击队早就熟悉的人物，他当上永康乡乡长后，和其弟弟——永康乡保安警察队长姜新田一起，横行乡里，鱼肉百姓，同时，处处与我游击队作对。姜保田在定（远）炉（桥）公路南侧的姜兴集筑起了上下两层的碉堡，日夜监视我游击队的行动。姜兴集处在凤阳山通往淮西的咽喉要道上，自从这个敌据点建成后，我凤阳山游击队和淮西游击队不仅白天活动受到很大的限制，就是夜间活动也很困难。姜保田在碉堡里养了几只狗，夜晚，敌军一听到狗叫，就出来检查。一天晚上，敌人又出来检查，此时，恰巧我游击队员齐炳和同志的弟弟齐炳富路过此地，敌人便把他抓去。姜保田要齐炳富前去说服其哥哥不要再当共产党的游击队，被拒绝后，恼羞成怒，严刑拷打齐炳富一番，然后把他关押起来。最后，齐家卖了耕牛才把齐炳富赎回。

为了给牺牲的同志报仇，为了给穷苦百姓除掉一害，为了拔掉钉在我定合地区的钉子，我凤阳山游击队司令员孙家传和淮西游击队总队长张慕云决定铲除姜保田这个祸害，拔掉敌人的据点。经过商量，决定此次战斗由定合县游击大队作为主力，淮西

198

游击队派出一个排予以配合。

姜兴集有三十多户人家，四面环水。敌据点位于街北，驻有敌军二十来人；姜兴集的西北十里处是永康镇，驻有敌军六十来人；其东北八里处为西卅里店，驻有敌军五十来人。这三地成掎角之势，一旦某地爆发了战斗，另两地的敌军就会随即出动驰援。此外，姜兴集以南五里之外的朱家湾、北部不足五里的青山，分别驻有敌军一个中队和一个班。鉴于此，此次攻打姜保田之据点，必须速战速决。否则，就会打毒蛇不成，反而被毒蛇咬。为此，我游击队进行了分工，定合县游击队负责主攻姜兴集之据点；司令部直属队负责阻击永康之敌；淮西游击队的一个排负责阻击西卅里店之敌。

1948 年 6 月 5 日，下午 2 时许，我各部开始行动。于黄昏时刻，分别抵达各自的战斗岗位。夜晚 9 时许，我定合县游击大队一百多人将姜兴集敌据点团团包围住，并发动了攻击。

姜保田手下虽然只有二十来人，但是根本不把游击队放在眼里。

姜保田叫嚣道："兄弟们不要怕，周围都是我们的人，枪声一响，我们的援军肯定会来，到时候，我们里应外合，把游击队包了饺子。"说完，猖狂地带领手下到碉堡外围抵抗。

"啪啪啪"一阵密集的子弹射来，姜保田才知道厉害，赶忙带领手下退缩到碉堡里。

游击队随即冲了过来，把碉堡包围。

"兄弟们，我们的援军一会儿就到，打，给我打。"姜保田挥着枪指挥手下抵抗。他们利用碉堡里大大小小的枪眼，居高临下阻击游击队的进攻。

当时，游击队使用的全部是老式常规武器，如若强攻，必定造成很大伤亡，再说也很难奏效。

双方进入僵持阶段，而此时，永康之敌已经出动驰援，在三户周附近遭到我司令部直属队的猛烈阻击，双方激战正酣。好在其他地方的敌人还没有出动，假如他们全部出动，游击队就会陷入被敌人反包围之险境。

情况万分危急，必须及早拿下敌碉堡。

"上。"沙要华大队长命令道。

一中队两名爆破手随即冲了上去，"砰砰砰"一阵密集的子弹射来，一名战士随即牺牲，一名负伤倒地。

接着又上了两批，但是皆被敌人的火力压了回来。

"龟孙子游击队，你们来呀，老子的子弹不是吃素的。"姜保田叫道，"砰"一声，射出一发子弹。

沙要华大队长杀红了眼，要亲自带领敢死队上前，被政委余健制止。

"不给冲锋，你说怎么办？"沙要华大声地说。

是啊，不强攻又能怎么办？余健不停地吸着烟沉思，眼睛无目的地瞥过老乡的院子，突然一拍大腿，大声叫道："有了。"然后把自己的想法告诉了沙要华大队长。

"好，好。就这么办，烧死这帮龟孙子。"沙要华叫道，然后吩咐去了。

原来，刚才余健瞥见老乡院子里堆有许多稻草，灵机一动，用火攻也许能奏效。

火攻必须靠近敌碉堡才行，可是敌碉堡一时又难以接近，怎么办？沙要华望着一直延伸到敌碉堡旁的老乡房子，有了主意。

原来，沙要华想到了利用老乡的房子做掩护，但是，必须要逐户打通房子的山墙才能接近碉堡，为此，沙要华把老乡们都找来，告诉了他们自己的想法，并表示事后由游击队出钱帮助他们修缮。老乡们纷纷表示同意，并且还主动帮助游击队挖洞。这样很快开辟了一条通道。

为了吸引敌人的注意力，沙要华大队长绕到另一边对着碉堡喊话："姜保田，你听好了，这是你最后一次机会，赶快放下武器，举手走出碉堡，否则，你死无葬身之地。"

"老子就在这里，来呀，来呀。"姜保田狂笑着回答，然后不停地射击。

为了更进一步吸引敌人的注意力，沙要华命令战士们一齐开火。敌人果然上当，把全部的注意力集中放在沙要华这一边。

此时，趁敌人不备，战士们悄悄把老乡送来的稻草浇上煤油塞进敌碉堡的底层，然后点燃。

顿时，敌碉堡里大火熊熊，浓烟弥漫。不久，敌碉堡就被烈火吞没。

"啊啊，嗷嗷。"碉堡里不时传来敌人的惨叫声。突然从碉堡窗口飞身跳下一人，重重摔在地上，挣扎了几下就不动了，后来才知道此人就是姜保田。

经过检查，此战，除姜保田被摔死外，其他二十余敌人全部葬身于火海。游击队缴获轻机枪一挺、步枪二十三支。

摧毁了敌姜兴集据点，既打掉了"清剿"我定合县游击队的敌正规军前哨，又清除了我游击队进出定合县的绊脚石，为我定合县游击区和寿六合游击区之间打开了通道。

军统、中统特务头子感到了危机，指示各地特务机关抓紧活动。

1948 年 6 月 17 日，下午 2 时，骄阳似火。在通往徐庙的小路上，游击队侦察员王二狗和张本全完成任务正在归来。

"砰砰"，前面突然传来枪声，二人赶忙躲进路旁一丈多高的高粱丛里，持枪戒备着。

枪声越来越近，不一会儿，传来一阵急促的脚步声，接着又传来一阵嘈杂的声音，看来有不少人。

"他娘的，跑哪里去了？"一个沙哑的声音骂道。

"队长，肯定躲进这高粱地里了，我们进去搜。"

"搜？你他娘的蠢猪，这么大的面积怎么搜？不怕吃冷枪子吗？走，回去。"

脚步声渐行渐远，王二狗和张本全刚想走出高粱地，突然，附近传来高粱的"沙沙"声。

有人！二人立刻警觉起来。

"什么人？"王二狗喊道。

高粱地里一片寂静。

"再不说话，我们开枪了。"张本全说道。

"不要开枪，不要开枪。"那边终于回话了，不远处的高粱一阵晃动，接着走来两人。

"你们是什么人？"一个三十来岁、看上去老实巴交的男人问，眼睛盯着王二狗、张本全手里的二十响快机盒子枪，脸上满是胆怯。

"你们是什么人？"王二狗反问道。

"我们是禹庙集人，做生意的。"另外一个四十来岁、脸上满是麻子的男人回答。

"你们是做生意的，刚才怎么有人追你们？"王二狗问。

二人对望了一下，满脸麻子的递过来一支烟，然后问："能说说你们是什么人吗？"

"我们是游击队。"张本全嘴快，直接回答说。

"游击队？太好了，太好了，我们正在找你们。"二人喜笑颜开地说。

"你们找我们干什么？"张本全问。

"唉。"满脸麻子的人长叹一声，"我们已经走投无路了。"

接着，二人说了他们的遭遇。

老实巴交的人叫林家银，满脸麻子的人叫叶强，二人都是禹庙地区的屠夫。今天上午，他们到这一带乡下买猪，刚才回去的路上，遇到寿县特别行动大队的五个人，以他们是游击队的为借口，要抢他们买的三头大肥猪，这还不算，他们还要二人把猪赶到禹庙街上宰杀了。

二人担心到了禹庙街上没有好下场，刚才走到这处的高粱地旁，趁那五个人不备，偷偷跑进高粱地里，现在也不敢回去，所以强烈要求参加游击队。

禹庙离这里不远，也就十来里路。王二狗、张本全揣摩二人肯定不敢说谎，于是答应了他们的要求，把他们带到了徐庙来见二区游击大队队长尹良凤。

那时候，为了保险起见，凡是参加游击队的都要进行调查，对林家银、叶强也不例外，尹良凤派遣王二狗对二人的身份进行了调查。不久，王二狗回来说二人身份确定无误，大家这才放下心来。

就这样，林家银、叶强参加了游击队。二人虚心学习，很快学会了使用枪械。林家银很是老实本分，但力气过人。叶强机敏灵活，嘴巴很甜，只几天，二人就和大家混得很熟。不久，二人参加了区大队的两次伏击活动，表现都很积极勇敢，带头冲锋陷阵，各缴获了敌人一支长枪，受到大家的赞赏。

1948年6月中旬，夏粮征收正在进行中。中共寿六舒合县委书记赵立凯、县长董其道来到二区检查指导工作，当晚住在徐庙东南十里地之外一个叫双门楼的村庄。

抗战时期，这个村庄不叫双门楼，而叫张庄。这个村庄远近闻名。村内全为张氏族人，较为团结，民风彪悍。早年为了防匪防盗，在村庄周围挖有宽三余丈、深一余丈的圩沟，圩沟内筑有高一余丈的圩墙。村庄南高北低，根据风水，村庄内家家户户大门向北，水脉由东向西。在村北留有两个通道，通道处建有高大的门楼，门楼上留有枪眼，昼夜有人持枪值班。因此，淮西独立团政委杨效椿、团长李国厚把独立团团部和寿县县委迁入此村，取名双门楼，但只是我独立团领导和寿县县委领导暗地里这么称呼，对外还称张庄。

鬼子、汉奸并不知晓，他们只知道淮西独立团团部位于距离淮南铁路以西四五公里处。一次，驻守下塘的鬼子大田大佐、驻守造甲的汉奸杜大头听闻了风声，率重兵前来"清剿"。他们抓住了仇集乡孙户的仇庆禄让其带路。

鬼子、伪军大兵压境，村内高大的椿树上，担任放哨的张有成发现敌情，赶忙通知了独立团。可是此时撤退已经来不及了，杨效椿、李国厚等人命令紧闭大门，准备战斗。

没想到，接下来戏剧性的一幕发生了，鬼子、伪军并没有在双门楼停留下来，而是径直往西而去。

这是怎么一回事？

原来，带路的仇庆禄是双门楼的女婿，他知道如果把鬼子、伪军领到双门楼，后果不堪设想，独立团将遭受巨大损失，自家亲戚门上也要遭殃，所以领着鬼子、汉奸经过双门楼，一路向西，带到樊湾，然后趁机溜了。独立团团部、寿县县委和双门楼村民这才躲过一劫。

从 1942 年至 1945 年 12 月，淮西独立团团部一直驻守在这个村庄。1946 年初，淮西独立团撤离淮西，不久，赵立凯、杨刚健等人率领游击队重又杀回淮西，总部也设在双门楼。解放后，张庄正式改名叫双门楼。村内很多人都是杨效椿的夫人周俊（独立团卫生员）带大的，现在回忆起来，七十余岁的老人们还眉飞色舞，津津有味。

可是，今晚不知怎么走漏了消息，凌晨 5 时许，寿县保安团一个营包围了村子。

当晚，赵立凯、董其道分住在村子的东西两头。赵立凯书记闻讯后来不及通知董其道县长，仓促带领队伍从南门冲了出去。

董其道的警卫员樊敬茂也发现了敌情，又见赵立凯书记带领队伍向南转移，赶快冲进董其道所住的屋子里，喊道："董县长，敌人从村西、村北包围上来了，快走。"

董其道跟着樊敬茂向南冲到村外，村外是一片开阔地，敌人发现了二人，蜂拥着追了过来。

"站住，不准跑。"敌人喊着，"砰砰"开枪射击。

二人跑了有一千多米，前面是一大片高粱地，一头钻了进去，这才松了一口气。

敌人随即赶到，在没有进去搜索之前，先用机枪"嘟嘟嘟"

一阵扫射，"啪啪啪"高粱秆被打断。

此时，赵立凯书记带领队伍向东转移到一个叫蝎地的村庄，已经安全了，开始清点人数，这才发觉不见了董其道县长。

"董县长呢?"赵立凯问。

大家你望着我，我望着你，都摇头。

最后，战士张小鱼说他是最后一个出来的，没有见到董县长，他可能还在村子里。

"这还得了，赶快回去救他。"赵立凯命令道，随即组织了一个加强班，自己亲自扛着一挺机枪往回赶。

才跑了一百来米，这时候南边高粱地处传来密集的枪声，赵立凯料定董县长已经跑了出来，现在敌人正在那里追击，于是带领队伍折向高粱地。

赵立凯等人趁敌人不备，钻进另外一块高粱地，悄悄靠近敌人，猛然出击。赵立凯用机枪在前面开道，战士们一个个奋勇杀向敌人。留守的两个班战士不放心赵立凯书记，也随即赶到，冲向敌人。

敌人一见高粱地里冲出这么多人，怀疑里面有我军的埋伏，不敢再战，退了回去。

"董县长，董县长。"大家一齐呐喊。

不多时，董其道和警卫员樊敬茂走了出来，毫发未损。

这次遭遇，可谓惊险。虽然我游击队没有损失，但是，一旦有闪失，后果不堪设想。因为赵立凯、董其道是中共寿六舒合县委两个最为重要的领导。

通过调查发现，这次是敌人直扑双门楼村庄而来，而且是重兵，看来敌人是事先得到了情报，企图一举消灭我寿六舒合县委领导。

消息是如何走漏的？为此，寿二区进行了严密的排查。

首先对双门楼村子里的村民进行了排查。这个村子的村民是久经考验的，再说当天晚上进行了严密的消息封锁——村民只给进，不给出，所以很长一段时间都一无所获。

难道是游击队内部的问题？赵立凯、董其道不由这么想。于是派出锄奸队进行了暗地调查，可是依然没有查出什么。

必须要把这个查清楚，否则，会给我游击队带来更大的危害。赵立凯书记、董其道县长下定了决心，命令锄奸队扩大了调查的范围，从二区游击队员查起。

不久锄奸队那里有了消息，说新加入二区游击队的林家银、叶强有重大嫌疑。正是赵立凯书记、董其道县长来到二区的那一天，林家银借故离队，只不过半个多小时后又归队了。

"他这半个多小时去哪里了？"赵立凯问。

"据他说，那天拉肚子，蹲茅坑了。"锄奸队队长张士怀说。

"一个茅坑蹲了半个多小时？看来肯定有问题。"

按照赵立凯的指示，锄奸队对林家银、叶强二人进行了严密的暗中监视。可是监视了很久，二人一点动静都没有。

"敌人不出动，得想个办法让他们出动。"赵立凯书记说，"看来上次敌人是直冲着我和董县长而来，明天我和董县长还去二区，这次我们来个引蛇出洞。"

第二天，赵立凯、董其道又来到二区，再次住进了双门楼这个村庄。为了以防万一，这次是经过了精心的准备。县总队一部在双门楼以西两里的上拐待命，一部在其东四里的罗塘寺待命，

207

以防不测。二区游击队则负责在双门楼村子警卫，林家银、叶强当然也包括在内。

中午，赵立凯、董其道正在老友张有玉家吃饭的时候，张士怀等锄奸队队员押着林家银、叶强二人来了。

"赵书记、董县长，这两个特务企图刺杀你们。"张士怀说，然后将两把盒子枪和几颗地瓜手榴弹放在桌子上。

这是怎么一回事？

原来，林家银、叶强是国民党安徽省中统局派来的特务，任务是伺机刺杀我县委主要领导。

赵立凯、董其道第一次到二区徐庙乡游击中队，林家银、叶强认为这是个千载难逢的好机会，只是负责接应的特务没有及时送来短枪、手榴弹，只好眼巴巴地看着赵、董这两位离开了。林家银、叶强不死心，偷偷打听到赵、董二位首长去了双门楼。林家银借故跑到邻村，告诉了他的联络员，所以才有了双门楼之战，幸亏赵立凯等人英勇顽强，拼死前来营救董其道县长，否则，他就有可能遭遇不测。

错失了一次良机后，敌特中统局抓紧了行动，给林家银、叶强送来了短枪、手榴弹等武器，期望下次能够一举得手。

果然不久，赵立凯、董其道再次来到二区徐庙乡游击中队。林家银、叶强喜出望外，谋划在吃午饭的时候动手。他们不知道，此时，他们的行踪已经完全被严密监视。

上午，趁着大家"不备"，二人悄悄溜出村外，林家银负责望风，叶强到一棵老槐树下取出短枪、手榴弹。可是刚进村子就被包围，四五支黑洞洞的枪口对着他们。

"不准动，举起手来。"张士怀等锄奸队队员一齐呵斥道。

林家银、叶强知道事情败露，只好乖乖地举起了手。

经过审问，林、叶两个特务交代了打入我游击队的经过以及他们此行的任务，也交代了潜伏在我二区的特务网络，这样，二区的敌特基本被肃清，反特取得了巨大的胜利。

敌人是不甘心失败的，不久，敌特们又策划了另外一个行动。

国民党合肥县调查室主任娄养贞主编《逍遥津报》，此报专门攻击共产党游击队。可是近一段时间，他却巧妇难为无米之炊了，因为他搞不到游击队的情报。为此，娄养贞十分苦恼，最后，挖空心思，终于想到一个办法。一天，他把一个叫李飞凌的人找来，要他回到家乡高塘集，伺机搜集游击队的情报。

这个李飞凌抗战时期是高塘乡的两面乡长，淮西独立团撤走后，他认为共产党新四军大势已去，于是死心塌地跟着国民党，也干了不少坏事。游击队回到淮西后，李飞凌害怕遭到报复，于是辞掉了乡长，逃到了合肥。

李飞凌一听说要他回高塘集，害怕得要死，可是又不得不听从命令，只好硬着头皮回到高塘集，亲眼看见了当地的形势，知道和游击队作对，只有死路一条。为了保命，不久他主动找到了高塘乡游击中队，如实交代了此次回来的目的。

李飞凌虽然干了不少坏事，但是罪不至死，再说他是主动投诚，游击队的政策是优待俘虏的，于是把他留了下来。

四区游击队夏粮征收工作正在进行中，群众交粮热情空前高涨，为了麻痹敌人，高塘乡游击队让李飞凌回去传递假情报，说游击队征粮遇到困难，群众在党国的号召下，都不愿意交粮，今年共产党游击队征得的粮食真是少之又少。

娄养贞得到这个情报，如获至宝，第二天就在《逍遥津报》上刊登出来。当游击队看到这条消息，大家无不哈哈大笑，讽刺娄养贞真乃蠢材一个。

横扫顽敌

敌特林家银、叶强在二区被除掉，引起了国民党寿县党部高度警惕，他们感受到自身已经处于危险之中，因为二区就是国民党寿县县城的东大门。为此，加强了对二区的统治，向二区九个乡公所增派了兵力，这样，本来二十多人的乡武装扩大到三十多人。除此之外，他们还成立了三个中队的联防队，每个中队有一百余人（枪）。各乡武装配合联防队不断四处"清剿"我游击队，残杀我乡、区干部，逼得我地下党员、农会干部和民兵无处安身，纷纷外出躲藏，少数意志不坚定的人向敌人自首。

当时，二区区长是尹良凤，也是一名老游击队员。副区长庞金福年轻有为，有胆有识，但是面对强大的敌人，也只能带领十几人大部分时间游离于一区、三区，随着一区区长曹云鹤、三区区长陈克非一起活动。只是偶尔潜回到二区锄奸反特，秘密建立乡政权，但是，处境十分困难。

1948 年 5 月，国民党对路东根据地进行了"百日围剿"，6月，四分区司令员兼政委杨效椿率领一个营及一个加强侦察分队共计四百余人进驻路东沛河乡，欲转移到淮西，因为不了解淮西的情况，特派侦察员来到二区找到区长尹良凤，要求寿六舒合县

211

委立即派人前去联系。

尹良凤听后精神大振，立即派二区游击大队队长姚再诚带领两名战士赶往小甸集，找到了三区区长曹云鹤报告了情况。曹云鹤随即派戚明春、曹定良二人随姚再诚等人来到了路东的沛河，见到了司令员杨效椿。杨司令员详细询问了淮西的情况。姚再诚详细地汇报了二区目前的困难局面。

对于二区，杨效椿司令员有着特殊的感情。抗战时期，二区是他一手建立起来的，淮西独立团大部分时间都待在二区，淮西独立团秘密总部也设在二区的双门楼。听了汇报后，杨司令员决定打回二区，帮助二区游击队打开局面。他指示说："你们回去后，立即把仇集、徐庙、邵集等敌乡公所和戚圩敌联防队情况摸清楚，明天天黑前来向我报告。"同时告诉戚明春、姚再诚，部队今晚就向淮西靠近，让二人搜集了情报后，到戴集以东的张小郢子找他。

姚再诚、戚明春等人接受了任务后，立即连夜潜回到二区，通过地下党员、进步人士和其他社会关系，分别摸清了敌人的人数、武器装备等情况。第二天下午，几人赶到张小郢子向杨司令员作了敌情汇报。

具体情况是：仇集、徐庙、朱集、邵集、三和集等每个敌乡公所有三十来人的敌武装，乡公所一般是驻扎在圩子里，但是没有碉堡。驻扎在戚圩敌联防队的有三个中队、一个警卫排，三百余人，配有四挺轻机枪。戚圩以南的王大郢驻守敌一个中队五十来人，配有一挺轻机枪。同时根据可靠情报，因为天气较热，戚圩敌两个联防中队大部分官兵晚上一般都睡在戚圩南边的一个打谷场上，防守比较松懈。

杨司令员听完汇报，于当晚吃饭后召开了连以上干部会议，部署作战任务。命令一营长路天、指导员钟鼎率领两个连攻打仇集、徐庙敌乡公所和戚圩敌联防队。姚再诚、戚明春负责带路，二区区长尹良凤随杨司令员行动。另外一个连由二区游击队员带路，分别攻打朱集、谷堆集、三和集等敌乡公所。

部署完毕，各部于当晚翻越淮南铁路，挺进淮西。

是夜天气阴沉，星星、月亮全不见，趁着如墨的夜，路天营长率领一部悄悄行军至仇集敌乡公所附近，并埋伏下来。

陈云夫是仇集旁边的陈巷人，也是我地下党员，对仇集敌乡公所内部情况非常熟悉，按照二区区长尹良凤的命令，前来接应。

一切准备就绪，按照预定作战计划，两名侦察员神不知鬼不觉地向敌哨兵摸去。

此时，仇集乡公所之敌浑然不知，敌岗哨松松垮垮地来回走动，毫无戒备之心。突然从黑暗中冒出两人，用匕首顶着他的喉咙，低声吼道："不准动，动一动要你的命。"敌哨兵吓得尿都出来了，哪里敢动？乖乖就范。

随即，在陈云夫的带领下，突击排猛虎似的冲进敌乡丁的宿舍。

此时，敌乡丁们虽然没有睡着，但是面对黑洞洞的枪口，全吓傻了，在我军的呵斥声中，一一举起了双手。战士们随即上前缴了他们的枪。

这一战，没费一枪一弹就俘虏了三十多个乡丁，只有敌乡长、副乡长因为在外赌钱而漏网。

解决了仇集之敌，路天营长率领部队马不停蹄地赶往徐庙。

12 点左右，部队到达徐庙敌乡公所附近，准备趁其不备发起攻击。

因为天气较热，徐庙敌乡公所几个乡丁在附近一高地上睡觉。夜半，一个乡丁尿急，起来方便，发现了我军的行踪，几人立即逃回到乡公所报告。这一下，敌人全部惊醒，全力以赴对抗我军。

路天营长只好下命令强攻。一霎时，枪声大作，双方展开激战。子弹在夜空中带着火星射向对方。

开始，我军准备了一个排，久攻不下，于是三个排全部用上。此时，掷弹筒派上了用场，"轰轰"几声，敌乡公所大门被炸开了一个大洞，随即，战士们潮水般冲进了敌乡公所。

就在路天营长和敌人激战之时，出事了。

二区区长尹良凤留在仇集处理俘虏，通过审讯，得知仇集仇大傻子是敌人的内线。这个仇大傻子原是积极分子，知晓很多我游击队的情况。投靠了敌人后，供出很多我游击队干部、战士家属，使得他们中的很多人遭到敌人的折磨残害。

尹良凤立即派人把仇大傻子抓来，就地正法后，由于担心路天营长对徐庙地区不熟悉，随即带着几名游击队员赶往徐庙，于凌晨 2 时许到了敌乡公所附近，被我岗哨发现，因为天黑看不见，只好用口令问。尹区长回答的口令有误，哨兵以为是敌人的援兵，随即开枪。尹区长不幸中弹牺牲。

战士们攻进徐庙敌乡公所，敌人见大势已去，只好举手投降。这次战斗前后两个小时，活捉了敌乡长杨宏运及乡丁二十多人，缴获了二十多支长短枪、一挺轻机枪。

接着，路营长率领部队直扑戚圩以南的王大郢，到达后立即包围了敌营地，随即发起攻击，可是居然没有发现一个敌人，经过向周围的老百姓打听才知道，这股敌人夜出"清剿"我游击队未归。

路天营长当机立断，立即挥师直取戚圩敌之联防队。凌晨时分，睡在打谷场上八十余名敌联防队队员睡意正酣，他们哪里料到已经被我军团团包围了。

"不准动，你们已经被包围了，举起手来。"四面八方一起呐喊。

敌人被惊醒，一个个惊慌失措。敌群中一个叫李疤瘌的敌人想举枪射击，戚明春眼疾手快，抬手就是一枪射杀了他。其他敌人见无退路，只好就地缴械投降。

解决了外围的敌人后，战士们直扑戚圩。圩内的敌联防队队长程伯岗已经闻讯，命令警卫排一个班留下掩护，自己则率领其他两个班从圩子东北角仓皇逃走。

我军一阵冲锋，那一个班死的死，伤的伤，投降的投降。

此时，另外一个连攻打朱集、邵集、三和集也比较顺利。俘敌无数，缴获颇丰。第二天，杨司令员命令收拢部队，简单休整，处理俘虏。天黑后，从叶集渡口过河南进，顺手打掉大顺集敌乡公所，再转移至大井庙。

经过短短一天一夜的战斗，四分区指战员们基本上横扫了庄墓以北之敌，为二区的发展清除了障碍，从此，二区迎来了崭新的局面。

为了帮助二区打开局面，赵立凯书记命令县总队进驻曹岗张郢子，以随时呼应二区游击队的活动。

谢镇华是敌寿县大队长，也兼任寿东南办事处主任，听闻了县总队动向，大喜，以为立功的机会到了，悄悄率领三百余人来到其老家——庄墓谢圩子。

谢圩子距离曹岗的张郢子只有三十来里，随时都可以偷袭。为了保险起见，谢镇华又派遣一个特务中队八十余人进驻杨庙，企图一旦发生战斗，就可以南北夹击我县总队。

这个特务中队虽然人数不多，可是臭名远扬。这些人原本是土匪、强盗，后被国民党改编过来，但是，江山易改，本性难移，一个个心狠手辣。

一听说谢镇华来到了庄墓，我县总队指战员们个个义愤填膺，纷纷要求除掉那些双手沾满战友们鲜血的刽子手。

谢镇华喜欢吹牛，说大话，一上任就对外宣称说将要彻底清除寿东南游击队，一定斩草不留根。可是过来很久，他却一无所获，很多人因此笑话他，给他起了个绰号"谢大炮"。

谢镇华觉得受到了侮辱，于是四处派出特务刺探游击队的消息，企图通过实际行动挽回自己的名声。

第一个遭殃的是赵立凯的警卫员程良月。1948年4月4日，赵立凯书记带领一个排战士到瓦埠湖一带活动，当晚住在一个叫杨家湾的村子，不幸被敌特发现。

谢镇华随即命令驻守瓦埠的一个特务连赶到并包围杨家湾。这些敌特们非常狡猾，躲过了岗哨，悄悄摸进村子。游击队的暗哨发现了敌情，立即鸣枪示警，可是已经来不及了，大批的敌人蜂拥进入村子。

再组织起队伍突围已经来不及，程良月立即率领三名战士掩护赵立凯书记撤退到村外。敌人已经知道赵立凯是个大官，在后面紧追不舍。

"你们跑不掉啦，赶快投降吧。"敌人在后面喊着，"啪啪"一阵密集的子弹射来，一名战士倒地牺牲。

形势更加严峻。

程良月见状，命令那两名战士立即掩护赵立凯撤退，自己则留了下来阻击敌人。他跑向另一个方向，同时用手里的二十响快机盒子枪不断地射击，目的是把敌人引向自己。敌人果然上当，向这边追来。

前面一口大水塘挡住了去路，夏季，水塘里灌满了水。怎么办？前无去路，后有追兵。

敌人已经靠近了，大喊："抓活的。"

程良月纵身跳进水里，一边游泳，一边向敌人射击，一个敌人随即倒地不起。

一群敌人上来围住水塘。

"快投降吧，你跑不了了。"四周的敌人喊，一边疯狂射击，企图威逼他投降。

"共产党员、革命战士宁死不降。"程良月大叫道，然后举枪对着自己的脑袋，用剩下的两颗子弹结束了自己年仅二十五岁的生命。鲜血染红了一池碧水，映红了一片蓝天。

打死了赵立凯书记的警卫员，这下谢大炮有吹牛的资本了，到处吹嘘自己消灭了多少多少游击队，就连共党县委书记的警卫员都被打死。

为此，国民党寿县党部奖励给他五百大洋。谢镇华初尝甜头，更加疯狂地"清剿"我游击队了。

1948 年 5 月 3 日下午，我寿县总队中队长吴贵刚带领八名战士到义井乡活动，夜宿义井乡张岗村，其行踪被谢大炮派来的特务发现。第二天凌晨，谢大炮亲自率领一百余人包围了张岗村。

吴贵刚率领战士和数倍于自己的敌人激战一日，由于敌我力量悬殊，到天黑时，仅剩下吴贵刚一人。此时，子弹已经打完，杀红眼的他手里抢着一把大刀冲向敌群。

"嗒嗒嗒"一阵机枪子弹扫射过来，随即吴贵刚身上涌起无数血柱。

为了显摆自己的功劳，恐吓人们，第二天，义井逢集，谢大炮命人把八名战士的尸体抬到义井街道中心示众。

谢大炮当众吹嘘说："有我谢镇华在，共产党游击队就永远像老鼠一样。"其狂妄程度可见一斑。

接下来，惨遭谢镇华毒手的是我瓦埠乡乡长王家尚。

1948年5月15日，谢镇华的特务中队抓捕了游击队瓦埠乡侦察员李树根。李树根经受不住敌人的折磨，供出了王家尚。

18日凌晨3点，谢镇华带队包围了王家尚的住所。

一个敌特以为王家尚还在睡觉，持枪悄悄摸进屋子。

躲在门后的王家尚上前顺势夺过敌人的手枪，再一脚踢翻他，冲出门外，将手里的石灰撒向迎面而来的两个敌人面部，顺利进入院子，从东北角翻墙而过。

"啪啪"敌人开枪射击。王家尚不幸腿部中弹，无法行走，只好爬进一块麦地里。天亮后，敌人开始搜索，循着血迹找到了王家尚的藏身处并包围。

敌人企图抓活的，可是王家尚拼命还击，宁死不降，最后，敌特数枪齐射，王家尚壮烈牺牲，年仅二十八岁。

谢大炮罪恶累累，游击队正想找他算账，他倒是自己送上门来了。赵立凯、张慕云等领导决定除掉谢大炮，为此，一方面调集部队，一方面派出几个侦察小组严密监视谢大炮及其特务队的动向。

可是敌人很久都没有动静。

赵立凯、张慕云决定引蛇出洞，派出一小股部队在曹岗活动。

敌人果然上当，1948 年 6 月 22 日下午 2 时许，驻扎在杨庙的敌特务中队六十余人从小甸集、上奠寺直奔曹岗。

侦察员立即把敌情报告给赵立凯、张慕云。

张慕云命令县总队第一中队在曹岗之北的高粱地里埋伏起来，第二中队从曹岗西边的河湾处绕到敌后面，以阻击敌人回逃。

谢大炮的特务中队大摇大摆地向曹岗而来，渐渐靠近了高粱地。

"打。"张慕云一声令下，埋伏在高粱地里的我第一中队火力一起开火。敌人被打了个措手不及，死伤无数，急忙往回逃，哪里还有退路？第二中队立马杀到，发起冲锋。

敌人前后受到夹击，溃不成军，连忙向左冲进高粱地里。

第一波攻击，县总队就击毙击伤敌人三十余人，缴获步枪、加拿大手提冲锋枪三十多支。

余敌向北逃去，游击队乘胜追击。残敌逃至上奠寺以北的蒋圩子，占据了其内的一个更楼。

游击队把更楼团团包围，随后发起攻击。

这些特务们本是土匪出身，一个个匪性不改，居高临下疯狂抵抗。

到了下午 5 时许，眼看顽敌招架不住，我军马上就要攻破更楼了，突然从东北方传来密集的枪声。侦察员跑来报告，说有大批敌人正往这里赶，看样子是支援来了。

张慕云立即赶过去查看敌情，通过望远镜发现谢大炮骑在一头黑驴上，张牙舞爪指挥着敌人扑过来。

敌人一个个大叫大嚷着杀了过来，估计有三百余人。此时，更楼的敌人也发现了自己的援军，一个个又猖狂起来，拼命反扑。

张慕云分析了敌情，如果现在停止攻击，更楼里的敌人就会出动，这样我游击队就会陷入腹背受敌之不利境地，遂果断命令第一中队和寿一区大队继续攻击更楼里的残敌，命令县总队第二中队及二区区大队长吴胜平的三个中队前去阻击敌人。

第二中队和二区三个中队埋伏于来敌路旁的高粱地里。谢大炮毫无戒备，骑着毛驴吆喝着部队快速前进，当敌人进入我伏击圈后，吴胜平一声令下，机枪、长短枪、手榴弹雨点般射向敌人。敌人死的死，伤的伤。

谢大炮的毛驴中弹倒地，谢大炮重重摔在地上，刚从地上爬起来，欲组织力量抵抗，张大毛眼疾手快，端起机枪，一梭子弹扫射过去，谢大炮头部中弹，随即倒地不起。剩下的敌人没有了指挥官，一个个如无头苍蝇乱窜，毫无抵抗之心，仓皇逃跑了。

谢大炮被击毙，大家并不知道。打扫战场时，张大毛发现一个穿着黑色军服的大胖子倒在田里，旁边还躺着一头黑驴，于是上前搜查，结果在衣袋里发现一枚印章，上面刻着"谢镇华之印"，于是大喊："谢大炮被打死了。"大家一起涌过来看，确认就是谢大炮后，一个个高兴得跳起来，围着谢大炮的尸体七嘴八舌着，有的说："这下，大炮凶不起来喽。"有的说："谢大炮这一炮打得真响，连自己的脑袋都开花了。"

援军被打了个落花流水，蒋圩子更楼上的敌人见了，一个个傻眼了，在第一中队猛烈的攻击下，抵抗了一阵子，便举手走出了更楼。

此次战斗收获颇丰，缴获步枪三十八支、机枪两挺，打死打伤敌人四十来人，俘虏十二人。最为可喜的是击毙了敌寿县大队队长谢镇华，为那些被他残害的同志报了仇。

谢镇华被打死的消息很快传开了，很多人前来观看。曹岗一个受谢镇华欺凌的群众听闻了此事，手里拿着菜刀赶来，要把谢镇华的头颅砍下，挂到上奠寺示众，被赵立凯、张慕云等人劝阻了。

谢镇华丧命的消息传到寿县县城，敌县政府和敌党部震动极大，惶惶不可终日，意识到自己的末日已经不远了。

到了1948年下半年，淮西游击队已经发展到一千五百多人、机枪二十一挺、步枪一千一百多支、驳壳枪二百多支，同时，七个区已经连成一片，淮西大部分乡长表面上是为国民党服务，实际上是为游击政权服务。但是，也有例外，炎刘乡乡长吴善武就是其中的一个。

这个吴善武不但恫吓群众不要向游击队交粮，而且经常带领国民党桂系军队四处"清剿"我游击队，捕杀我游击队家属，抢劫老百姓的粮食、财物。

1948年8月，秋粮征收开始了。我炎刘乡乡长张本进更加忙碌了。一天，他带着一名警卫秘密前往张岗村，和当地先进分子商讨征粮事宜。由于坏人告密，下午回炎刘集的路上，他被吴善武带人抓捕，押解到炎刘乡公所。

吴善武开始审问张本进，可是张本进总是不开口，气得吴善武把张本进倒吊在树上，不停地用木棍毒打，木棍居然打断了三根，可是依然一无所获。

　　张本进已经被打得奄奄一息了，可是心狠手辣的吴善武还不善罢甘休，命人把张本进从树上放下来，吆喝着自己养的几条猎犬不停撕咬。最终，张本进壮烈牺牲。

　　吴善武之所以敢和游击队作对，是因为有靠山，这个靠山就是他的亲戚邓馨远。这个邓馨远是寿县三青团总头目，也是国民党河东寿县联防主任。邓馨远为了支持吴善武，派了一个特务中队进驻炎刘集，这个中队的中队长名叫朱瞎子。其实，朱瞎子不瞎，只是在1947年时，一只眼被我游击队打伤而成了独眼龙，因此对我游击队怀恨在心，被他抓捕的我干部、战士十之八九遭砍头。

　　吴善武知晓自己罪孽深重，害怕游击队前来报复，为了防范，他把乡公所设在邓下圩子（这里也是邓馨远的老家），朱瞎子的特务中队也驻扎在其中。圩子四周挖有宽约三丈、深一丈余的圩沟。只有南边一个通道，通道上有门楼，门楼外有吊桥。同时，圩子东北角、西南角分别修筑了一个角楼，派遣一个班的武装驻守，并配有一挺机枪。

　　鉴于吴善武罪恶极大，赵立凯、张慕云等领导决定除掉吴善武，打掉敌特务中队据点。恰巧，四分区司令员兼政委杨效椿带领两个营和一个警卫连来到淮西，赵立凯、张慕云请求支援，杨司令随即派四分区二营四连随同县总队一同作战。

　　根据作战部署，四连和三区区大队负责攻击邓圩子，董其道县长则率领县总队负责阻击敌寿县方向之援军。

1948 年 8 月 26 日晚 8 时许，吴善武的老巢——邓下圩子被我军包围，随即发动了攻击。

吴善武、朱瞎子根本没有把我军放在眼里，自以为邓下圩子固若金汤，小小的游击队奈何不了他们。他们哪里知道遇到了我四分区部队。

"兄弟们，不要怕，一会儿邓主任就会派兵来增援。"吴善武给手下打气说。

"打，给我狠狠地打。"吴善武不停催促手下开枪射击。

敌人火力太猛，攻击暂时停了下来。

"看来不动用重家伙不行了。"四连连长张有望说，随即命令抬来三门迫击炮。

那时，我军炮弹极其稀缺，四连仅仅只有七八发炮弹，平时，张有望连长把它当宝贝，不到万不得已的时候根本舍不得用。但是，这次却分外大方，命令先打敌人角楼里的机枪，再轰炸吊桥。

"轰轰轰轰"四发炮弹打过去，敌人两个角楼里的机枪随即哑火了，接着，吊桥也被炮弹炸断。

在机枪的掩护下，爆破手抱着炸药包冲了上去，炸开了大门。

"冲啊。杀啊。"战士们大声喊着冲进圩子里。

"举起手来，缴枪不杀。"

那些乡丁贪生怕死，纷纷举手投降。特务中队那些匪徒较为顽固，但是，一一被击毙了。

吴善武手里拿着两把快机，带领三名乡丁退守于角楼里负隅顽抗。

"吴善武，赶快举手投降，要不，我们把你打成筛子。"战士们纷纷说。

吴善武深知投降后也是一死，也不回答，继续射击，还不时向下投掷手榴弹。

"我投降，我投降。"一个早已吓坏的乡丁喊着，举手欲走下角楼。

"砰"一声，吴善武举枪从背后射杀了他，然后睁着赤红的眼睛，恶狠狠地瞪着剩下的两个乡丁说："不准投降，死都要和老子死在一块儿，打，给我打。"说完，双手二十响快机左右开弓射击。

在吴善武的淫威逼迫下，两个乡丁无奈，只好继续待在角楼上，但已失去再战的勇气和信心。

我军架起两挺机枪猛烈开火，只打得吴善武抬不起头来，只得缩在墙角，不时向下扔手榴弹。

为了减少不必要的伤亡，我军没有急于攻上来，反正吴善武已经是网中之鱼。

两个乡丁知道这样下去肯定死路一条，互相商量了一下，两人同时举起枪瞄准正在射击的吴善武。

"砰砰"几声枪响，吴善武随即倒地。

"不要再打了，吴善武已经被我们打死了。"两个乡丁喊着，然后举手走下角楼。

战斗基本上结束了，可是就是不见朱瞎子。原来朱瞎子早就做好了逃跑的打算，在圩子没有被我军攻破之前，只身一人从小竹林隐秘处下了圩沟蹚水逃跑了。

这一仗，击毙击伤敌人三十余人，俘虏二十余人，缴获长枪五十余支、短枪六支、机枪三挺，可以说是战果丰硕，可是县大队却一无所获，原来寿县邓馨远部并没有来增援。

朱瞎子逃回寿县县城，向邓馨远做了汇报。为了掩盖自己的无能，把我军描述得如何如何厉害，并拿脑袋担保说攻打邓圩子的肯定不是游击队，因为游击队根本没有迫击炮这样的武器。邓馨远一听，深感自身难保，立即联系了国民党桂系军队。第二天，国民党桂系派出两个团前来"清剿"，可是却扑了个空。游击队早已转移了。

第二天，董其道县长率领警卫排三十余人转移到杨庙以南一个叫魏郢的村子。吃过早饭，负责在外围警卫的两名战士押着两个人进来，经过审问，原来是国民党逃兵。这在那时也平常不过，董其道也没放在心上，教育了几句就把他们放了。

午饭时分，天气异常闷热。远处，阴云密布，电光闪烁，雷声轰鸣。住在魏家祠堂的董其道县长望着窗外，思考着：马上就要下暴雨了，部队要不要现在转移。

突然，跑进来一个农民，上气不接下气地说："老县长，国民党军队从北、西、东三面包围上来了，快走，快走。"

董其道脑子里闪过一个念头：不该放了那两个国民党逃兵。可是后悔已经来不及了，急忙赶过去观察敌情。通过望远镜只见来敌有一千余人，携有三十多挺机枪，西面从郑家祠堂，北面从魏家祠堂，东面从四墩河合围了过来。

情况万分危急，董其道立即做出部署，命令警卫二班、三班在后面掩护，他带着警卫一班先行南撤，经李岗、王楼、吴山庙之北大圩子，越过杨庙通往吴山的公路，再转向东南，转移至高塘集东南的钱林树一个叫四棵树的村子里住下。这样，基本安全了。

担任掩护的两个警卫班二十余名战士在朱燕勇、胡宏坤两位班长的带领下，边打边撤退。下午2时许，撤退到王楼北一块十余亩的山芋地，大批桂系军队随即赶到。

"抓活的。"敌人号叫着向警卫班扑来。

朱燕勇让胡宏坤等人先撤，然后把机枪架在柿树上，向敌人猛烈射击。

敌人仗着人多，蜂拥着冲了上来。眼看朱燕勇等人招架不住了，突然一道亮光闪过，接着一声炸雷，随即下起瓢泼大雨，且越下越大，扯天扯地垂落形成雨帘，几米之外看不见人。朱燕勇趁机率领一班撤出战斗，追上胡宏坤，然后冒着大雨迅速撤退到吴山附近的谢小庄，跳出敌人的包围圈，又于晚上转移至陶老坝水库之雪地村。次日下午，三区书记俞怀宝派人送信过来，才知道董其道县长已经安全转移到了四棵树。对此，大家欣慰不已，觉得光荣地完成了保护首长的任务。

第二天早晨，两个警卫班赶往四棵树村子和董县长会合。到这时，大家才松了一口气，纷纷议论此战可谓凶险，如果不是老天帮忙，两个警卫班肯定会被敌人吃了。

此战，我警卫班牺牲两名战士，伤五人，丢失长枪两支、短枪一支。可是敌人却并不这样认为，他们向国民党安徽省主席李品仙报告说："此次剿匪，我军神勇，收获颇丰，打死打伤大批共产党游击队，余部狼狈逃窜。"这样的报告，李品仙已经听了无数次了，也只能装傻，重赏下去。

破路杀电

　　1948年9月，国内革命形势发生了翻天覆地的变化，我人民解放军发动了淮海战役。

　　战役首先在陇海铁路线东西两头打响，为了和人民解放军决一死战，国民党做了充分的准备，调集四面八方的军队和物资前往淮海地区。淮南铁路更加忙碌了，每天都有很多趟装满士兵和物资的火车北上。

　　为了稳定后方，保持淮南铁路线的畅通，驻守于淮西地区的国民党正规军和地方武装再次对我淮西游击队进行了疯狂的"清剿"，淮西地区的形势又趋于紧张。

　　面对强敌，中共寿六舒合县委命令各地武装分散行动，与敌人展开周旋。1948年9月21日，董其道县长率领警卫排驻守于杨庙以北一个叫胡前楼的村庄。

　　胡前楼的保长叫胡一凡，他的姐夫戴前保是合肥县特别行动大队的特务。这几天，他以走亲戚的名义经常出没于胡前楼一带。

　　虽然警卫排进行了消息封锁（晚上，只给进，不给出），但是，戴前保用电台告知了合肥之敌。

凌晨 3 时许，国民党安徽省政府主席李品仙派遣一个营前来偷袭。

当晚，为了以防万一，董其道吸取以往教训，除派了固定岗哨外，另外还增加了流动哨和暗哨。

三百余名敌人分成三路，从南、西、北方向成包围之势而来，当行至距离胡前楼三里时，被我游击队外围的流动哨发现，立即赶回来报告。得知消息，董其道立即率领队伍向下塘集北大庙方向转移。敌人在后面紧追不舍。

警卫排人数较少，机动性较强，很快摆脱了大批的追兵，然后到了余桥以东，沿着河沟到达下塘集街西外。

长期和游击队打交道，李品仙学会了不少东西，以往行动虽然包围了游击队，但是每次都被游击队突围了，这次，他学乖了，故意不围胡前楼东面。他料定，游击队肯定从这个缺口向东往下塘集方向转移，而他派的两个小分队正在这里等着呢。

当董县长率领警卫排到了街西，准备穿越淮南铁路线，向造甲方向转移时，敌小分队发现了游击队的行踪，开始悄悄尾随，企图伺机偷袭。

但是，敌人的阴谋还是被警卫排发现了。前面就是下塘集，那里有敌人的重兵把守，后有追兵，怎么办？

董其道只好带领警卫排继续往下塘集方向转移，正要翻越铁路，突然，前面的人停了下来。一列火车挡住了去路，从车上下来大量的敌人，原来他们是前往淮海战场的刘汝明部。

现在，警卫排陷于前后敌人夹击之中，随时都有被敌人吃掉的可能。情况万分危急。

董其道看了看前面，又看了看后面，突然灵机一动，吩咐前

228

面的人对着火车射击，后面的人对着追兵开枪，然后带领队伍迅速向下塘集以北撤去。

夜色昏暗，两股敌人相互看不清对方，都以为对方是游击队，随即爆发了激战，轻重武器全部用上，伤亡惨重，一直打到天亮才知道原来是自己人打自己人。

这样的妙招，抗战时期董其道就曾经用来对付日本鬼子和国民党军队的夹击，并且屡试不爽，但这是一着险棋，除非万不得已是不能用的。

淮海战役如火如荼地进行着，国共两党的军队源源不断地向徐州方向集结，不断进行着包围与反包围。淮南铁路上，每天都能看到大量的士兵和物资运往前线。

为了配合淮海战役，淮西游击队不断在后方骚扰敌人。1948年10月的一天，夜晚9时许，秋雨绵绵。淮南铁路线戴集至朱巷段的野外，几十个黑影在悄悄移动。这些黑影就是张大毛率领的二区游击中队，任务是"切断电线"。

战士们到达现场后，一部分负责警戒戴集、仇集之敌，另一部分爬上电线杆，割断了电线，然后捆扎起来收走。

到了凌晨1点，这一段的电话线全部被割断，战士们悄悄撤离，把电线扔进深水沟里，顺利返回到拐集小张圩驻地。

战士们正在烧火做饭，这时联络员张有喜急匆匆赶来，递给张大毛一封带有三个圆圈的信件。三个圆圈说明十万火急。张大毛知道有紧急任务了。

果然，信中命令张大毛带领自己的中队火速赶往双门楼和区大队会合。张大毛吩咐大家抓紧吃饭，然后带着大家不到一个小时就赶到了双门楼。

在双门楼，县总队队长张慕云下达了作战任务：为了支援淮海战役，淮西总队要配合路东的定合县大队及四分区部队，拔除淮南铁路线中段外围的三个据点——柘塘集、羊凤岗、徐集，淮西总队的目标是柘塘集之敌据点。

部队冒雨连夜进发，考虑到刚刚才切断了戴集以南敌人的电线，担心敌人已经发现我军踪迹，为了以防万一，张慕云总队长命令部队向北迂回，从戴集和水家湖之间的徐户附近翻过淮南铁路线，再折往东南，直扑柘塘集。凌晨时分，到达了柘塘集以北的小王岗村子，和前来配合的定合县游击队两个中队会合，听他们介绍敌据点的情况。

柘塘集驻守敌人一个中队一百四十余人，是淮南铁路线水家湖至下塘集之间最大的一个地方武装，中队长叫杜国常。

这个杜国常是个大地主，抗战时期就和我淮西独立团作对，日本鬼子投降后，又投靠了国民党。仰仗着财大气粗人、枪多，又紧靠铁路，和下塘集等地的国民党桂系军队联系方便，所以有恃无恐，经常带领国民党桂系一三七师对我游击区进行"清剿"，残害当地群众，尤其是新四军家属和游击队家属。所以攻打杜国常，拔除这个据点，不但是周围群众的迫切愿望，而且等于挖掉了国民党一三七师的耳目，淮南铁路线中段敌我形势也会发生巨大变化，为以后切断淮南铁路线做好准备，利于支援淮海前线。

张慕云总队长和定合县沙要华大队长共同制订了作战计划：淮西游击总队负责从西、北两个方向发起攻击，定合县游击队则负责从东、南方向发起攻击。定于凌晨4时发起攻击，争取于5时结束战斗。之所以要求在短短的一个小时结束战斗，是担心时间过长，水家湖、下塘集等地的敌人增援。为了防范万一，淮西游击总队和定合游击队分别抽调一个中队对付以上两处敌人。这样可以一举两得，既能严密监视下塘、水家湖之敌动向，随时阻击敌人，又能防止被困之敌突围后，向下塘集、水家湖方向逃窜。

下午5时许，张慕云等领导做了战前动员，要求战斗打响后，全体指战员行动一定要迅速，要勇猛、机智、果断、敏捷，不给敌人以任何喘息的机会，一鼓作气攻下柘塘敌之据点。

午夜1时许，下弦月挂在天空，各部踏着露珠出发，开始迂回包抄。2时左右，各部悄悄到达指定作战位置。

张大毛和二区游击中队的任务是负责阻击向北之逃敌。为此，率领队伍来到柘塘集以北两里的地方。这里是一片乱坟岗，战士们躲在坟堆后面，以三人为一个战队小组交错布置，便于火力可以相会交叉掩护。

战士们把手榴弹拧开了盖，子弹袋的绳头也全部解开，紧握手里的钢枪，两眼紧紧盯着前方一条小路。

此时，下弦月早已落下，满天星星摇曳着，百步以内能看清树影隐隐晃动。柘塘集一片死寂。街东头，敌人的大岗楼上，一盏马灯阴阴森森，鬼火一般，又像棺材前的"引魂灯"，它象征着杜国常的狗命难逃五更。

"几点了？"李二狗问张大毛。

"不知道。"张大毛望了望天空说，"不是2点就是3点。"

"急死了。"李二狗说。

大战将至，每个战士都觉得时间过得太慢，巴望战斗快点打响。

指挥部里，总指挥张慕云拿着怀表看着，时间一分一秒过

231

去，到了 4 点，即刻命令道："开始吧。"

一颗红色的信号弹从柘塘集东南角升起，划破了天空。

总攻的信号发出了。

游击队立即从四面发起攻击，瞬间，枪声大作，硝烟滚滚。

在机枪的掩护下，我爆破手迅速向敌人的大岗楼摸去。

正在睡梦中的杜国常被枪声惊醒，还没有明白怎么一回事，只听到"轰"的一声巨响，不远处的大岗楼冒起一股冲天的火光。

"杜队长，不好了，游击队把我们包围了。"一名手下进来报告。

"给我顶住。"杜国常命令道，随即提枪冲出门外，来到岗楼，大吃一惊，四面八方杀声阵阵，响彻云天。街道上到处都是枪声，到处火光冲天，到处浓烟滚滚。手榴弹的爆炸声连珠炮似的响。

杜国常知道不妙，立即给水家湖和下塘集打电话请求支援，可是怎么也打不通。原来电话线早已被游击队剪断了。

无奈，杜国常只得下令死守，期望等到天亮后就会有援军。他手持一挺机枪，在土楼上居高临下疯狂射击，企图压制住游击队的攻势。但是四面八方的游击队以排山倒海之势冲了上来，敌人纷纷毙命。杜国常知道这样下去坚持不到天亮，于是下令收拢兵力，用三挺机枪开道，从我定合游击队和淮西游击队的结合处杀了出去，消失在茫茫的夜色中。

柘塘集方向激战正酣，张大毛等人手痒痒的，恨不得亲自上阵。四十多分钟过后，枪声渐渐稀疏了，难道战斗结束了？张大毛等人这样想。

突然，前面的小路上窜来一群黑压压的人影。

"敌人来了。"张大毛心里道，"总队领导真是料事如神。"

"听命令行动。"张大毛命令道，拧开手榴弹的盖子。

敌人越来越近，五十米、四十米，敌人疾跑的喘气声都能听见了。张大毛还是没有下命令，性急的战士都望着他手里的"棒槌弹"。

三十米、二十米了。战士们握着"棒槌弹"，屏息以待。

张大毛手一扬，喊道："打。"随即甩出"棒槌弹"。

"棒槌弹"雨点般砸向敌人，"轰轰轰"，在敌群里开了花；"嗒嗒嗒……"机枪喷着火舌。

敌人嗷嗷惨叫着，瞬间就倒下十几人，剩下的扭头就跑。

"冲。"张大毛命令道。

"冲啊，杀啊。"三十多名战士大叫着冲向敌群。

杜国常这些手下，别看平时在老百姓面前作威作福，这时候一个个就是现世宝。有的跪在路边，双手托枪叫道："我投降，我投降。"有的趴在田地里喊道："饶命，饶命。"

张大毛发现七八个黑影还在拼命逃窜。"坚决不能让敌人跑了。"张大毛命令道，立即带领李二狗等人追了过去。

"赶快投降，你们跑不掉了。"李二狗喊。

"啪"飞过来一颗子弹，贴着李二狗的面颊飞了过去。

"狗日的，老子追上你，活剥了你。"李二狗大骂道。

敌人拼命在前面跑，后面的张大毛等人紧追不舍。约莫追了有三里，前面的黑影突然都不见了。多年的战斗经验告诉张大毛情况不妙，立即命令战士们爬下。

果然，"嗒嗒嗒……"一阵机枪子弹飞来。

好险，如果不是张大毛发现及时，恐怕有的战士要遭殃了。

张大毛仔细观察着，原来敌人埋伏在一个小水沟下面。

"二狗，你带领一分队在这里用火力吸引敌人，二分队跟我走。"张大毛命令道。

张大毛等人绕道北面的棉花地，迂回到敌人的侧面。这里是一片坟地，战士们跳跃着前进，躲在坟堆的后面。

此时，东方已经泛起鱼肚白，战士们发现自己距离敌人不过三十来米，而敌人的后面就是湍急的窑河。

"手榴弹。"张大毛命令道。

战士们纷纷准备好手榴弹。

"打。"张大毛喊道。

"咻咻"，手榴弹带着哨音飞向敌人。

"轰轰"巨响，趁着浓烟，张大毛率先冲向敌人。此时，李二狗等人也趁势冲了过来。

"不准动，缴枪不杀。"

除炸死的三个敌人外，剩下的五个敌人面对黑洞洞的枪口，只好乖乖地举起了手。

"杜国常呢？"张大毛用枪顶着一个小个子的敌人问。

小个子敌人浑身颤抖，眼角扫过旁边的一个尖嘴缩腮、长着一对猴子眼、穿着一身老百姓衣服的人。

张大毛这才恍然大悟，刚才他还纳闷，这一小股敌人怎么这么顽抗。

"你就是杜国常？"张大毛上前喝问。

"是，是，在下就是。"杜国常点头哈腰地回答。

一轮红日喷薄而出，张大毛、李二狗等人押着杜国常一行俘房往柘塘集赶。

这一仗，打掉敌人三个据点，击毙敌人六十余人，俘虏七十余人，缴获机枪七挺、长短枪二百来支。从此，淮南铁路线中段外围被我游击队控制，不久，淮西游击队和南下的二野先遣师会合。

1948 年 11 月上旬，淮海战役正式打响。人民解放军华东、中原、东北野战军共计十二个兵团约六十万大军，在地方武装、民兵和广大人民群众的支持下，以徐州为中心，在东起临城、南至淮河、东到海州、西至商丘的广大区域内，发起淮海战役，与国民党黄百韬、邱清泉、李弥、黄维等兵团八十余万人展开大决战。

为了配合前线部队，安定后方，国民党安徽省政府主席李品仙命令各部更加频繁地"清剿"我游击队。

李仁银、崔贤甫是埠里"剿共"联防区主任、副主任，手下有一百多人，配合国民党安徽省保安八团查营三百余人，不分白天黑夜，搜索袭击寿六舒合县委机关、部队。

当时战斗极其频繁，为了躲避敌人的夜间偷袭，一晚上都要转移两三次。有时候饭刚煮好就传来枪声，战士们只好丢掉饭投入战斗。有时候在一天之内，这样的场景要上演两三次，丢掉的饭有两三锅。当时战士们生活极其艰苦，每人每天一斤半大米、五分钱菜金、五钱盐、五钱油，统一标准，不准任何人搞特殊。穿的是单棉衣，被、鞋主要靠自己解决，特别困难的时候上级才予以解决。可以想象，当时两三锅饭对于游击队战士们来说是什么概念。

即使这样，游击队也不忘"三大纪律八项注意"。一次，部队向定远县张桥转移。此时寒风刺骨，草木结冰，而大部分战士还没有棉装，身着单衣、脚穿布鞋的战士们在寒风中冻得瑟瑟发抖。

部队不停地转移着，不到半日，战士们鞋底磨破，脚板流血。途中多次遭到敌人阻截和袭击，战士们边打仗边赶路，汗水湿透了衣衫又结成冰。下午四五点钟，部队到达张桥镇。此时，战士们又冷又饿，朱燕勇派人把镇子上能吃的东西买光了给战士们先垫垫肚子，然后再准备烧饭。冬天，柴草难寻，很多炊事员找了半天也没有找到可烧火的东西。怎么办？朱燕勇看着国民党定远县联防区主任朱东风的炮楼，急中生智，让战士们把炮楼扒了，然后用扒来的木料烧饭和烤衣服。适逢四分区司令员杨效椿前来看望部队，见战士们用那么好的木料当柴火，勃然大怒，厉声呵斥道："谁叫烧木料的？是不是群众的财产？"朱燕勇见了，立即把责任承担过来，说："司令员，是我叫烧的，是违反了纪律，但战士们一天没有吃喝了，衣服结冰了，又找不到做饭的柴草，实在没有办法。"旁边的赵立凯书记赶忙解围说："朱燕勇同志扒的是朱东风炮楼的木料，也是心疼战士们，他还没来得及到军校学习，'三大纪律八项注意'还认识不深，以后我多教育。"朱燕勇这才逃过处分。

到了11月下旬，敌人淮西战线吃紧，国民党军队为了补充兵员和物资，指示地方乡、保长疯狂向群众摊派粮草，到处乱抓壮丁。寿六舒合县总队给淮西乡、保长们写信，严厉警告他们："如若再威逼群众送粮、送草，就先砍了你们的头。"

这一招还真见效，很多敌乡、保长们不敢公开带着国民党军队向老百姓要粮派草了。驻守淮西的国民党军队征不到粮草，向上级交不了差，便直接派军队下乡抢。

11月22日，敌人三百余人又到造甲一带"清剿"。这股敌人进村后胡作非为，不仅把老百姓的粮、油、菜全部抢光、吃光，居然还把老百姓家的门、窗、板凳、桌子当柴火。当地老百姓苦不堪言，可是又没有办法。

董其道县长决定狠狠敲敲这股敌人，遂与县公安局长穆维春率领县警卫队和合肥东办事处武装共计二百多人，埋伏于周仓郢以南的高地。

上午10时许，敌人进入我包围圈。董其道一声令下，游击队的汤姆机枪、加拿大冲锋枪、土坦克、炸药包、手榴弹一齐派上用场。

战斗极其惨烈，从上午一直打到日落西山。夜幕渐渐降临，敌营长查胡子恐在夜晚作战于自己不利，遂下令突围。

董其道等人早就料到敌人会突围，为此作了充分的分析，估计敌人突围的路线应该在村子西北处，那里有一条小水沟，遂在水沟处埋伏了两个排的兵力，并配有一挺机枪。

天色暗了下来，周仓郢西北，敌查营在后，李仁银、崔贤甫的乡丁在前，用三挺机枪开道，不顾一切向外冲。

我埋伏的火力一齐开火，迎头痛击，敌人死伤四十余人。查胡子和李仁银、崔贤甫知道这是他们唯一的机会，指挥部队舍命突围，最终突出一个口子才得以逃跑。此战后，敌查营再也不敢来造甲一带"清剿"了。

打败了查营和李仁银、崔贤甫，游击队随即转移至淮西的杨庙。当晚，董其道、孙祝华接到通知，立即前往陶新集开会。

因为情况紧急，当晚，董其道、孙祝华带着一个警卫排出发，于第二天下午赶到了陶新集，这才知道有了新的任务。

原来，我淮海战役前线指挥部电令鄂豫皖根据地，要求尽快破坏淮南铁路线，以切断敌兵力和作战物资的运输和通信联络，保障我淮海战役的顺利进行。

鄂豫皖根据地接到命令后，立即派遣河南长白军区一个团，顺淮河东下，到达了陶新集。

董其道县长、孙祝华副县长和长白团讨论了作战任务和行动方案，决定：组织淮西群众上万人，将淮南铁路线双墩至水家湖段铁路拔掉，所有的通信电话线剪掉，电线杆锯掉，阻击合肥及以南地区的国民党军队向淮海战场增兵和运送给养。

董其道、孙祝华回到淮西后，立即通知各区、乡干部开会。会议上，董其道说明了此次作战任务，接着给各区、乡分配了具体人数，划定了任务区段，要求他们准备好铁棍、抓钩、斧头、铁镐、铁锹、锯子、镰刀、绳子等工具，于第二天下午向淮南铁路线靠近，等候命令。最后赵立凯书记阐明了这次行动的重要性，要求各区、乡务必认真对待，保证完成此次任务。

各区、乡干部立即行动起来，各自回到当地紧急动员，群众积极响应，踊跃参加。

第二天下午，上万群众带着工具到达各自指定区域。黄昏时分，在陶家湖的陶家祠堂西边的坟地再次召开了区、乡干部会议，明确了分工，规定了注意事项：一、今晚行动的口令是"破路杀电"，长白部队由该团传达，寿六舒合部由朱燕勇传达。二、长白部队负责阻击敌人，掩护军民"破路杀电"。三、"破路杀电"由各乡中队按照既定的分配任务分段完成。铁轨、枕木、电话线、电线杆等谁扒归谁。四、行动时要服从命令，听从指挥，不得大声喧哗，严禁烟火。

会议结束后，各区、乡干部迅速返回，带领群众进入预定岗位。

吃晚饭的时候，侦察员回来紧急报告，下塘集进驻了从淮海战役下来的敌正规军两个营。

形势陡然紧张了起来。

寿六舒合县委和长白团领导召开了紧急会议，经过一番分析研究，最后决定：组织部队包围敌军炮楼和驻地，以保证"破路杀电"任务顺利完成。

张大毛的中队负责看守一条小路。战士们到达战斗岗位后，躲在一片坟堆后，架起机枪严阵以待。是夜，天黑如墨，伸手不见五指。敌人听到外面有动静，但不敢贸然出击，只是龟缩在炮楼和驻地里，不停地射击。我军随即和敌人展开对抗，用火力封锁住敌人。

那里枪声大作，这边"破路杀电"正式拉开序幕。

万名群众在区、乡干部带领下，携带铁棍、铁镐、锯子、斧头等工具，悄悄靠近铁路，一字摆开，谁也不说话，也没有一点烟火，只有叮叮当当的声音。一节节铁轨被卸下，一根根枕木被扒掉，一节节电线被剪断、捆起，一根根电线杆被锯掉……一切都在紧张而有序地进行着。

天快要亮了，赵立凯、董其道等领导看任务已经完成，遂命令撤退。

三颗红色的信号弹升上天空，万余名干部群众用车拉着铁轨、枕木、电线等物资兴高采烈地回撤。

突然，"轰轰轰"的爆炸声接二连三地传来，这是长白团和警卫连的战士在炸桥。巨大的爆炸声震得地动山摇，附近农家房子上的灰土簌簌往下落。

天亮后，负责掩护任务的部队也撤走了，下塘的敌人这才敢出来。一看，全吓傻了。只见整个铁路一节铁轨、一根枕木都没了，只剩下一条石子路。所有的电线杆只剩下地面的一小截，电线全不见了。这股敌人被吓得魂飞魄散，当天就向南撤走了。

解 放

1948 年 12 月下旬，淮海战役即将结束，国民党军队败局已定。在淮西，中共寿六舒合县委不断打击敌人，同时，在淮北坚持游击战的龙山部队，拓展到临县凤台一带活动，逼近寿县县城。解放战争的形势逼迫着国民党县、乡人员进行抉择。

王任潮曾是国民党国防部办公厅少校参谋，王继续曾是国民党中央党政考核委员会荐任干事，王世英当过国民党寿县瓦埠区区长，这三人当时都在家乡下塘任职。

国民党政权肯定会倒塌，共产党不久将取代，这是大势所趋、人心所向。三人已经清楚地认识到这一点，故而决定寻找新的出路。

我游击队抓住时机，派陈盛业、王禹、陶兆周等人前去做他们的工作。他们一口答应下来，表示愿意为游击队服务，争取立功赎罪。

1948 年秋，国民党河东联防区主任邓馨远部准备到杨庙一带"清剿"，王任潮及时送来情报，使得游击队能够及时转移。1948 年冬，寿二区中队长张大毛的哥哥张有田被寿县特别行动大队抓到下塘，就是通过王世英这个关系赎回的。

1948 年 12 月的一天晚上，王世英吃过晚饭正要上床睡觉，突然，有人敲门。打开门一看，原来是陈盛业、王禹。

陈盛业、王禹要王世英立即通知王任潮、王继续，连夜赶往陶楼西的陶大圩，中共寿六舒合县委领导正在那里等着他们仨。

本来，国民党已经成为秋后的蚂蚱——长不了了，三人都感觉穷途末路。现在听说共产党大官要见他们，觉得有了希望，三人高兴、激动的心情可想而知。

下塘到陶大圩有二十来里路，天黑，又是小路，可以说非常难行。也许是绝处逢生，人逢喜事精神爽，三人健步如飞地走着，就是带路的游击队员跟在后面都感到吃力，不断地说："慢点，慢点。"

"我们是黑暗中寻找到了光明。"王世英说。

"天虽然黑，但是，前面有一座灯塔在指引着我们。"王任潮说。

由此可见，当时是怎样一种形势。王世英、王任潮代表当时很多国民党人士吐露出心声。

三人赶到陶大圩，县长董其道、县组织部部长董吉贤已经在那里等候多时了。两位领导向三人介绍了当前的革命形势，指出寿县的解放就在眼前，接着阐明了我党的统战政策，最后指出立功赎罪是三人的唯一出路。

三人立即表示只要能够立功赎罪，让他们干什么都行。

见时机成熟，董其道说出了任务，让他们策动国民党河东寿县联防区主任邓馨远起义。

当时，国民党正规军基本撤走，而邓馨远的联防区指挥着瓦埠河东两个区自卫队和寿县所有国民党乡镇的武装，是寿六合境内最大的国民党基层武装力量。如果把邓争取过来，那么寿县就可以和平解放。

王世英等三人回来后，经过一番分析，觉得难度非常大。因为邓馨远是经过特殊训练的国民党中统局情报人员，这还不算，糟糕的是邓馨远的父亲和叔父都是被游击队镇压的，邓馨远非常仇恨游击队。王世英虽然和邓馨远关系较好，但是劝他起义，他实在是一点把握也没有。

三人又做了进一步分析：一、共产党的力量正以排山倒海之势推进，寿县解放大局已定。邓馨远正处于风声鹤唳之中，处境危殆，心意必定彷徨。二、邓馨远一贯信任王世英，相信王世英肯定为他好，不会骗他害他，而且他的很多手下跟着王世英干过，容易接受他的建议。三、邓馨远和王世英现在处境相同，便于交流。

这样一番分析后，三人又增强了信心，决定立即行动。

尔后，王世英总是不断寻找机会和邓馨远接近，旁敲侧击，劝他："识时务者为俊杰，迷途不返后果堪虞。"

可是邓馨远只是眉头紧皱，不说一声。

一天上午，王世英又来到邓馨远部，中午，邓馨远率部下设宴款待他。酒酣耳热之时，王世英趁机分析了当前的形势，话语里无不透露出悲观、绝望。

"王先生，和我们一起干吧，我们有几百条枪，必要时带着枪跑反就是了，怕什么。"国民党寿县自卫队中队长周谨凡带着酒意说。

"济南王耀武有十几万人，但是也做了俘虏，这不是打鬼子的时候了，跑，能跑到哪里去？再说，有枪怎么了？有枪就能生存了？"王世英反驳道。

这话说到邓馨远的痛处，一直不作声的他再也按捺不住了，站起来问："王兄，那你准备怎么办？"

"只要你们相信我，跟着我走，包你们跳出草窝，走上阳关大道。"王世英胸有成竹地说。

大家心里都知道王世英所说的"阳关大道"指的是什么，但事关重大，大家都低头不语。王世英有心捅破这层窗户纸，但是，考虑到当时国民党寿县县长潘麻子正坐镇下塘，此人心狠手辣，安全起见，终于没有说出来。

王世英回到家后，心里一直忐忑着，害怕事情传出去，那样自己就危险了。下午正要去找邓馨远说明一下，邓馨远却主动找上门来。寒暄了一阵后，邓馨远问："世英，你我是老关系了，也不需要拐弯抹角，你上午所说的跟你走，究竟指的哪条路？如果好我一定跟你走。"

"你认为哪条路好呢？"王世英反问道。

"老朋友，不用卖关子了，其实我早就看出你与陶兆周（中共寿六舒合县委领导）那边有联系，你替我问问，像我这样的人如果投降，他们能不能接受。"

邓馨远有这样的思想，而且能当面说出，王世英一点也不吃惊。因为他是了解邓馨远的，坦率、真诚、不奸诈。王世英于是也以诚相待，说道："邓老弟，你我平时无话不说，互不猜忌，我现在打开窗户说亮话吧，中共寿六舒合县委书记赵立凯、县长董其道两位领导要我转告你，只要你悬崖勒马，转向共产党游击队，过去的账一笔勾销。这也是共产党的一贯政策。"

邓馨远没有吭声，看样子在做激烈的思想斗争。于是，王世

244

英开始给他分析当前的形势，最后说："起义和投降是有着巨大区别的，一是主动，一是被动。起义能够立功赎罪，投降就没有这个了，老弟，到底选择起义还是投降，你自己掂量着办。"

"那我肯定选择起义。"

"好，我一定把你的意思转告给赵立凯书记、董其道县长。"

接下来的几天，邓馨远不时跑来打听消息。当听说王世英还没有来得及转告时，他赶忙催促道："快点，快点。"

"邓老弟，这样的事不能急，心急吃不了热豆腐，你先要把你的那些队长、乡长工作做好才行。"

"行，行，三天后更好，到那时候，潘麻子县长已经回寿县县城了。"

三天后，邓馨远再次来到王世英家，说他手下的那些队长、乡长的工作基本做通了，大家都看清了形势，表示愿意跟着他起义。王世英听了非常高兴，表示会立即把这一情况向赵立凯等人汇报。

还没等王世英去向赵立凯等人汇报，戚明春却已经来找他了。原来，他是受中共寿六舒合县委组织部部长董吉贤的委派，前来了解邓馨远的情况。

王世英详细地向他介绍了邓馨远的思想状况。戚明春听后非常高兴，夸赞王世英工作做得好，并掏出一封信交给王世英。

这封信是董其道县长和董吉贤部长共同写给邓馨远的，信中公私兼备，严肃中透出诚恳，原来董家和邓馨远是亲戚。

当邓馨远看完这封信后，长长地吁了一口气，宛如狂风暴雨中，从一条颠沛的小船登岸一般。他说："我现在真的下定了决心，我马上以开会的名义，召集人来下塘商讨行动，好在潘麻子县长已经走了，我放心了。"

四天以后的下午，邓馨远派人把王世英找去，说："今晚在三里井开会，我的那些队长、乡长都到齐了，请你参加，到时候你向他们当面说明情况。"

当晚，王世英准时参加了会议。他向那些队长、乡长们分析了当前的形势，可以看得出这些队长、乡长和邓馨远有着同样的心理——焦虑不安，感到穷途末路了。

"王区长，你说怎么办？请你给我们指出一条明路。"一个乡长说。

"我这里有一条明路，不知道你们愿不愿意走？"王世英说。

那些本来绝望而精神萎靡的队长、乡长一听，顿时精神头来了，纷纷催促王世英赶快说。

王世英见时机已经成熟，于是把自己和中共接触的经过说了一遍，然后转达了中共寿六舒合县委几位领导的话，并说明了中共的统战政策。那些队长、乡长听着眼睛冒着光，感觉有了希望。

接着，邓馨远宣读了董其道县长、董吉贤部长给他的信，然后征求大家的意见。

"邓主任，你就带着我们干吧，我们都听你的。"十几个队长、乡长纷纷要求道。

"你们都同意起义了？"邓馨远问。

"同意。"

就这样，会议一致通过了起义投靠共产党的决定。王世英提醒说一定要做好保密工作，千万不能走漏了风声。

"谁敢走漏了风声，我这个东西不是吃素的。"自卫队中队长周谨凡拍着腰间的枪说。

事关重大，邓馨远还是不放心，几天以后，再次找到王世英，要求亲自见一下赵立凯书记、董其道县长。为了消除王世英的疑惑，他说："你放心，见面时间、地点由他们定，我只身一人空手前往，不带一枪一弹。"

见邓馨远态度这么诚恳，王世英表示同意，立即把他的要求传达给中共寿六舒合县委。第二天王世英就得到回信，信中约定了会面的时间是当晚9时许，地点湾里王，并强调过时不候。

王世英立刻前往三里井通知邓馨远，考虑到时间紧张，要他即刻动身。

"会面地点在哪里？"邓馨远问。

"我也不知道。"王世英回答说。

邓馨远看了王世英一眼，说道："老弟，你我都是多少年的交情了，对我还不放心？"

"不是我对你不放心，而是不能对你那里所有的人都放心，万一消息泄露，刘汝明部就在不远处，那时，我们就都完蛋了。"

听了解释，邓馨远才打消了疑虑，解释道："我这里是不会有事的，都是多年的老部下，我是知道他们的，其实他们都急着要过去，比我还急呢，走，走，我们俩赶快动身。"

夜晚，寒风凛冽，二人冒着严寒来到见面地点湾里王村王世英三叔的家里。董其道县长、孙祝华副书记、董吉贤部长已经在这里等候多时了。

一阵寒暄后就进入正题，邓馨远说了几句悔改的话，表示接受共产党的号召，决心起义。

董其道等人安慰了邓馨远一番，表示悬崖勒马，为时不晚，又再次阐明了我党的统战政策。邓馨远大为感动。

接着，孙祝华交代了起义应注意的事项，规定了联络办法等，至于起义的时间由邓馨远定，但越早越好。邓馨远当即表示同意。

邓馨远回去后，立即着手准备。他把散落各处的乡公所乡丁和区自卫队武装集合起来，待机起义。

此时，淮海战役胜败基本已定，徐州已被人民解放军重重包围。但是国民党为了安定民心，却在合肥等地召开"庆祝徐州大捷大会"，以此来欺骗蒙蔽人民。

为了支援前线，国民党命令合肥、蚌埠等地的面食店全部停业，为国军加工大饼，然后用飞机空投给被围困的宿县部队。为了加强后方供给，蒋介石命令陈瑞和等人收集皖中一带各级行政机关的武装，成立了九十六军。寿县县长潘麻子被委任为师长。潘麻子把邓馨远部改编为一个团，由邓任团长，积极搜集粮草。

邓馨远是墙头草，他被国民党的宣传所迷惑，认为淮海战役胜败还未定，所以还在犹豫是不是要起义。他借口说潘麻子盯得紧，要王世英转告中共寿六舒合县委领导，他"起义之决心绝不改变"，但是目前不得不应付潘麻子，起义的时间需要暂时缓一缓。

不久，形势急转直下，徐州、宿县得到解放，人民解放军直扑蚌埠，我龙山部队解放了凤台县，国民党统治的寿县岌岌可危。

国民党军队兵败如山倒，淮南铁路线上，每天都有很多列装满国民党军队的火车南逃。淮西大地上，国民党军队到处拉壮丁，很多人家妻离子散，母子分离，到处哭声一片，上演了一幕幕人间悲剧。

陈瑞和命令潘麻子放弃寿县，率部到合肥集合，准备南逃。潘麻子乘坐火车到了下塘，命令邓馨远集合所部登车去合肥。

邓馨远当然不愿意跟潘麻子走，可是潘麻子在下塘，又不敢马上起义，一时左右为难。紧急关头想到了王世英，马上派人把他找来商量对策。

王世英听闻后，建议邓馨远采取拖延战术。邓馨远听后大喜，马上派人向潘麻子报告说："所部一时不能集合，请师长先行，我率所部随后就到。"

潘麻子狡猾，已经有所察觉，但是此时的他已经成了丧家之犬，不敢把所部拉下火车强逼邓馨远，只是派人前去传达命令：务必马上率所部上车去合肥，否则，后果自负。

潘麻子在下塘火车站等了一会儿，迟迟不见邓馨远来，恐生变故，立即命令火车向合肥开去。当火车驶离下塘南面的红石桥后，"轰轰"几声巨响，红石桥被"侉子兵"（当地人称刘汝明部）预埋的炸药炸毁。

这几声巨响，宣告了国民党在淮西统治的结束，淮西的历史就此翻开了新的篇章。

当夜，王世英和邓馨远联名上书给中共寿六舒合县委，请他们立即派人来下塘集接收全部起义人员。第二天（1948 年农历腊月二十三日），董其道等几位领导率部进入下塘集，为此，邓馨远做了精心的布置。大街上，彩旗飘扬，锣鼓喧天，邓馨远率全部人马列队欢迎。

一阵寒暄后，进行了起义仪式，邓馨远所属的寿县河东联防区九个乡的全部武装和两个区自卫队五百余人到下塘南一个打谷场上集合。董其道代表中共寿县县委讲话，表示欢迎全部将士起义，并再次阐述了我党的统战政策。接着，邓馨远率领所部一一放下了手中的武器，有五百多支长短枪、十二挺机枪、六门小钢炮。

自此，策反邓馨远部起义工作圆满完成，寿东南广大地区得以和平解放。按照四分区的命令，淮西游击队接管了几百里长的淮南铁路，为渡江战役提供了运输方面的保障。

不久，寿县县城的国民党自卫队大队长李旭东在我秘密地下党员常传伯的策反下，于1949年1月17日早晨发动起义。参加起义的共有三个大队、十二个中队，合计一千二百人。武器有步枪七百多支、轻机枪三十挺、迫击炮四门。起义后，这三个大队改编为中国人民解放军独立团，李旭东任团长。当天下午2时许，在寿县城西大街广场召开了群众大会，欢庆寿县和平解放。自此，寿县全境和平解放。

但是，邓馨远是在走投无路的情况下才起义的，他骨子里还是对共产党抱有仇恨的，不久，他听闻岳葫芦的"第九路军"在淮南一带活动，于是率领少部分人和武器投靠了岳葫芦。可是不久，岳葫芦的"第九路军"就被击溃，邓馨远逃到芜湖乔装打扮隐藏下来，最后在群众的检举下，被我寿县公安局抓获并被押解回寿县正法。

淮南三镇蕴藏着丰富的煤炭资源，扼守淮河南岸，地理位置也极其重要，中共早就认识到这一点，早在1946年秋季，中共苏皖七分区就派遣党员方刚秘密潜回淮南矿区发展党员，成绩斐然。到了1947年8月，经中共南京市委批准，成立了中共淮南矿区支部，方刚任支部书记，下设三个党小组，分别是九龙岗、大通、电厂。到了 1948 年 12 月底，淮海战役即将结束，上级要求方刚组织力量保护好矿区，迎接解放。

当时，情况复杂，一方面国民党准备在撤离前炸毁煤矿，另一方面，当时地方治安比较乱，一些土匪、强盗企图趁火打劫，抢劫矿区财物。针对这一情况，淮南矿区支部先积极在职工中宣传，同时成立了九龙岗东、西两矿区，大通矿区，洛河电厂职工互助会。短短时间，互助会便发展到了一千五百人。互助会又成立了护矿队、护厂队，日夜监视、保护着煤矿和电厂。当时，互助会没有武器，杨刚健等人想方设法从矿区警察那里争取来一百五十多支步枪、两筐手榴弹，同时，矿区工人又自制了一些土枪，并针对性地提出口号："矿井就是我们的生命""武装起来，保卫矿区""反拆迁、反破坏、反抓丁"。

1949 年 1 月 16 日上午，天气阴寒。大通火车站一片混乱，到处都是准备乘火车南逃的国民党军队。随着隆隆的声音，一列火车驶进车站，缓缓停下，从一节车厢内走出几个便衣，开始一箱一箱地往下搬运东西。这引起互助会成员李世好的注意，他走近想看看是什么东西，可是那些便衣根本不让他靠近。凭着多年在矿区工作的经验，李世好断定那些是炸药。他们马上要撤退了，还运来这么多炸药干什么？李世好猜测着，马上把这一情况报告给杨刚健等人。

杨刚健等人经过分析，最后断定，肯定是国民党在撤离前，要把矿区和电厂炸毁。千万不能让敌人的阴谋得逞。杨刚健立即动员上万名互助会会员，要他们坚守岗位，并派遣护矿队带着武器把守各矿区和洛河电厂，封锁煤矿大门，口号是：誓与矿区共存亡。

为了保护洛河电厂，护厂队想出一个妙招，他们在电厂要害部位布设了高达六千伏的高压电网，全天候通电，并在厂区外派人严密防守，绝不允许外人靠近。敌人见无机可乘，只好一再推迟行动。

　　当时，国民党在电厂留守了一个警卫班。为了防止这个班的敌人搞破坏，1949 年 1 月 17 日下午 4 时许，护厂队向他们下了最后通牒，限令他们于当天天黑前撤走。这个班的警卫队员早就人心惶惶了，现在面对强大的工人护厂队，走投无路的他们只好答应了护厂队的要求。但是，当晚 6 点，警卫班班长陈瞎子向国民党告了密，于是国民党爆破队决定抓紧行动。当晚 8 时许，正在电厂巡逻的护厂队队员韩锦秀、朱翠华（中共党员）发现煤矿局材料仓库里停着两节车皮，国民党士兵正在往车厢里装炸药。韩锦秀、朱翠华立即把这一情况报告给杨刚健等人，杨刚健遂率护厂队赶来包围了仓库。

　　"打。"杨刚健命令道，顿时，护厂队所有武器一起开火。

　　敌人的爆破队以为解放军到了，全都吓破了胆，丢下炸药向火车站跑去。护厂队再次粉碎了敌人的阴谋。

　　为了彻底解除后患，杨刚健等人找到淮南矿区副局长胡师同、淮南铁路局副局长兼警察总队队长胡卫中、大通煤矿矿长张光正三人，对他们阐明了我党的政策，并动之以情晓之以理地说明了矿区和电厂对于淮南人民群众的重要性，揭露了国民党破坏矿区、电厂的险恶用心，并要求他们三人出面和国民党爆破队谈判，即使谈判不成功，也能拖延时间。

　　三人爽快地答应了，前去找到了爆破队队长陈再良，许诺只要不炸煤矿和电厂，就给他一大笔钱。此时的陈再良已是惊弓之鸟，正在为自己的前途考虑，考虑再三，最终收下了那笔钱，然后仓皇逃离了淮南。

淮南矿区和电厂就这样保存了下来。

1949年1月18日凌晨，人民解放军鄂豫皖军分区第十二团政委霍大儒率领部队攻入淮南田家庵。7时许，杨刚健等人来到田家庵迎接大军。当日上午和下午，分别在大通矿区和九龙岗矿区召开了群众大会。

1949年1月下旬，赵立凯接到华东局的电报，任命他为淮南特区区长，董吉贤为煤炭公司经理，前去接收淮南煤矿和电厂。赵立凯、董吉贤、张慕云立即率领一个营的部队从寿县炎刘出发，两天后赶到淮南并和霍大儒见了面。此时，淮南矿区还是由原矿警维持秩序。

当时，淮南矿区有一千余矿警，每人配有一支步枪，另外还有四挺重机枪。一天早晨，矿警们正在做早操，步枪、机枪都架在操场上，赵立凯、张慕云命令把这些武器全部收走，并当场宣布对矿警们作起义处理，年轻有特长的留用，年龄大无特长的发起义证书回家，这样，淮南矿区算是彻底和平解放。

1949年1月，谭启龙率领的第三野战军先遣纵队向合肥进军。1月21日清晨4时许，在淮西游击队的带领下，负责侦察的先遣队四支队一大队奉命从距离合肥四十里的磨店子出发，向合肥市区挺进。到达梁园镇后，派人命令国民党合肥县长龚兆庆在解放军进驻合肥之前，保护好人民群众的生命财产安全，维持好社会秩序，不准有任何的破坏。龚兆庆汇报说合肥县政府已经和中共寿六舒合县委联系了，准备起义。22日上午11时许，解放军先头部队到达合肥东大门，城门楼的守城士兵遂打开大门。12

253

时许，政委祁平率领先头部队进城，城内百姓自发夹道欢迎。下午4时许，举行了解放军进城仪式，锣鼓鞭炮齐鸣中，三野先遣队整整齐齐地从东门浩浩荡荡进城。合肥和平解放。

至此，淮西地区全部解放，紧接着，淮西游击队立即投入到支援渡江战役的行列之中。

图书在版编目（CIP）数据

铁血淮西／秋文著. -- 北京：中国文史出版社，
2023.3

ISBN 978-7-5205-3967-8

Ⅰ. ①铁… Ⅱ. ①秋… Ⅲ. ①纪实小说-中国-当代
Ⅳ. ①I247.5

中国版本图书馆 CIP 数据核字（2022）第 223196 号

责任编辑：卢祥秋

出版发行：**中国文史出版社**

社　　址：北京市海淀区西八里庄路 69 号院　　邮编：100142
电　　话：010-81136606　81136602　81136603（发行部）
传　　真：010-81136655
印　　装：廊坊市海涛印刷有限公司
经　　销：全国新华书店
开　　本：720×1020　1/16
印　　张：16.5　　　字数：175 千字
版　　次：2023 年 3 月第 1 版
印　　次：2023 年 3 月第 1 次印刷
定　　价：56.00 元